U1076083

魅丽文化

"★"

"二叔，你是在求婚吗？"

"嫁给我。"

陆燕临并没有用疑问的语气，

而是不容置疑的口吻。

"我现在逃婚还来得及吗？"

林初萤忍不住笑起来。

"来不及了。"

"那我只好勉强嫁给你了。"

林初萤伸出手，像一位骄傲的公主。

陆燕临温柔地吻她的手，近乎虔诚。"❤"

明目张胆偏爱你

姜之鱼 著

江苏凤凰文艺出版社
JIANGSU PHOENIX LITERATURE AND ART PUBLISHING

图书在版编目（CIP）数据

明目张胆偏爱你 / 姜之鱼著 . — 南京：江苏凤凰文艺出版社，2022.5
ISBN 978-7-5594-6314-2

Ⅰ . ①明… Ⅱ . ①姜… Ⅲ . ①长篇小说 - 中国 - 当代
Ⅳ . ① I247.5

中国版本图书馆 CIP 数据核字 (2021) 第 195248 号

明目张胆偏爱你

姜之鱼 著

责任编辑 张　倩
出版统筹 曾英姿
特约编辑 喻　戎
装帧设计 白砚川
内页设计 刘芳英
出版发行 江苏凤凰文艺出版社
南京市中央路 165 号，邮编：210009
网　　址 http://www.jswenyi.com
印　　刷 湖南天闻新华印务有限公司
开　　本 880mm × 1230mm　1/32
印　　张 10
字　　数 277 千字
版　　次 2022 年 5 月第 1 版
印　　次 2022 年 5 月第 1 次印刷
书　　号 ISBN 978-7-5594-6314-2
定　　价 48.60 元

江苏凤凰文艺版图书凡印刷、装订错误，可随时向承印厂调换

目录

CONTENTS

目录

CONTENTS

第一章
不准撒娇

1

会议室里两个经理吵了起来。

还有十分钟就要开始公司这一季度的会议，会议桌前，两个经理争得脸红脖子粗。旁边一众提前到达的人员在旁边拉架，会议室门口也站了不少人围观。

“你要是能说服林总，那算你有本事！”

“林总刚接手公司，对这些事都不清楚，你想去瞎说吗？”

“你以为我是你……”

不远处，电梯门“叮”的一声开了。

围观的人用眼角余光瞥见转角的身影，连忙往后一退，低头问好：“林总早上好！”

一群人迅速站好，一身小礼服裙的林初萤踩着高跟鞋缓缓走来，波浪卷的长发披在肩上，意味深长地看着他们。

会议室安静下来，乔果上前推开门，经理们已经正正经经地坐在了自己的位子上，仿佛刚才什么事都没发生。

林初萤抬头：“要吵出去吵。”

“林总。”经理们全低着头，现场鸦雀无声。

林初萤坐到自己的位子上，往后一靠，拿起面前的文件。

助理乔果赶忙说："开始吧。"

今天是天艺娱乐下一季度的项目汇报，包括一些影视剧本和综艺创意，还有一些艺人的合约问题。

张经理第一个上去复述，他不由自主地看向面前这位冷艳的女人，这可是林氏唯一的继承人。

复述完毕后，他轻咳一声询问："林总，你觉得这个项目怎么样？"

林初萤翻了翻桌上的文件，这个项目不错，但有风险。

她沉吟片刻："如果天艺投资的话，这个项目需要多久完成？"

张经理赶紧开口："拍摄需要三个月时间，加上其他事情，等上线可能需要半年到一年时间。"

"投资多少？"

"一千万。"

林初萤抬了抬下巴："投了。"

张经理被惊喜突然砸中，几乎要热泪盈眶："林总，真的吗？"

旁边其他经理提醒道："林总您不需要再考虑考虑？这风险……"

林初萤睨他一眼："一千万的项目还用考虑？"

经理："……"

林初萤又鼓励道："好好干。"

乔果很淡定，老板想干什么她都支持。不就是一千万嘛，对老板来说不算什么，根本就是零花钱。

最后一项会议内容是关于昨天发生的事。

大屏幕上出现了一个当红女星的照片，旁边是她的介绍，还有曾经出演的作品。她已经跻身小花行列，让她大火的第一部作品就是天艺娱乐投资的，天艺娱乐可以说是她的伯乐了。

"昨晚十点，江雪名在没和经纪人商量的情况下提出解约，并且直接在微博上公开声明，还上了热搜。"

"公关部已经在着手处理这件事了。"

这事对天艺娱乐来说算是一件大事，江雪名的做法完全违反了合同。

天艺娱乐在娱乐圈屹立十年不倒，不仅公司艺人出色，其中还有一个原因就是背靠林家。

林家在盛城属于名门，林初萤作为一个名媛，每天不是看秀就是在去看秀的路上。上个月，林氏将旗下的天艺娱乐交给她全权负责，是赚是亏他们并不过问。

江雪名敢这么做，背后必定有人。

乔果咳嗽一声："林总，据传江雪名和程家小少爷前两天一起吃了饭。"

林初萤头也没抬："所以？"

乔果赶紧实话实说："程家小少爷之前打电话过来了，当时您不在，所以就没说什么。"

在她眼里，程家当然比不过自己老板了。

上个月老板刚接手公司时，有一个董事倚老卖老，没想到林老板手段强硬，直接把他请回家养老去了。

乔果觉得江雪名没脑子，一个被天艺娱乐捧起来的明星，也从没亏待过，没想到她一声不吭就直接公开解约。

"程家啊……"林初萤拖长了调子，"那就让她走吧。"

老板说话太爽快了，乔果觉得自己作为助理除了崇拜就只有崇拜了。

林初萤歪了歪头："会议结束了吗？"

大家齐齐点头。

林初萤站起来："那回去工作吧。"然后她推开椅子，径直离开了会议室，身姿袅袅，看起来又美又飒。

当红小花江雪名解约的事情闹得沸沸扬扬，无数娱乐记者都蹲守在天艺娱乐公司门前，想挖出这其中的内幕。

江雪名在解约声明中并没有提到天艺娱乐的半点不好，但字里行间的意思却意味深长。

如今这份解约声明已在微博热搜上挂了一夜，网友一边在她的微博下刷好感，一边在公司官博下讨论——

"你们说天艺娱乐会放过江雪名吗？"

"我听说合约还剩下两年时间，这解约也太早了，都没点风声。"

"天艺娱乐这次被搞了个措手不及。"

互不相识的媒体记者们扛着摄像机，在花坛边就这件事聊了起来。突然，有人叫出声："天艺娱乐发声明了！"

时隔几小时，天艺娱乐终于给出了他们的回复，很简单，只有一句话。

"解约，可以，但要按合同来。"

总裁办公室，乔果站在办公桌前，认真地汇报："声明已经发出去了。"解约这件事说起来也不麻烦，反正公司是占理的一方，闹到法院见也会是公司赢。

刚说着，内线电话响了："林总，程少爷的电话。"

电话转接进来，对方出声道："林大小姐，你可算是接了。"

林初萤转了转手中的签字笔，声音懒懒的，说出来的话却很有压迫感："程三你很闲？"

"这话怎么讲？"

"不然敢挖我公司的人？"

对方闻言，尴尬地笑了两声："这个……说来话长，大小姐您就卖我个面子，可以吗？"

"可以啊！"

见她这么爽快，这边还有点吃惊，然后就听林初萤补上一句："只要给违约金。"

她勾唇："乔果。"

乔果立刻开口："江小姐的违约金是五千万，再加上前段时间刚签了一个代言，违约金高达两千万。"

说好的卖面子就是花钱啊？！他还没想好说什么，那边就直接挂断电话。

江雪名赶紧靠过去问："程少爷，怎么样？"

程少爷咬牙切齿：“成了。”

白白损失了几千万的程少爷心都在滴血，他前两天看上的那款跑车大概要往后推一推了。他可不敢跟林初萤抬杠，这大小姐脾气不小，要是惹了她不高兴，明天他就会被家里长辈骂一顿。

和程少爷的懊恼不同，林初萤的心情还不错。白白进账几千万，这就是当老板的快乐！

林初萤问：“我能提前下班吗？”

乔果一时之间竟不知该怎么回答。

不过林初萤还是在公司磨了一天，傍晚拿着新买的铂金包准时下班，乔果将她送去了汇锦园。

陆尧早就等在外面，见到她便迎上去：“你能来参加，这次的慈善夜绝对够热闹。”

包间里放着舒缓的音乐，桌子中央摆放着一个精致的雕花木盒，木盒里的钻石项链被室内灯光一照，光芒璀璨。

“大小姐，你真决定把这个拍出去？”陆尧再次确认，还提醒道，“这次的慈善夜别人可都是拍卖用过的包、伞啊什么的。”

“不想要？”林初萤伸手。

“要要要！”陆尧生怕她反悔，赶紧把盒子盖上，又递给她一封烫金邀请函。好不容易有个重头嘉宾，当然不能放过了。

快散场时，陆尧接到了一个电话。他和林初萤提了一嘴，推开门就出去了，走廊的灯光从门缝漏了进来。

“二叔？”听见不甚清晰的声音，林初萤顺势往那边看。

门半开着一条缝，林初萤瞥见走廊处站着一行人。中间的男人最显眼，他西装的袖口挽起，手指微微曲起，骨节分明。

这身影，很熟悉，林初萤突然起身走过去。

陆尧正在询问：“二叔什么时候回国的？要不是他们说，我都没收到消息。”

“今天。”陆燕临微微点头。

门被打开，林初萤倚在一侧，刚刚喝了点酒，一双眸子里春意盎然，她笑着开口：“陆二叔。”

她这句“陆二叔”仿佛含着烈酒，能把人灌醉。

陆燕临眼神微微一闪，然后轻轻地眯了起来，一种无法言说的冷气蔓延开来。

站在旁边的陆尧禁不住摸了摸胳膊，感觉气氛不太对劲，问：“二叔，你要不要进来玩玩？”

“不用了。”陆燕临沉声道。

怎么一回事？陆尧来回看着两个人。

他们两家同在盛城，交集自然很多，不仅上一辈交情匪浅，小一辈也常在一块玩。但二叔常年在国外，这几年回国的次数也是屈指可数。林初萤和他二叔只见过几次，两人的社交内容仅限于彼此礼貌地问声好，然后就结束了。

现在看起来，好像有问题。

林初萤直起身，准备往前踏一步。大概是没站稳，她脚下一歪便向前倒去，突然，一双强有力的胳膊横在她腰间，林初萤闻到了熟悉的气息。

纤细的腰盈盈一握，柔软无比，陆燕临神色淡淡地松开手。

林初萤按着他的胳膊站好，隔着一层单薄的衬衫，她白皙的手不小心滑了下去，圆润的指甲似乎能触碰到对方衬衫下的皮肤。

“谢谢二叔。”这回她直接省了姓。

话音刚落，一股压迫感袭来。林初萤却未察觉，她笑意盈盈地瞥了眼陆燕临，目光在他的喉结上停留了一瞬。

一旁的陆尧咳嗽了几声：“二叔？”

陆燕临抿唇：“我还有事。”他微微低头，手指捋了捋衬衫的袖口，慢条斯理地说，“晚上早点回家。”

说罢，他就转身离开了。

陆尧调侃道：“你可是穿惯了高跟鞋的啊，还能摔倒？”

林初萤瞥他一眼，陆尧连忙抬手：“得，我不说了。不过我二叔让我早点回家，晚上就不能熬夜了。”

他边走边小声吐槽：“我二叔就是这样，看着冷冷的，从不亲近旁人，我们小一辈都很怕他。”

“是吗？”林初萤眉眼一弯。

从不亲近旁人？在巴黎的时候，他可不这样，她清楚地记得他眸子深处翻滚的情绪。

“你这话问得一点都不相信我的样子。”陆尧说，“你和我二叔又不熟，还能有我了解？”

林初萤看向走廊尽头，恰巧陆燕临经过转角，她心想，睡过的关系算熟吗？

2

林初萤自然不会同陆尧说这样隐秘的往事，她看着走廊尽头的转角，轻笑一声：“回去吧。”

包间里一如既往的热闹。

得益于二叔的提醒，陆尧只能宣布：“对不住了，今天我得早点回去。”

有人出声：“回去这么早干什么？”

旁边的人附和玩笑：“不会是有……”

对方的话还没说完，陆尧便开了口：“别瞎猜了，我二叔今天回国了。”

包间安静下来。

林初萤眼睛转了一圈，心里不知是什么想法，她抿了口酒，半边身子藏在阴影里。

有些不知道陆尧口中的“二叔”是谁的人，低声询问现在什么情况。有脾气好的给了他们答案：“华盛集团知道吗？”

对方点点头，没人不知道华盛集团。旗下的商场、酒店、房地产、传媒均有涉及，威名显赫，投资从未失手过。

“他就是华盛的当家人。”有人呼出一口气。

“陆二叔”这三个字，圈子里的小辈就没人不害怕的。现在他回来了，估计连玩乐聚会都得消停点。

大家张大了嘴。

对方又往里看了一眼，压低声音：“那个让陆尧献殷勤的大小姐就是林家的。”

这下周围又安静下来。

陆尧这么一说，大家没多久就提前散了场。

“走吧，大小姐，我送你下去。”陆尧说。

“嗯。”林初萤随意应了声，汇锦园的走廊很安静，她站在电梯里，心思不知道飞去了哪里。

陆尧下楼转去停车场，林初萤则去了大厅外面，微风四起，有些凉，她有些后悔穿了一条露肩的裙子，然后百无聊赖地玩着手机看今天闹解约的新闻。

没过多久，一辆劳斯莱斯停了下来。她关了手机，抬头一看，并不是陆尧那个纨绔公子的跑车。

随后车窗缓缓降下，露出熟悉的一张脸。

林初萤眨眨眼，心思转得飞快，她手指动了两下，拨通了陆尧的电话，压低了声音。

“我先走了。”

“啊？我还没出来你怎么就走了……”陆尧叽叽歪歪还没说完，电话就被挂断了。

隔着几步远的距离，陆燕临望向林初萤，她发尾卷翘，眼里水雾浓浓，皮肤嫩得仿佛能掐出水来。白皙的脸上泛着浅红，让原本就明媚的一张脸更添娇艳。

不得不说，这张脸是极美的。

陆燕临的目光落在她身上：“陆尧呢？”

林初萤面不改色：“走了。”

陆燕临拧着眉，有些无奈："上车。"

果然！林初萤早有预料，她弯了弯漂亮的眼睛，然后优雅地上了车。

陆燕临顿时眉眼舒展，而驾驶座上的陈特助眼观鼻鼻观口口观心，就当什么也没有看见，充当一个工具人。

林初萤一开始忘了说目的地，没想到最后被送回了林家主宅。她皱了皱眉头，打开车门，像是想起什么，突然转头。

陆燕临偏过头："嗯？"

林初萤弯腰往他那边靠了靠，半晌，脆生生地开口："谢谢二叔。"几个字说得婉转又好听。

此话一出，陈特助的心一紧。

他可是知道这两人的真实关系的，虽然别人这么叫没事，但他觉得林大小姐这么称呼自家总裁明摆着就是故意的。

下一刻，林初萤关上车门，头也不回地进了别墅，独独留下那辆车在夜色深处。

又是二叔，陆燕临捏着眉心，有些头疼。

一股若有似无的清香散在车厢里，很好闻，他忍不住出声："熏香换了？"

没听到陈特助的回复，陆燕临说："有话直说。"

陈特助犹豫了一下，忐忑不安地开口："先生，车里一直没有放过熏香。"

言下之意，那是女人香，是林初萤身上的味道。

陆燕临感觉头更疼了。

林家园子很大，她一边走一边扔下高跟鞋，然后打开手机。手机里有几个未接电话，微信上还有消息。

陆尧："姑奶奶，你安全到家了吗？"

陆尧："你自己回去的吗？"

林初萤看着消息，然后回了一句："不是，你二叔送我的。"

微信界面顿住，半分钟后，来自陆尧的消息开始刷屏。

陆尧："啊？"

陆尧："啊！"

一串"啊"发了过来。林初萤才不管这小孩心里的震惊有多大，她忍不住勾了勾嘴角，反正今晚的事早晚都会被人知道。

客厅里有声音传来。

"她凭什么直接拿一个公司练手，我只是想进公司都不许，林叔叔怎么这么偏心。"

"就凭人家是亲生的，这话不要再说第二遍了，不然被人家听到我可救不了你。"

客厅里，苏新慧叹了口气。上个月林初萤回国时提了一句，林存就主动把天艺娱乐交给她负责了，毕竟他就这么一个亲生女儿。

能嫁进林家，对她而言已经非常奢侈了，她再也不想过曾经一块钱都要掰开用的贫苦生活了。

以前因为林初萤不同意，她们一直不能住进主宅。最近一个月，林初萤因为忙公司的事情去了外面住，她们才能搬进来。对于这个大小姐，她一向都敬畏着。

苏蕊十分不满："还好她现在不住这边，不过她那个房间好漂亮，妈，你能不能让林叔叔同意我住那个房间？"

"你别一天到晚胡思乱想，省得到时候连你现在住的房间都没了。"

两个人细细碎碎地谈论着。

"啧！"随着这一声，客厅里静得连针掉下来都听得见。

母女俩抬头看到不远处站着的人影，吓了一大跳。毕竟刚刚在背后说人不好，现在正主就来了。苏新慧赶紧挤出一个微笑："初萤回来了？"

"嗯。"林初萤应了声，直接进了客厅，她从厨房里端出来一杯水，从头到尾都没想要和她们多说什么。

灯光下，林初萤的天鹅颈十分诱人，一双腿又细又直。苏蕊看着她明艳大方的模样，羡慕得直咬唇。从第一次进林家起，她就知道林初萤很美，不仅脸美，就连骨子里也透着美。

苏蕊忍不住出声："你见到我妈都不打招呼的吗？"

父亲林存今天好像不在家，林初萤连面部表情都懒得维持，只瞄了她们母女一眼就收回了视线。

苏蕊又说："怎么说我妈都和林叔叔结婚了。"

林初萤原本平淡的脸上露出一丝似笑非笑的神色，勾唇道："你也知道这是林家。"

这话的意思再清晰不过，苏蕊气得脸都绿了："林初萤，你这话到底是什么意思？！"

林初萤回答得漫不经心："怎么？"

她越是这样，苏蕊就越被气得不行，可嘴上又说不过，只好站起来往楼上跑。

灯光很亮，林初萤眯了眯眼："等等。"

苏蕊的脚步停下，转过身来，神情飞扬："你要跟我道歉了？"

林初萤的字典里就没有"道歉"这两个字，她上前两步，勾唇："想住我的房间？"

苏蕊的脸色青白交加，自己惦记别人的东西被人听见了，还被人直接指出来，就好像被人当场剥了衣服似的。

林初萤可不管苏蕊怎么想，她脸上带着清浅的笑意，说出来的话却让人后背发冷——

"再有这个想法，就滚出去。"

另一边，陆尧直到回家都没从刚刚那句话里回过神来。

二叔送人回家？！这怎么可能呢？他仔仔细细看了好几遍，上面写的是这几个字没错，林初萤不可能发错。

陆尧带着一肚子疑惑开了门。

客厅里，男人坐在沙发上，昏黄的灯光映出他一半侧颜，棱角分明，鼻梁高挺。他斜斜地靠在椅背上，有些慵懒。

时间不早了，老爷子已经休息了。

陆燕临扫过来一眼："回来了？"

不知道为什么，陆尧感觉不太妙。他摸了摸鼻子，十分自觉地汇报了行程："二叔，我可没做什么，就喝酒聊天，都是为了让他们支持我的拍卖会而已，真的很正经。"

"你自己一个人回来的？"陆燕临并没有对他的汇报发表意见，继续询问。

"对啊。"陆尧说得飞快，"本来准备送林大小姐的，但她临时说……"

提到这个，他的话戛然而止。

他偷偷看了一眼二叔，从小他就知道，二叔是爷爷的老来子，只比他大八岁，性格气势都遗传自老爷子。他以前怕爷爷，现在开始怕二叔。

陆燕临敛眉，嘴唇紧抿。看来之前在汇锦园，林初萤骗了他，当时他竟然相信了。

"二叔，那个……你还有什么想问的？"陆尧靠过去，主动开口转移了话题，他其实还挺想问刚刚那件事的。

陆燕临再抬头的时候，已经恢复了往常平淡的神情，他不经意地问："你的拍卖会准备得怎么样了？"

"一切顺利！"

陆尧骄傲地抬头，提到这个就是一身劲："一开始想的是普通的拍卖，后来想着干脆改成慈善拍卖好了。"

作为陆家的孩子，首次主办慈善拍卖会当然不能比别人弱，他现在对一些拍卖品和嘉宾的资料都已经背得滚瓜烂熟。

陆尧叭叭叭地说了一串，他脑瓜子转了转，笑着凑上去："这是目前的名单和流程，二叔帮我参考参考。"

他有些显摆地把手机递过去，负责人今天已经把名单全发给了他，流程基本已经敲定，只有些细节需要调整。

陆燕临接过来，屏幕上一页页地展示着拍卖品和主人的名字。他随意翻了翻，然后视线停在了最后一页，上面赫然写着林初萤的名字。

陆尧忍不住说：“这大小姐也真是豪爽，这条项链最起码得要几百万，就被她送了过来。”

当然也是看在他们的关系上，毕竟是好朋友，又是世交，算是给他的拍卖会撑个场面。

陆燕临说：“不错。”

能从陆燕临嘴里听到这两个字已经稀罕了。可是……也不知道是夸林初萤还是在夸他。

陆尧仿佛摇尾巴的小狗又冒出一个想法，如果二叔能去，到时候慈善夜不用宣传就能燃爆。

“二叔！”

“怎么了？”

陆尧主动问：“这个拍卖会可是我第一次弄，二叔你有没有兴趣来看看？”

陆燕临眉毛一扬。

这么一看，陆尧就感觉有戏，赶紧趁着机会又说：“肯定不会让您失望的。”

陆燕临屈起手指点了点，他目光从手机屏幕上掠过，露出一丝兴趣：“那就去捧个场。”

3

第二天一早，林初萤醒来后开始思考，明天的拍卖会需要嘉宾走红毯，现场还会有直播，她自然不可能错过，礼服和首饰都要提前准备好。

她想了想，拨了个电话出去，电话那边很快就应了下来，今晚会将新礼服送去她住的地方。

下楼的时候，客厅里有人。大概是昨晚说的话太重，苏蕊坐在苏新慧旁边，眼眶红红的，似乎还有点肿。

“林叔叔，我是真的想去公司实习，我下学期就大四了。”她撒着娇。

“爸。”林存还没回答，林初萤就出声了。

看到她下来，苏蕊剜了她一眼。林初萤挑眉，并不想搭理她，拉开椅子坐在了另外一侧。

看见自己的得意女儿，林存笑了笑：“怎么样，管理公司没那么简单吧？”

林初萤“嗯”了一声。

目前才接手一个月，对她来说是刚刚上手。

苏蕊倒是想起什么：“我这两天看新闻，好像江雪名要解约。当红小花闹得这么大，微博上全是这个新闻。”

林存问：“是真的吗？”

林初萤点点头：“真的。”

她慢条斯理地喝了口甜汤，又瞄了一眼兴致勃勃想要揭她短的苏蕊，只觉得好笑。算起来苏蕊只比她小几个月，却还在上大学，成绩一般，还是林存花钱把她送进去的。

“她这么红，粉丝几千万，走了对公司损失很大吧？”苏蕊见她承认，迫不及待地开口。

林存看向林初萤。

“损失？没有啊！”林初萤微微一笑，“说起来，她还让我赚钱了。”

林存哈哈大笑起来：“果然是我女儿。”

苏蕊狐疑道：“这可不能瞎说，微博上都骂起来了。”

她昨天晚上刷了很久的微博，上面全在吐槽天艺娱乐，等事情闹大了，看林初萤怎么收场。

桌上的人都在等着林初萤的回答，她却只轻描淡写地说：“不多，也就赚了个几千万吧。”

几千万还不够吗？苏蕊的眼睛更红了。

“做得好！”林存夸奖了一句，转头看向苏蕊，表情淡了些：“以后看事情不要这么片面，实习的事情别提了。”

林初萤对着苏蕊抬了抬眼皮，打脸这种事，一回生二回熟。

林初萤胃口不错，又喝了一碗粥，吃得饱饱的，然后才拎着包神清气爽地出了门。乔果一大早就等在主宅这边，主要她怕老板今天不想去公司上班，所以她直接来这边堵着。

林初萤上了车，想起苏蕊今天说的话，问：“江雪名的事情有什么进展？”

“昨天她的团队联系了我们，想要谈判。程家小少爷那边可能还在筹钱，她不想给那么多违约金，我们这边没同意。”乔果很快就给了答复。

想得还真美，林初萤怎么可能让到手的几千万给飞了。

程家平时对孩子管得不严，但程三太纨绔，再加上之前闹出个网红的事情，现在他的零花钱都被严格管制了。

“我们这边也没同意。”乔果继续汇报，“对了，老板，您要不要弄一个微博号？”

“我有。”

林初萤之前在国外不怎么上微博，可能几个月才发一条，大多都是一些关于生活小事的。

她打开手机给乔果看——一个账号都没有关注，粉丝也只有八个。

林初萤上微博看了看，江雪名解约的事真的很热，前排就占了好几个热搜，评论里全是在心疼怜爱江雪名的。她关注了一下天艺娱乐的官博，最新的一条“解约，可以，按合同来”的微博已经沦陷了。

“我们家雪名一直就没停下工作，都进医院好几次了，可怜呜呜呜！”

“支持雪名离开这个公司！”

“早该解约了，这几年我都心疼。”

林初萤眨了眨眼，手摸着下巴问：“这几年你们给她安排的工作很多？还累得进医院了？”

“没有啊！”

“那是网友编造的？”

乔果想起来：“很多是她自己私下联系的，公司以前都睁一只眼闭一只眼。进医院是因为她大半夜点外卖，吃坏了肚子。”

林初萤冷笑一声：“催催他们，别浪费时间了，赶快处理好这件事情。”

乔果：“老板，需要删了微博吗？”

林初萤反问：“删什么删？”

违约赔钱，天经地义。

“当红小花解约”这件事目前是全网最热的热点，各大媒体都想着法子找机会蹭热度。各网友也闻风而来，不嫌事大，没过多久就全网皆知。

“江雪名，违约”上了热搜。

这个热搜以迅雷不及掩耳之势上了前排，第二天，江雪名看到热搜脸都绿了。

“肯定是公司那边买了水军了！”她咬牙切齿，“你们赶紧把这个热搜降下去，我不想看见。”

“应该不是，我刚刚观察了，大部分都是真人评论，还有媒体转发了。”助理在旁边小声地提醒。

“你什么意思？”江雪名直接摔了手机，脸色十分难看。

有人推门进来，对助理使了个眼色，一脸严肃地看着她：“没谈下来。”

“算了，就给吧。”江雪名跺了跺脚，“还有，赶紧把这个热搜撤掉，我不想看见。”

中年男人冷笑一声：“你以为我没撤吗？给钱都撤不下来。天艺娱乐也不是吃素的，换了个新老板，压根就不吃这一套。”

江雪名哑口无言：“新老板比得过程少爷？”

真是没点眼力见，对方只觉得脑壳疼，说：“你说呢？程少爷都得看对方的脸色。”

“那现在怎么办？”

“我听说这次华盛那边的慈善夜，天艺娱乐的新老板会出席，你去道个歉。”

“就这么简单？”

对方翻白眼：“当然要记得赔钱。”

这次的慈善夜陆尧发了不少邀请函，程家小少爷程飞也收到了，女伴还没有定好，江雪名就去提了几句。

程飞当然不准备带她去："开玩笑，这要是被林大小姐看到，我还能活吗？"

前两天才因此损失了几千万来着，圈子里的狐朋狗友都在明里暗里看他的好戏。

江雪名央求了半天，终于成功了。

程飞提前警告她说："你别乱来，否则谁也救不了你，到时候你就得收拾东西给我离开。"

江雪名嘴上当然应了。

慈善夜最后挂上了华盛集团的名，举办地点在旗下的柏际酒店，官博每天都会公布几位参会的嘉宾。

距离慈善晚会开始还有几个小时，官博公布了最后两位嘉宾——陆燕临、林初萤。

大家看到新闻后瞬间沸腾了，得知陆家二叔回国消息的人不在少数，大家都在等着他的下一步动作，没想到居然参加了小辈举办的慈善夜。

不过仔细想想，好像也很正常，毕竟这次慈善夜是陆尧小公子举办的，陆燕临作为华盛集团及陆家长辈，于私于公他都得支持一下。

至于一起公布的林初萤，大家就有些纳闷了，这是哪一位？居然被陆尧小公子这么隆重地公布出来。

林初萤才回国，外界很多人只知道林氏有个大小姐，但很少有人拍到她长什么样。

林初萤看了看名单，停顿了好几分钟，然后拨通陆尧的电话。

对方大概正在忙，周围有点吵："大小姐，你出发了吗？"

"还在化妆。"

"哦。"陆尧一下子就明白了，"只要你能来，哈哈哈——迟到是美人的特权。"

林初萤问："你二叔也要去？"

陆尧笑出声："对啊，怎么样？我有本事吧，二叔一看流程就决定来了。”

林初萤无声地笑了笑，她往镜子里眉眼张扬的自己看了一眼，有意无意地问：“我的新男伴选好了吗？”

化妆师见她微眯了眼，有些为难，林初萤挥手示意她先等一会儿。

“这个……”

陆尧本来是林初萤的男伴，结果被负责人提醒他还有其他事需要处理，于是赶紧开口：“姐，我有罪，我忏悔。”

“也就是说还没有。”林初萤眼尾一扬，故意说，“你是想让我一个人走红毯？”

“这当然不可能！”陆尧连忙回答。

他有事，但别人可以啊！

林初萤达到了自己的目的，唇线上扬了几分，声音里带了点鼓励：“那我就等着了。”

陆尧挂断电话，苦着一张脸。

他对着名单看了半天，思来想去觉得这些人都不行，都是一群狐朋狗友，怎么能陪林家大小姐走红毯呢？

名单有好几页，翻到最后一页，陆尧眼睛一亮。

慈善夜晚七点准时开始，红毯是直播形式，现在已经忙起来了，他得抓紧时间。

陆尧当机立断打了一个电话出去：“二叔，你现在出发了吗？到现场了吗？”

对方给了回答：“没有。”

陆尧心里一喜：“那我这里有件事想麻烦一下二叔，我本来是要陪林大小姐走红毯的，但是我临时有事，正好二叔也没有女伴，就……”

“知道了。”

陆尧心想：他这是答应了还是没答应？

过了几秒，对面传来陆燕临一贯冷淡的声音：“地址。”

陆尧赶紧发了地址过去。

法国那边送来的礼服是浅色的长裙，收腰的设计，林初萤穿上后锁骨露在外面，衬出一抹修长的天鹅颈，肩后的蝴蝶骨格外抢眼。前两天又送了条钻石项链，刚好今天可以用上。

化妆师饶是见过那么多美人，这时也愣了神。

放在桌上的手机屏幕突然亮了起来，陆尧说："您的男伴正在向您赶来。"

这是他忙里偷闲发的一条微信消息，他并没有来得及说是谁，就被负责人给拽走了。

林初萤看着手机，眼波流转。没过多久，门铃就被按响了，陈特助站在门外问好，不远处停着那辆劳斯莱斯。

男人一身西装，神色淡淡地站在车边，目光偶尔掠过眼前这栋奢华的别墅。

又是这副高冷的模样。

林初萤拎起礼服裙："晚上好啊，陈特助。"

陈特助："晚上好，林小姐。"

黑夜里，唯有这边亮着光。陈特助跟在后面偷偷地想，林大小姐今晚好像心情很好的样子。

"二叔，你还亲自来接。"

到了车边，林初萤弯了弯月牙眼，灿若星辰。

陆燕临眼神微动："陆尧有事。"

林初萤眨眨眼："我知道。"

卷翘的眼睫随着她的动作轻颤了几下，一缕头发落在锁骨前，半遮半掩，夜色下更加撩人。

陆燕临隔了几秒才收回视线，他慢条斯理地开口："时间不早了。"

林初萤点点头，就要往车里去，却发现陆燕临站在原地没动，她一个疑惑的眼神投过去，就见他抬了抬手臂。

林初萤："……"

见她不为所动，陆燕临的眉头不可避免地轻皱，抬头看向一旁。

陈特助在背后隐形了大半天，十分明白自家总裁的意思，轻咳一声：“林小姐，手。”

当然是挽上去了。

4

陈特助一句话，林初萤恍然大悟。她没想到还有这一茬，心里觉得有些好笑，但手还是轻松地挽了上去。

上了车以后，林初萤又忍不住提醒：“这才刚出发，不用那么早。”

车里安静了下来，陈特助心想：这是哪壶不开提哪壶啊！

林初萤看着陆燕临陡然低下来的气压，勾了勾嘴角，没想到二叔还挺矛盾。

车直接开到了现场，隔着车窗林初萤看到现场来了不少媒体记者，他们举着摄像机，闪光灯十分耀眼。

陈特助先下车，再打开后车门。

林初萤伸手过去，语气有点撒娇：“二叔。”

陆燕临沉声道：“不准撒娇。”

他眉心微蹙，想起了巴黎那晚。她躺在他身下婉转娇柔的模样，似乎还哭了。

“二叔你凶什么？我这是敬重你。”林初萤被斥了一句，并不觉得怎么样。

敬重……敬重长辈？陆燕临的喉结滚动。

怎么说小辈对长辈撒娇也是很平常的事，他没再说什么，将她的手放在自己的臂弯里。

林初萤挽着他，抬脚下了车。

一个帅一个美，摄像头一直跟着他们，正在观看的网友们一下子激动起来——

“这个男人也太帅了吧？”

“他们两个人好般配！颜值这么高！吊打现在一群明星好吗？”

“你们都不知道华盛集团吗？这就是他们的总裁啊。”

“那条项链……我的天哪！”

弹幕里的网友们神通广大，没一会儿就全知道了。然后开始询问挽着陆总的女人是谁，醋意环绕着她们。

林初萤签完字，定在红毯处让媒体记者们拍照。直播的摄像头对着她，算起来，这应该是她第一次公开亮相吧。

手中是西服的触感，林初萤稍稍一侧，就能看到男人冷峻的侧脸和完美的下颌线。

此刻，陆燕临也看了过来。

红毯前一众摄影师只看到林初萤嘟囔了几个字，却不知道她说的是什么。但是旁边一向不苟言笑的陆总，表情松动了几分。

八卦之心顿时四起。

然而直到最后他们离开红毯，大家也没能知道林初萤到底说了什么。

柏际酒店是华盛旗下的高端连锁酒店，此刻灯光璀璨。江雪名身穿一身价值不菲的鱼尾裙，端着一杯酒站在那里，收获了不少视线。

她身为当红小花，这点能力还是有的。虽然这两天常驻热搜，但这也是她名气的体现，更何况她现在背后站着的是程家小少爷。

在娱乐圈待了这么几年，她早知道光凭努力是很难往上走的，而借梯子却很简单。程家小少爷虽然脾气不怎么样，但胜在对女人大方，只要撒个娇，很多事就能轻松解决。

江雪名一边含笑对着看过来的人点头，一边在想待会到底该怎么办，天艺娱乐的新老板又是哪一个。没等两分钟，所有人的视线都齐刷刷地落在了刚刚进来的两个人身上，江雪名也跟着看了过去。

身旁有人走过去，说话声也跟着传进她耳朵里：“居然和陆总一起进来？”

“长得这么漂亮，没听说有哪个女明星啊？”

“今晚肯定艳压群芳，绝对。”

有人低声说了什么，江雪名没听清，目光全锁定在那个男人身上。男人穿着高定西服，被众人围在中央，看起来高冷矜贵。

这是……华盛集团的陆燕临。

江雪名的心“怦怦”直跳，这可不是程家能比的。谁不知道华盛的名字，更别提总裁了。

她呼出一口气，又看向他旁边的女人。这么一看，她更加控制不住自己的想法了。那礼服和首饰远不是自己能比的，更何况对方一举一动都十分明艳大方。

江雪名的手机铃声响了，她找了个没人的角落接听，眼睛依旧盯着会场：“什么事？”

是助理打来的电话：“雪姐，热搜已经上了，但是……”

江雪名问：“但是什么？”

助理有点害怕：“我们的位置不高，热搜第一我们压根盖不过去，不知道要不要再……”

江雪名的脸色沉了下来，挂断电话就登录了微博，直奔热搜。

热搜第一是华盛总裁，热搜第二是林初萤。

华盛总裁她理解，林初萤又是哪位？

江雪名点了进去，热门评论配了几张图，全是刚刚的红毯照。

“什么时候当富婆：我看到这个直播镜头时控制不住发出尖叫，导致别人以为我发病，连忙捂住我的嘴。我缺氧窒息仍然坚持叫出一句：神仙颜值！”

这条微博下的评论已经过万——

“这不是艺人，是大家闺秀吧？”

“一开始以为博主花痴，点进去——哪里来的仙女！大美人！”

“就我一个人注意到人家穿的戴的？”

“不止你一个人，我注意的是她的耳环。你们知道多少钱吗？八位数！”

评论里热热闹闹的，江雪名看得眼红。

这样大的手笔只为了一场慈善夜，这背后还不知道有谁在捧着呢！

红毯结束后，陆尧上台说话。宴会厅里摆放着一张张桌子，上面全是空运过来的鲜花，来往的人无一不是西装礼服。陆尧一向嘴甜，又知道怎么调节气氛，三言两语就将场内的气氛带动起来。

林初萤和陆燕临进来后就被大家分开了。

有人好奇地问："今天怎么是和陆总一起过来的？我听说男伴不是陆尧吗？"

林初萤抬头看了一下，不知道在想什么，随口回答："他有事，临时换的。"

她们互相对视一眼。

一般人临时换男伴找的都不如最初那位，可她倒好，上升了不知道多少个层次，羡慕是掩藏不住的。

林初萤放下酒杯，她对柏际酒店很熟，径直往里走了走，靠近走廊处，站在窗边吹风。

"你怎么挡在这里？"

江雪名从洗手间出来，看到走廊尽头的人，她本来心情就不好，现在碰到了让她心情不好的源头，忍不住开口了。

林初萤回头："是你啊！"

说起来，江雪名在天艺娱乐红了这么几年，她还是第一次见到林初萤真人。她轻飘飘的语气让江雪名一下子恼火了起来。

一个女人从后面走过来，看到江雪名在这里，连忙凑上来："江姐，你在这儿呢！"

她是个刚出道的小歌手，跟着一个公子哥来的，本想找机会恭维一下江雪名，看到她发难于人，就跟着看了过来。

待看到林初萤后，她的眼神不善起来："现在这里什么人都能进来了，江姐，我们还是走吧。"

江雪名“嗯”了一声，表示很受用。

正说着，陆尧大步朝这里走来，神采飞扬。小歌手心里激动，她在来之前就做好功课了，想着最起码也要搭上陆家少爷，结果眼睁睁看着陆尧走去了她对面。

“你怎么在这儿待着？”陆尧看了一圈，“这两个是你公司的人？”

他这话说得很明白，但在别人的耳朵里就是另外一个意思。江雪名没想到林初萤和自己是同一个公司的，只是她这么漂亮，应该早就出名啊！可她到现在也没听说哪个艺人叫林初萤。

“陆少爷。”小歌手嗓音娇滴滴的。

林初萤端起侍者盘子里的酒杯，轻笑一声：“陆尧，你这儿什么人都能进来？”

她歪了歪头，有些娇嗔的语气。

陆尧大惊失色：“可别瞎说！”

他来回看了两眼，终于明白了什么，挥手就让人过来：“这是谁带进来的？”

“好像是李家公子。”

陆尧面色不佳：“弄出去！”

他可没什么怜香惜玉的想法，小歌手压根来不及说第二句话，就被安保人员直接带走了。

江雪名全程目瞪口呆，她在圈里这么久，这么嚣张的人好像还是第一个。

陆尧又开始嬉皮笑脸：“走吧，大小姐。”

“拍卖会快开始了吧？”林初萤临走前看了一眼愣怔在原地的江雪名。

江雪名有些恍惚，直到人都走了，她才抿着嘴唇重新进入宴会厅，回到程家小少爷旁边。

“道歉？”程飞问了一句，然后转头，“喏，那个就是你前东家的老板，林大小姐。”

江雪名顺着他手指的方向看过去，那边人不多，但她很熟悉，因为站在宴会厅中央身形窈窕的女人她刚刚才见过。

她是天艺娱乐的老板？

江雪名的脸色白了几分，像是明白了什么。

宴会过后，拍卖会开始。因为是慈善夜，大家都很给面子地抬了抬价格，直到屏幕上出现一张照片。

有认识的人将目光转到林初萤身上，心想这大小姐还真是大手笔，居然拿条项链来慈善拍卖会。

“林女士捐赠的。”拍卖师一报完信息，便开始报价，“起拍价两百万！”

一锤定音后，台下的公子哥都开始举牌。

“两百二十万！”

“两百五十万！”

“三百万！”

陆尧虽是此次慈善会负责人，但他自己也准备参加。

他直接举牌：“五百万！”

两个人同桌，陆尧得意忘形地朝林初萤使了个眼色，低声说：“你这条项链我都还记得，去巴黎的时候买的吧，我妈还跟我说了。”

林初萤嘴唇一弯：“是啊！”

她在巴黎没待几天，那段时间最喜欢这条项链，不过后来被陆燕临给扯断了。

“也不知道你怎么想的，不过看你这么支持我，我够给面子吧？”

“你确定吗？”

听她这么一说，陆尧眼睛一瞪：“拍卖师都开始敲第二次锤了，这有什么……”

话说到一半，拍卖师突然提高音量——

“一千万！一千万！还有更高的吗？”

刚刚都没人出价了，怎么突然就抬高了五百万？陆尧想也不想就直接举牌。

话音才落，没等他得意，拍卖师又激动地叫了起来，几乎快要破音："两千万！"

仿佛是为了附和他的激动，周围响起细碎的议论声，大家的目光在来回打转。

"你看。"林初萤摊手。

"谁在和我抢？"陆尧十分不爽，这可是他的主场。

众人的目光投向刚刚举牌的地方，林初萤也看向那边。

"你二叔，怕不怕？"

"我二叔买这个干什么？拿回家当摆设吗？"

陆尧撇了撇嘴，回头看了一眼，猝不及防对上自家二叔的目光，然后默默地放下了手。比不过比不过，谁敢和二叔抢啊？

买这个干什么？这得问你二叔了。

林初萤修长白皙的手指点在唇上，圆润的指甲做得十分漂亮，她往里按了按。

即使隔了一点距离，陆燕临也能看到她陷下去的柔软唇瓣，唇色红艳，惹人流连。

第二章
悄悄话

1

林初萤收回手，对着那边挑了一下眼尾。她这样的动作十分撩人，陆燕临很快收回视线，跟没看见似的。

旁边的陈特助低声询问了一句。

周围的人议论纷纷，不过大多数人都猜测是不是因为陆尧和林初萤关系好，他作为二叔给个面子什么的。不管怎么说，几百万的项链被抬到两千万，实在有些夸张。

“这么抬，也太夸张了吧。”

“谁让两家是世交呢，关系好，给小辈撑场子。”

其他桌的嘉宾小声地讨论起来。

陆尧还在叽歪：“好了，到我二叔手里了。”

林初萤显得漫不经心：“反正都是你们陆家，有什么不一样？你们俩又不戴这东西。”

“这怎么能一样呢？”陆尧摆摆手，“我想象不出二叔屋子里摆这个的样子。”

陆燕临清心寡欲、不近女色是出了名的，从来没传过什么绯闻。

“想象不出来就别想。”林初萤瞥他一眼。

“好吧。”陆尧叹了口气，“这件事让我明白，有钱是多么重要。”

虽然他也有钱，但比起二叔只是小巫见大巫。

林初萤嘴唇一弯："你不行。"

拍卖会结束后，项链换了个精致的盒子装着，送到了陆燕临手上。

曾经被扯断的项链已修补完好，天衣无缝，看不出任何痕迹。他垂眸，拿起来放在手上摸了摸，虽然是同样的东西，但感觉有点不同。

大抵是心情不同了。

陆燕临重新合上，往后递："还回去。"

陈特助看到自家总裁唇线往下压了压，就知道他心情有点不好，很大概率是因为这条项链。他感觉自己就像皇帝旁边的小太监，该到揣摩圣意的时候了。

这还给谁？当然只有林大小姐了。

一个送去做慈善，一个花大价钱重新买回来又送回去，果然有情趣。

林初萤还没走出会场就被拦住了，站在她面前的江雪名心里忐忑不安，但还是开口说："对不起，林总。"

林初萤停下来看她："对不起什么？"

江雪名愣了一下回道："解约的事情是我没做好……"

"没什么对不起的。"林初萤上下打量她，笑起来，"这件事很快就会解决。"

"就是为了……"

"林小姐。"

江雪名的话都还没说完就被别的声音打断了，她不满地看过去，只看到一个戴眼镜的男人。

"陈特助。"林初萤点点头，又往他旁边看。

"先生在车上。"陈特助一下子就明白了她的意思，给出了回答，"这个是先生让我送来的。"

林初萤不用打开也知道这盒子里装的是什么，她没有接过来，而是伸手在上面摸了摸，明媚一笑：“我不要。”

陈特助纠结：“这……”

林初萤看了一眼他后面那辆车，她走近一步，说：“你等等。”

陈特助听到了一句话，应道：“好。”

江雪名也跟了过去，正当她准备再继续道歉的时候，林初萤已经身姿袅袅地离开。

江雪名脸色一白，刚准备跟上去，却被陈特助挡住：“没事就不要打扰了。”

说完他就回到了车边。

陆燕临目光淡淡：“让你送走不是带回来。”

“林小姐不要，她说这是您的战利品。”陈特助一字一字复述。

这话真让人脸红。

“她真这么说的？”陆燕临皱眉。

“一字不差。”

“除了这个还有什么？”

“没有了。”

陆燕临沉默，他从盒子里拿出那条项链，放在手里。项链精细得仿佛轻轻一扯就能断，犹如人的脖颈。

他曾亲手扯断，又让人修好，现在又回到了自己的手上，仿佛一个生命的轮回。

不知道想到了什么，他喉结滚动两下，眉头微拧：“就这么收起来。”

陈特助觑了一眼，他觉得陆总眼里的情绪好像更深了点，甚至带上了一丝难以发现的……欲望。

窗外夜色如水。

林初萤今天没回别墅，而是回了主宅。家里人都在，大厅里开着灯，亮堂堂的。

苏蕊正好在楼下打电话，电话那头的女生激动道：“今晚华盛集团的陆总在慈善夜上拍了一条项链，两千万！”

“项链值这么多吗？”苏蕊深吸一口气。

“当然不值。”好友激动得停不下来，“我的天，太大方了，陆总真有魄力，长得还这么帅……”

苏蕊正打算说什么，就看到了门口的林初萤。她脸色忽地就不好了，却又不敢开口说什么。

她佯装聊天，把声音放大：“真的吗？陆总拍了两千万的项链，有人好像一分钱没出，也不知道去慈善晚宴干什么……”

林初萤听到声音，看了过去。

苏蕊仿佛得到信号似的，余光看着她，继续说：“我还以为是别人拍的呢，真是大手笔，不会是看上了项链背后的主人吧？”

林初萤有些惊讶，拍卖会的事情这么快就传出去了？

苏蕊一看到林初萤的表情，心里莫名地爽了起来，挂断电话后笑了笑。

林初萤面色不改地上楼，路过苏蕊时突然停下来，偏过头说：“有空多看点新闻。”

苏蕊嗤笑一声：“林大小姐是在拍卖会上一无所获，回来和我发火吗？谁让你不是陆总呢？不过你也可以买个小明星的东西啊，总不至于空手而归吧？”

“你在这臆想，都可以去写剧本了。正好公司里缺个编剧，我可以给你开个后门。”林初萤回了一句，然后径直上楼。

苏蕊气得要死，她跺了几下脚，此时手机响了一声，是好友发来的微信消息。

“看到没有，我的天，原来这条项链是林大小姐的，陆总真是给面子。”

苏蕊看到那张照片，连呼吸都停顿了。

她刚刚说的那么多嘲讽的话，现在都成了笑话，她早就在林初萤面前掉皮了吗？

网上关于拍卖会讨论非常多，最令人津津乐道的当然是华盛集团总裁豪掷两千万拍了一条钻石项链的事情，网上一溜烟挂了好几个热搜。

林初萤早上起床看了一眼，全是和陆燕临相关的。她撇了撇嘴，还是点开了。

“呜呜呜——有钱又帅，简直就是小说男主角再现！”

“麻烦以后拍偶像剧的导演们多多取材于现实，这不就是现成的例子吗？”

“这是为了哪个红颜一掷千金？”

“你们都只注意两千万，就只有我注意这条项链是什么情况吗？巴黎那边说项链拍卖之前就已经有了主人……”

看到最后一条评论，林初萤不动声色地挑了挑眉，然后换了件衣服，洗漱好后下了楼。

出乎意料，客厅里只有苏蕊和苏新慧。苏蕊昨晚看了一晚上拍卖会的新闻，现在一看到林初萤就觉得自己没脸没皮。

“看我做什么？”林初萤说，她不用抬头都能感觉到苏蕊的视线。

苏蕊看她低着头，慢条斯理地吃着早餐，长发随意地搭在肩上，有种凌乱美。

林初萤偏过头问：“我爸呢？”

苏新慧开口：“刚刚陆家那边有人过来，现在和你父亲在书房里谈话，已经进去半个小时了。”

书房？林初萤手上的动作一顿，能和林存到书房谈话的，不可能是陆尧那小子，估计就只有陆燕临了吧。可他今天来她家里干什么？

林初萤吃完早餐，楼上两个人才出来。

陆燕临颀长的身影站在林存身边，整个人犹如天神一般，从旋转楼梯上缓步而下。

“我就不耽误你的时间了。”林存笑着说道。

“嗯。”陆燕临回了一句。

他目光自上而下，落在了林初萤的身上。她坐在沙发上，带着刚起床的懒散娇俏模样。

林初萤叫了一声："爸。"

然后又叫了一声："陆二叔。"

陆燕临不动声色，只是听到这个称呼时眉毛动了一下。

林存心情很好，他招呼着说："燕临啊，正好初萤也要去公司，你捎她一程。"

林初萤："……"

天艺娱乐和华盛集团不在同一条路上，差了十万八千里，他是怎么想到这一茬的？不过她并没有拒绝，而是十分善解人意地说："如果二叔忙的话就算了，我自己可以去的。"

一旁被无视的苏蕊直瞪眼，这也太会装了！

陆燕临微微点头："不忙。"

林初萤坐在车里，等了几分钟后，才微微启唇询问："你和我爸说什么事？"

陆燕临神色微动："没什么。"

见他不说，林初萤的眉毛皱了皱，用自己也想不到的声音小声说："还当秘密呢。"

"我能听到。"陆燕临望向她微红的耳朵，视线一顿。

"那又怎么样？"林初萤眼尾一挑，当秘密就当秘密，反正到时候问林存也能知道。

这边离天艺娱乐不远，半小时后就到了。

林初萤拿着包下车，然后停在车边敲了敲车窗，等车窗玻璃降下来后，她挂上一副假模假样的笑容："谢谢二叔。"

她特地加重了"二叔"两个字。

报复心还挺重，陆燕临轻笑，点点头："不客气。"

林初萤有些气恼，鼻子发出一声冷哼，准备转身就走，又被陆燕临的下一句话吸引——

他偏头："你不是想知道我在谈什么事吗？"

林初萤抬了抬下巴，夏日初升的阳光落下，洒在她身上，像只骄傲的白孔雀。

陆燕临不动声色地看着，眼神微闪，尔后才开口——

“谈结婚的事情。”

2

林初萤听到这话，愣怔了一下。

她定定地看着陆燕临的神色，摸不准这是真的还是假的。怎么突然就谈结婚的事情了？

林初萤问：“谁结婚？”

陆燕临说：“你。”

他这个字说得清晰又肯定。

两个人互相对视，林初萤刚刚的气势消失殆尽。她探身往窗子靠近，询问道：“你大清早地和我爸讨论我结婚的事情？”

这有点太荒谬了。

林初萤又问：“和谁？”

陆家和林家虽然是世交，但小辈的婚姻也没到非要亲自上门探讨的地步。

除非——

“我爸之前没那个意思，结婚对象不可能随便乱来。”林初萤的眼波流转，“难道是和……二叔？”

陆燕临两只手交叠在一起，如同端坐办公室一样，他面色平静地吐出一个字：“是。”

气氛突然安静下来，林初萤的呼吸停滞了一下。就算两家关系再好，也不可能无缘无故让他们两个人结婚吧？更何况她和陆燕临足足差了一个辈分啊！

林初萤的思绪千回百转，最终只幽幽地开口道：“二叔真的好负责。”

最后三个字被她说得很重。

陆燕临看着她："你不想？"

林初萤没回答，而是直起身，转移了话题："我去上班了，您慢走。"

陈特助从后视镜里看了一眼自家先生的神色，心想要追人也不能这么一步到位吧。

他问："先生要走吗？"

陆燕临"嗯"了一声。

乔果等在公司门口，见林初萤出现，跟在她身侧，向总裁办公室走去。

"老板，违约金已经打进公司的账户了，代言那边也收到了违约金，正在准备重新找代言人。"

林初萤原本抑郁的心情一下子飞了起来，果然赚钱更让人快乐。

乔果微微一笑："最近有几个剧本送了上来，想问问您觉得哪里要改，或者是想……"

林初萤说："放到我桌上。"

大抵是有钱的快乐让她对剧本充满信心，但当她看到内容简介时，脸色一下变得难看起来，这都是些什么乱七八糟的剧情。

她敲敲桌子："让编剧过来。"

乔果一看这种情况就觉得大事不妙："是。"

编剧是一个戴眼镜的青年，看起来十分文气。乔果将他的简历调了出来，文学专业毕业的。

他一进办公室就瞪圆了眼睛，虽然之前听说公司换了新老板，但没想到新老板居然这么漂亮。

"林总……"他忍不住想多看两眼，却对上一道锐利的眼神，只好僵着身子微低下头。

"你是这个剧本的编剧？"林初萤举了举手中这个《幸福女人》的剧本。

"是，是我。"编剧还以为自己的本子被看中了，激动地开口，"这个剧本是我一个人单独完成的！"

“是你就好。”林初萤点点头。

她转向一旁的乔果：“通知下去，把他的工资结一下。”

编剧兴奋的表情一下子停滞，忍不住问：“林总，要辞掉我吗？我是哪里做得不好？剧本不行我可以改！”

林初萤将剧本扔过去。

“女主角和自己闺密抢男人，插足感情，借着别人的钱做事业，还自诩真善美，这种剧本你也写得出来？”

“这……现在高收视率的剧都是这样的。”

“是吗？”林初萤眉眼淡淡，声音一冷，“我天艺娱乐不这样。”

“可是……”编剧犹豫半天，咬牙，“这不是你辞退我的理由，我不接受这样的理由！”

天艺娱乐不仅待遇极好，还有大把的福利，没人会想要离开。

林初萤睨他：“乔果。”

乔果立刻开口：“去年十一月，编剧会议你无故不到场。而且在入职的一年时间里，人事接到三次投诉说你想偷偷进入练习生的教室……”

她一项一项列了出来。

天艺娱乐对员工不苛刻，但要求还是有的。这位编剧进公司快一年了才交出这样一个剧本，如此粗制滥造。最重要的，这位新编剧不干正事，满脑子想着怎么进练习生教室偷看，目的不言而喻，人品可见一斑。

这话如当众处刑，编剧青年的脸色一会儿红一会儿白。

林初萤靠在椅背上，视线懒洋洋地落在前方，开口道：“理由够不够？”

“不够再加一个——因为我想辞你。”

傍晚，华灯初上。

林初萤看着窗外倒退的景色，又想起今天早上发生的事情。之前陆燕临还那么冷淡，怎么突然就说要结婚？

林初萤只有一个想法，那就是他现在想对当初在巴黎发生的那件事负责。

可……结婚还得看她同不同意才行呢！

林初萤冷哼出声，只觉得陆燕临这个人……还真是手段高明。

回到主宅，毫不例外，只有苏蕊在家。

用人接过她的包，林初萤问："其他人呢？"

"先生出去散步了。"用人大概是知道她不喜欢苏新慧母女，所以没有提名字，但林先生散步是不可能一个人去的。

林初萤嗤笑一声。

温柔的苏新慧，大抵是男人们喜欢的，所以林存对她还算不错，连带着也给了她女儿富足的生活保障。

不过这些都影响不到自己。

她顺道去了客厅，客厅的茶几上放着一个平板电脑，屏幕还亮着。

林初萤往沙发上一坐，就瞥见了平板上的图片。

这是一张动图，男人五官深邃，轮廓完美。西装革履的他单手松了松领带，一股压迫感突破屏幕。大概发现自己被偷拍了，他抬头看向镜头，微微皱眉，眉眼锐利冷峻。

林初萤眨眼，陆燕临居然还有这样的照片？

她歪了歪头，当初在巴黎的时候，陆燕临的领带是他自己解的，倒是和这张图的动作有些像，只不过这张更克制。

陆燕临这个人，表面一本正经，其实内里不知道有多强势。

林初萤摸了摸下巴，巴黎那晚她没忍住，在陆燕临的下巴上咬了一口，留下了牙印，后来也不知道他遮没遮住。

回忆还在泛滥，楼梯上的苏蕊就跑了下来，像防贼一样把平板抱在怀里。

"你偷偷动我东西？"

"你有被迫害妄想症吗？"林初萤扫她一眼，轻飘飘地开口，"而且，你那平板也是我家的……瞪我干什么？"

苏蕊低头看了一眼平板上的内容，想到了什么："你刚刚什么也没看见？"

“嗯。”林初萤塞了颗葡萄进嘴里，随口回答，“看见你在看陆燕临的领带图？”

苏蕊气结：“看又怎么了，你不是也看到了？不过你也就只能想想了，没什么好得意的。”

苏蕊从头到尾都知道自己没机会，但并不妨碍她花痴两下，尤其是今早上还见到了陆燕临本人。

林初萤差点笑出声，起身往楼梯上走，还不忘打击她：“你不能不代表我不能。”

这位继妹像打不死的小强，每天乐于奉献，贡献了她为数不多的生活乐趣。

苏蕊斜眼看她：“你就吹吧，陆家那位二叔今天送你上班都没和你说两句话，而且你们都不是一辈的。”

林初萤正无聊，有意逗她玩。

“不瞒你说，我们在车里还挺激烈，领带解了又系，系了又解，解了又系，如此循环往复……”

“你以为你在说相声吗……”

苏蕊的声音戛然而止，林初萤也好像听到了什么细碎的声音，她转身往楼下看。

玄关处站着两个人。

一个是散步归来的林存，一个是站在他旁边的陆燕临。大概下班后就直接过来了，还穿着那身西装。

几个人的视线齐刷刷地看向他的领带。

林初萤也看过去，莫名有点手痒。现在系得这么严谨，到了晚上还不是要解？

3

家里的气氛太过诡异，盯着别人的领带看是怎么回事。

林存咳嗽一声，转移了注意力：“苏蕊你先回房。”

苏蕊轻咬下唇，她当然知道自己在林家的位置，只是人总是贪婪的，享受多了就会想要更多，但总会被无情地戳破。

她抱着平板上楼，路过林初萤时还瞪了一眼。

听见苏蕊关房门的声音，林初萤勾起嘴角笑了一下："爸，我有事要问你。"

林存说："你先等一等，我和燕临有事。"

林初萤倚着栏杆："结婚的事情？"

这无异于抛下一枚重磅消息，林存有些诧异："你是怎么知道的？"

今早上陆燕临才和他提起这件事，他当时以为陆燕临是在开玩笑，毕竟他可从没想过这事。倒是孩子刚出生时提过陆尧和林初萤可以联姻，结果这俩长大后直接就成姐弟了。

林存看了看自己的女儿，又转向陆燕临。

陆燕临点点头："我说的。"

是等不及了还是怎么的？林存不知道该说什么才好，又转向林初萤："这事都还没定下来。"

"是吗？"林初萤瞥了一眼陆燕临。

"你先去忙你的。"林存果断开口。

"关于我的事请我听一下怎么了？"林初萤不肯退让。

"八字都还没一撇，你急什么？"林存瞪了她一眼，"你公司的事情处理完了？"

林初萤摊手："处理完了呀！"

林存："……"

女儿太厉害也不行，这解约的事情要搁到别人身上，恐怕还得闹个两三天才结束。可放他女儿手上，今天就已经结束了。

陆燕临眼里闪过一丝笑意："让她听吧。"

林初萤瞪大眼："本来就应该听。"

三个人一起去了书房。林初萤很少进林存的书房，接手公司前来了一次，隔了一个月，里面没什么变化，唯一不同的是桌上多了一个盒子。

那盒子有点大，上面雕刻了繁复的花纹。

林存决定无视自己女儿，他朝陆燕临问道："这件事我还需要考虑一下，毕竟你和初萤之前也没怎么说过话。"

他以前的确没见过林初萤和陆燕临说话，但他对陆燕临这个人很是满意。陆家除了老爷子，也就出了这么一个天之骄子，且青出于蓝而胜于蓝，整个盛城也拿不出比他更出色的人选了。

陆燕临开口："考虑是应该的，我家里已经同意这件事了，过两天应该会详谈。"

详谈大概就是结婚的安排了。

书房里安静下来，林初萤偏过头，正好对上他的视线，一双漆黑的眸子，精准地捕捉到她。

不得不说，陆燕临这副皮相还真能骗人。

林存点点头："这么说也行，虽然你一直很稳重，但婚姻大事还是由父母谈比较好。不过最主要的还是得看初萤的想法。"

林初萤没回答，问："那是什么？"她指了指盒子。

"见面礼。"陆燕临给出回答。

"我还以为是聘礼。"

"聘礼也准备好了。"

两个人不动声色地来了一问一答，林初萤一扭头，白皙修长的脖颈划过优雅的弧度。

"你的想法是怎样的？"陆燕临低声问了一遍，凸起的喉结微微动了动。

联姻是不可避免的，只是看对象是谁。陆林两家是世交，能亲上加亲也一直是上一辈的想法。

书房里的目光齐齐地落在了林初萤的身上，只见她漂亮的眼睛微眯了一下，便轻松地给出答案。

"好啊！"

陆燕临坐在她旁边，看到她微微扬起的下巴，漂亮、脆弱又骄傲。他眼神一暗，不动声色地移开了视线。

两家的婚事自然不能这么仓促，虽然林初萤已经同意了，但林存还是让陆燕临回去和父母说一声："过两天两家人一起吃个饭，到时候详谈。"

陆燕临温和有礼地回复道："好。"

林存开口："初萤，你送送。"

林初萤站起来，抿紧嘴唇笑笑："二叔，我送你。"

林存的眉毛挑了一下，这两人辈分不同，称呼还真是一个严重的问题。不过一想到陆燕临以后要叫他岳父，他心里还是有点得意的。

陆燕临面色不改地"嗯"了一声。

走出大门后，林初萤有些好奇地开口："我如果不同意会怎样？"

陆燕临上前一步，两个人离得很近，仿佛呼吸都交织在一起。

林初萤听见自上而下传来的声音，声线略低，却十分好听："那就等你同意。"

"万一我拒绝了呢？"林初萤勾了勾唇，"你想不出答案了吗？"

陆燕临的目光掠过水润的唇，不知想到什么，轻笑出声："你已经同意了。"

以上猜测全都不作数。

林初萤气得晚饭时多喝了一碗汤，直到第二天，她还没顺过气来。

林初萤问乔果："不应该给出一个完美答案，然后再说两句好话吗？就这样他还想娶我，真是不解风情！"

乔果安静地听着，她估计这位大小姐就是想发泄一下，没多久就能消气了。

乔果一直等她说完，才把违约金入账的文件递过去："老板，您看看这个。"

林初萤笑意盈盈："还是赚钱让我快乐。"

乔果说："江雪名那边果然是签了初娱。"

她口中的初娱是近两年新起的初心娱乐，借着一个选秀综艺火了起来，最近还在筹办新的男团选秀。

林初萤的神色冷淡："让她签。"

江雪名解约后是更上一层楼还是直接坠地，都不用天艺娱乐操心了。

乔果点头："她的有些粉丝还在官博下留言，要不要把这个给处理了？"

"处理干什么，让他们说。"林初萤手托着下巴，说话掷地有声，"我天艺娱乐能捧出一个当红小花，就能捧出第二个。"

一句豪言壮语让乔果差点没有跟着叫起来。她极力克制住自己，然后露出一个非常完美的笑容："老板说的都对。"

林初萤忍不住笑。

没想到快下班时，公司外面突然来了将近二十几个人，吵吵闹闹的。

林初萤得到通知后皱眉："什么情况？"

乔果："是喜欢江雪名的人，他们得知了江雪名赔偿违约金的事情，要公司给个说法。"

林初萤嗤笑一声："正主都给了。"

这些人什么都不清楚就跑来闹，是觉得江雪名太天真，还是觉得林初萤太天真？

不过她还是下了楼。

公司里的保安都去了大门口，一些经理也都跑了下来。

看到林初萤下来，有经理出声："林总还是不要过去了吧，谁知道他们会做什么事来。"

林初萤一脸淡定："慌什么，能吃了你不成？"

外面的人大概也听到老板出来了，声音顿刻间就大了起来，现场一片混乱。

林初萤站在门内，冷冷道："人都堵到门口了，还在这儿拦什么拦，都给我丢出去，报警。"

保安们犹豫了一下，按吩咐行动了，吵闹的人群开始往后退缩。

大家只见一个女人站在门口，夕阳的余晖落在她身上，犹如油画中的女神走出了画框似的。

林初萤："再闹试试？"半晌没听到声音，她皱眉问，"他们被吓到了？"

乔果看着那为头的那几个人惊艳中夹杂着恍惚，恍惚中带着一丝羡慕的眼神，猜测道："可能这就是传说中——路人转粉丝？"

林初萤："……"

不远处传来警车的声音，这时，这群闹事的人才回过神来，纷纷拿起自己的东西就跑，跑得慢的就被警车追上了。

林初萤非常满意这个效率，抬脚走下阶梯。

乔果问："老板您现在是去……"

林初萤头也没回："下班了啊，回家了。"

乔果看了看手表，还真是下班了，老板真是不浪费一分一秒的下班时间。她还没说什么，就见前面停了一辆车。

陈特助下了车："林小姐。"

林初萤有些惊讶："你怎么在这儿？"

"先生说的。"陈特助打开车门，十分礼貌地给出回答，"接您下班。"

林初萤正要问你家先生人在哪儿，就看到了车里的男人，一丝不苟地正襟危坐在那里。

行吧。她抬脚上了车，陆尧的电话也跟着来了，大嗓门叫起来："大小姐，你没事吧？"

林初萤反问："我能有什么事？"

"你公司被人堵住的事都上热搜了，我看着人还挺多。"陆尧一听她没事就放心了，建议道，"要不要我找几个人高马大的保镖送你上下班？"

"不用了。"

"工资我付的，我现在就让人过来！"

"我现在很安全。"

陆尧说："再安全能有保镖安全？你还在公司吧？"

"我在你二叔车里。"林初萤嘴角一勾，"你零花钱不是没了吗？把账单发给我吧。"

"你说什么？"这边陆尧差点被口水噎住，"不可能，我二叔肯定还在公司里，他就一工作狂！"

林初萤的手机往陆燕临那边递了一下，陆燕临启唇道："工资多少？"

听到二叔的声音，陆尧的眼珠子都快掉下来，结结巴巴问："什……什么工资？"

陆燕临言简意赅："保镖的工资。"

那头的陆尧呆呆愣愣地报出一个数字，又问："二叔问这个干什么？"

林初萤直接挂断电话，眼睛弯成月牙，故意问："二叔，你要帮我结账吗？"

陆燕临定眼看她："应该的。"

4

林初萤撞进陆燕临的双眼里，静了几秒，她才回过神来，心跳有些加速，想着这话该怎么回。

最重要的是，陆燕临刚刚的模样还挺好看的。

很小的时候，她就知道陆家二叔长得好看。只不过两个人差了八岁，她上小学的年纪，人家就已经上高中了，是一个温文尔雅的少年。

陆尧那边挂断电话后，开始在微信上轰炸。

陆尧："什么情况？"

陆尧："刚刚说话的是我二叔没错吧？"

林初萤的手指轻点，回他："有何感想？"

这边陆尧对着屏幕看了半天，过了一会儿发过去："报销的感觉真好，怪不得员工都喜欢报销，我也喜欢。"

林初萤被他说的话逗笑了。

陆尧现在不住在家里，自然还不知道陆燕临提议的结婚事宜，还被蒙在鼓里。

陆尧："我二叔那里是挺安全的，而且他有保镖。我让二叔送你两个，这样我还可以退款。"

陆尧："姐，我聪明吧。"

林初萤："……"

他可真会精打细算，但过段时间就不是叫姐了，该改口了。

林初萤有意提点道："过段时间记得改口。"

末了，她想起自己好像和陆燕临都没加微信来着，于是把手伸过去："二叔，手机给我。"

莹白如玉的手横在他大腿上方，染了胭脂色的指甲格外娇艳。陆燕临的第一想法是，她换了美甲。

在巴黎的时候，她的手指是跳跃的几种颜色，上方还绘制了可爱的猫咪，她挠他的时候像猫咪，咬人的时候也像。也不知道为什么一个小小的指甲上会变出这么多花样。

"做什么？"陆燕临将手机放上去。

"你不要说你不用微信。"林初萤接过来，发现还要指纹解锁，干脆抓着他的手往上面试。

男人带着薄茧的手和她的娇嫩细腻截然不同，陆燕临像是碰到了一块软豆腐，一捏就会碎。林初萤从小到大都没吃过苦，就连在国外留学时，也是十指不沾阳春水。

八岁的年龄差，听起来还挺大的。旁边的女孩像鲜花一般，正是绽放的年纪，而他已经步入成熟男人的行列了。

陆燕临思忖着。

林初萤毫无察觉，试着解了锁。这位的手机和他的性格一模一样，黑色外壳搭配最基础的系统设置，老男人都这样吗？

"够了吗？"陆燕临问。

"解锁了。"林初萤头也没抬。

陆燕临的手被她松手，他的尾指无意识地钩了钩，似乎在贪恋刚刚一瞬间的温柔。

真是贪婪。

林初萤打开微信，准备扫二维码，后来想想应该让陆燕临扫她的二维码才对，这样申请好友的就是他了。

她的小心思转了两圈，然后加上好友，改了备注，笑意盈盈地还回去：“好了。”

陆燕临垂眸，手机界面上多了一个聊天框，头像是鲜活的，而不是空白色。

“嗯。”

这次送林初萤回的是仙林府的别墅。林氏一开始发家做的就是地产，后来到了老爷子那一辈，开始转投资其他产业，天艺娱乐就是其中一个。

林初萤正在看热搜。陆尧说得没错，才发生没多久的围堵事件就已经上了热搜第一，可见江雪名如今的热度。

热门第一条微博是营销号发的图片，里面的评论两极化——

“不是都解约了还闹什么闹？”

“你们这样是在给江雪名招黑好吗？”

“请不了解的路人不要发表这样偏颇的言论。”

“天艺娱乐这样的公司就应该消失，否则以后会有更多的受害艺人！”

林初萤滑着屏幕看了看。

下面的热门微博里还有人拍了视频，不过是用手机拍的，看起来很模糊，只能看到二十几个人头以及一阵吵吵嚷嚷的声音。

陆燕临侧目，这段时间江雪名的解约事件热度很高，他也算有所耳闻。而且林大小姐得了几千万违约金的事也传开了。

林初萤嘟囔了一句：“真是闲得慌。”

她合上手机，正好到家了。

林初萤的心情飞了起来，下车以后突然想起什么，又转过身，倾身趴在车窗上。

她一贯喜欢这样。

陆燕临心里突然冒出这句话，面上却不动声色，问：“怎么了？”

林初萤本想伸手点点他的鼻子，到了半路却停了下来：“没有，就是谢谢二叔。”

看着那个身影消失在院子里的绿茵小道上，陆燕临关上车窗，像是一声命令，陈特助发动了车子。

她刚才到底想做什么？

陈特助从头到尾目不斜视，专心开车，一直到离开仙林府，才听见后面传来的声音——

“热搜上的事情……”

陈特助心领神会，很快便给了答案：“我尽快安排。”

他犹豫了一下，又补充道：“那个解约的江雪名，程家小少爷给她付了违约金，现在刚签约初心娱乐，据说正在洽谈一部大制作，这部剧前段时间在向公司寻求投资。”

车里的音乐还开着，是轻音乐。陈特助没听到回复，一直到快进陆家大门时，才传来一声低低的嗓音：“你知道怎么处理。”

他当然知道了。

事情开始得悄无声息。

江雪名签约初心娱乐后就得到了一部大制作，这部大制作定了她当女主角。她当女主角的剧不少，虽然演技一直遭人诟病，也有耍大牌的传闻，但腥风血雨的体质很受欢迎，这年头，谁不想要热度呢！

经纪人是新换的：“今天要和导演吃个饭，你记得态度温和点，总没错的。”

江雪名笑着说：“我会的。”

过了一会儿，她又问：“天艺娱乐那边有没有做什么？”

天艺娱乐的新老板不是软柿子，她有点担心。

正说着，经纪人的电话响了。

不知道那边说了什么，经纪人的脸色越来越不好，挂断电话后喘着粗气：“饭局取消了。”

江雪名有些疑惑：“取消？”

经纪人盯着她：“我和这个人关系不错，他透露了一下，新投资方有意换一个主演，说你演技不行。”

江雪名“噌”的一下站起来：“我演技不行，但是我的剧收视率从来都不低，投资方想干什么？”

“谁让人家是投资方呢！”经纪人叹了口气，“除非现在能让投资方改主意，否则这个主角就黄了。”

“投资方是谁？”江雪名想了想。

经纪人吐出两个字：“华盛。”

江雪名几乎脱口而出：“什么？”

怎么会是华盛！

娱乐圈里无论什么事都不会是秘密，江雪名被替换的消息如插了翅膀般飞了出去，大家全等着看她的好戏。

到手的女主角就这么飞了。

乔果把这件事告诉林初萤的时候，林初萤正在看段票，随口问：“她怎么这么倒霉。”

以前在天艺可没这样。

乔果心想要不要说实话：“这部剧原本寻求的投资是初心娱乐，后来发现超出了目标，导演就向华盛寻求投资，前两天华盛松口了。”

林初萤饶有兴味：“但是有条件？”

乔果点点头：“对！老板你怎么知道？”

“这一猜不就猜到了。”林初萤伸了个懒腰，脑子清明一瞬，“前两天松口的？”

“是，就前两天。”

林初萤直起身子，想了想，这件事不能直接问二叔，万一被说是自作多情多没意思啊！

她下班后直接回了家，林存坐在客厅里喝茶，有些惊讶：“怎么今天突然回来了？”

没等到回复，就见女儿头也不回地消失在楼梯上。

林存：“……”

上次陆燕临来家里带了见面礼，林初萤一直放在主宅，从没打开过。

她趴在床上，打开礼盒。入眼的是一条流光溢彩的钻石手链，内刻一朵红玫瑰，手链系在她皓白的手腕上，在夜色下闪现莹莹流光。

林初萤的心情有点复杂，这是她在巴黎看中的，全球限量仅此一条。后来说被别人买走了，她出手慢了一步。

搞半天居然是陆燕临买的？！竟然截和了她喜欢的东西！

林初萤有些不平，她对着手拍了张照片，然后发了朋友圈。一众姐妹迅速到场，十分捧场地开始“你又败家”“比不过比不过”的评论。其中以陆尧最为显眼，甚至连“能为世界带来和平”这样的话都说得出口。

林初萤沉浸在一片赞美声里，微信上突然有了新提示，头像很熟悉。

陆燕临点了个赞。就没了？你自己送的礼物，不夸两句吗？是她拍照不够好看，还是心虚到不想说话？

林初萤盯着看了一会儿，想了想，私聊过去：“二叔，你有没有觉得我新发的朋友圈缺了点什么？”

男人都需要暗示。

陆燕临一打开聊天界面，视线就被“二叔”两个字吸引。

虽然林初萤整天二叔二叔地叫着，有时故意，有时诚心，他都只是听听而已。可现在放在眼前，似乎有些刺眼。

十几秒后，林初萤的手机上弹出一条新消息：“称呼。”

称呼怎么了？看这言简意赅又严肃正经的提醒，林初萤还没等询问，她的电话就响了。

是陆燕临打来的。

5

这么直接就打电话过来了？

看着屏幕上跳跃的三个字，林初萤心里转了“他到底是想说什么”，还是“觉得微信不够好”等数个想法后，才按了接通键。

“怎么突然要打电话？”林初萤率先出声，“微信不是聊得好好的吗？”

电话这边的陆燕临神色平静：“没有，我只是觉得有件事需要提醒你一下。”

林初萤“哦”了一声，问：“什么事？”

“如果顺利，也许一个月后我们就会结婚。”陆燕临抛下一枚炸弹，“到时候称呼问题需要注意。”

说到底就是不想听见“二叔”两个字了。林初萤在心中腹诽，她之前在巴黎的时候，情难自禁时有叫过一声二叔。

“这不是还没结婚嘛！”林初萤躺在床上，声音有些轻柔，“还早呢！”

“不早。”陆燕临垂眸，似乎能想到对面的女人是怎样的表情，“可以提前适应。”

林初萤晃了晃手，说：“反正不急。”她停顿了一下，又想起江雪名的事情，“对了，二叔，我听说华盛是不是投资了一部电视剧？”

陆燕临不动声色：“是。”

他低声说：“这部电视剧风险小，回报率高，收视率应当不低。”

林初萤倒也没想到能得到这么肯定的答案，继续问：“那你们属意的女主角是谁？”

陆燕临问：“你有想法？”

“我只是听说原定的角色被换了。”

“这些琐事陈特助会处理。”陆燕临缓缓开口。

陈特助的意思不就是你的意思吗？

林初萤玩了玩自己的指甲，开口说：“江雪名刚从天艺解约，不管怎么说你也算是帮了我的忙了，谢谢二叔。”她放轻了嗓音。

对面安静了几秒。

“不用谢。”陆燕临说。

林初萤挑了挑眉，只听见耳边传出来的一句话：“如果真的要谢，就改个称呼。”

“那二叔想我怎么称呼？”林初萤将问题抛了回去。

半晌，陆燕临捏了捏眉心，缓缓开口：“或许你可以叫我的名字。”

还以为叫什么呢？！

林初萤跳出这个想法，她捏着自己的下巴，试探着叫出声：“燕临？”

这两个字含在舌尖有种异样的情感，透过手机，仿佛带了轻微的电流。陆燕临扯了扯衬衫领口，低声回应：“嗯。”

真是克制。

林初萤撇了撇嘴，又故意说：“不行，不顺口，我还是叫二叔吧。二叔哪里不好，我就喜欢二叔。”

她随口说出来的一句话却引起波澜。陆燕临知道她在说称呼的事情，奈何这句话充满歧义，带着女儿家的小叛逆，是对他的反驳。

他微微一笑。

“你还没回答我，你有没有觉得我的朋友圈缺了什么？”林初萤又提起这个问题。

陆燕临只“嗯”了一声，又没回答了。

林初萤估计他去朋友圈看照片了，也不知道这种甚少玩朋友圈的老男人能不能发现，她在心里叹了口气：“不打扰二叔了，我要去吃晚饭了。”

“再见，二叔。”挂断电话后，她坐起来准备去泡澡。

她才拿好衣服，手机就响了一声。

林初萤重新趴回床上，看到朋友圈多了一个红色的数字，点进去就看到了那个冷淡的头像。

陆燕临刚评论的——“很配你。”

林初萤鼓了鼓脸，这么久就想出这么一句。不过想想他本人那么正经，好像这句回复也还行，勉强算过关吧。

天艺娱乐已经步入正轨。

林初萤作为总裁，其实不用每天都去。但她觉得去上班也挺好玩的，可以排在她喜欢的行列第四。

第二是购物，第三是看秀。第一是最近一个月新添加的，逗逗陆燕临这个老古板。

自从回国之后，林初萤就没怎么购物了，这个周末，她没睡懒觉，拎着一个包去了最近的购物中心。

“老板，可以出发了。”乔果作为全方面的助理，今天也充当司机和拎包小妹。

“走吧。”林初萤戴上墨镜，踩着高跟鞋，心情美妙地进了购物中心。

林初萤正在看琳琅满目的包包，接到了陆尧的电话：“大小姐，你的保镖有着落了吗？”

“没有，我忘了。陆尧，你看这个包怎么样？好看吗？我觉得它的颜色好像不太衬我。”

“我又看不到。”

“对哦，忘了。”林初萤正好也转累了，在店里坐下，打开了微信视频，“小伙子在干什么？”

“在数零花钱。”陆尧兴致勃勃，“二叔真的给了我一张卡，我本来以为是打钱给我的，没想到二叔这么慷慨！天啦，你就是我的福星！我又可以去尽情地玩耍了！”

林初萤对他的表现有些无语，但还是轻飘飘地说：“谁让你二叔有钱任性。”

“那倒是。”陆尧跟着附和了一句，看着林初萤一副光鲜亮丽的模样，又想起刚刚她的那个问题，“你在外面逛街？”

“对啊，今天又不用上班。”

“做女人真幸福。”

林初萤纠正他的用词：“是做林初萤很幸福。”

陆尧：“……”

你美你说的都对。

林初萤闲来无事，拿手机对着店里拍摄了一圈。陆尧羡慕地看着大小姐的完美周末，直到转到店门口的标志时，他才觉得好像有点眼熟。这不是自家旗下的购物中心吗？！准确来说，是华盛旗下的。

林初萤歇了一会儿后又开始继续购物。陆尧不忍其扰，一直被问这个怎么样、那个怎么样。他头都快炸了，捧场十几分钟后，他果断找借口挂断视频。

真是可怕。

陆尧又给自家二叔发微信消息："二叔，就是那个保镖的事情，想让你匀两个给林大小姐。"

陆燕临正在处理文件，看到消息，眉头一皱，回复他："你不用操心这事。"

陆尧："我不是怕您忘了吗？今天林大小姐在人民路咱家的店里购物，身边也没有保镖，出门在外多不安全……"

他絮絮叨叨一大段文字，陆燕临只拣出了关键的几个字。他关了手机，将陈特助叫进来，一本正经地问："去问问人民路那边购物中心的负责人。"

陈特助一脸蒙地离开了办公室。

陈特助打电话给负责人，绕了一大圈后终于知道原因，原来是林初萤正在那里买东西。

逛了几个小时，林初萤累了，乔果说："老板，我去给你买点喝的吧。"

林初萤"嗯"了一声，然后坐在店里玩手机。没等乔果回来，店里先来了一群黑西装，对着店主不知道说了什么，店长频频看向她这边。

过了一会儿，一个黑西装走过来："这位小姐，不好意思，我们准备清场，可不可以请您先离开？"

林初萤差点气笑："请我离开？"

黑西装说："因为是雇主的私人行程，不方便向外人透露，很抱歉。我们可以给您补偿。"

林初萤饶有兴致地问："你的雇主是谁？"

对方没回答，而是打开了钱包。

林初萤看向店长："你说我要不要离开？"

店长还没开口，负责人就冲了进来："不用！这位顾客不用离开！什么清场，我怎么没收到消息？！"

黑西装被负责人挤到了一旁。

“我们购物中心从来没有清场的惯例，麻烦这位先生赶紧离开。如果不买东西的话，请不要打扰了我的顾客。”开什么玩笑。负责人挥手叫来保安，黑西装们来不及和林初萤说第二句话就被赶了出去。

负责人又问：“您要不要再看看？”

“算了，买了挺多的，累了。”

负责人目送林大小姐一路飒爽地离开，然后才转头提点店长：“你今天怎么回事？刚刚就应该把他们直接赶走，还用等到我出现？”

店长低头听训，负责人又转了一圈：“把刚刚林小姐试的东西全都包好送过去。”

乔果带着一杯奶茶姗姗来迟，林初萤捧着奶茶杯，一口一口地喝着。正百无聊赖，身后突然传来几道声音——

“本来想着清场的，没想到负责人不允许……不知道从哪儿冒出来的一个女人，居然为了这么一个顾客得罪我，他们知道今天损失了多少钱吗？”

随着声音渐近，主人也露出了真面目。一个踩着恨天高的短发女人正打着电话，戴着一副大墨镜，目光一下子就放在了林初萤的脸上。

林初萤收回视线。

“算了，反正这地方卖得也不怎么样……我还碰见了不少穿高仿的。”短发女人笑起来，若有似无的视线一直放在林初萤身上，“说起来你可能不信，你会相信一个穿着一身顶奢的人喝奶茶吗？我做过这样的事吗？”

奶茶？林初萤吸了一口奶茶，又看了一眼自己身上的衣服，十分确定她是在说自己。不过这位就是刚刚要清场的那一个，真是冤家路窄，居然在电梯这里碰到了。

乔果正要开口，被林初萤阻止。

“喝完了，味道不错。”她抬高了手中的奶茶杯，做出要往那边投的姿势。

短发女人吓了一跳：“你干什么？”

林初萤似笑非笑：“你挡着垃圾桶了。”

短发女人的表情僵了下来，回头一看，她的裙子不小心碰到垃圾桶了，只好脸色难看地离开了。

正好电梯来了，林初萤抬脚走进去。

乔果终于想了起来，说：“如果没记错的话，刚刚那个应该是初心娱乐的陈清云，刚刚得到了设计师 Moon 的走秀资格，听说是挤下了另外一个叫沈明雀的模特。”

“这个秀我怎么没听说？”

“其实上个星期对方发了邀请函过来，不过被老板你压在公司文件下，差点扔了。”

林初萤喜欢看秀是出了名的，一向只看有特色的高定秀，而且这个设计师在国内原创界也算是小有名气。

乔果问：“要不要处理一下？”

林初萤眉毛一挑，眼里闪过一丝趣味：“不用，去看看也没事，正好最近没什么秀。”

乔果点头：“我会安排的。”

林初萤摸了摸下巴：“就她刚刚那样子，我还挺想看看她在台上能走成什么样。”

乔果心想，到时候对方一上台，看见老板坐在台下，恐怕会直接吓死吧。

陈特助收到负责人的消息后又去了办公室，男人们大抵是不太理解这种独属于女人的快乐，但不妨碍底下人将消息汇报上来。

林大小姐买了几个包。

林大小姐又买了一个系列的衣服。

林大小姐好像对那对珍珠耳环不太满意。

林大小姐多看了那枚胸针两眼。

如同一只报信鸟的陈特助，时时更新林初萤在购物中心的行程，事无巨细，就连她皱眉一下都要说明她对什么不喜欢。

陆燕临繁杂的工作期间好像多了点乐趣。他以前就知道林初萤花钱不眨眼，现在听着陈特助的细细汇报，仿佛看到了婚后的自己——会收到一沓沓账单。

看到陈特助再次进来，陆燕临放慢下笔的速度，抬了抬头，问："什么事？"

陈特助咳嗽一声："林小姐已经离开了。"

他顺带提起店里刚刚发生的小插曲，然后看见自家总裁的眉头又皱了起来。

6

陈特助觉得自己又到了察言观色的时候了，他开口说："对方被店长拒绝并赶走，林小姐后来就离开了。"

"她发火了吗？"

"据店长说没有，但心情好像不太好，应该还是受了影响。"

陆燕临屈指在桌上敲击片刻，他并没有说什么，陈特助却能感觉到对方的情绪有些变化，他有些忐忑地问道："先生，需要处理一下吗？"

"暂时不用。"陆燕临只说了四个字。

林初萤不是一个能吃亏的人，这样的气由她自己出才会觉得舒畅。他横空插一手不太好，过后等她气出了，他再补上也不迟。这个想法在陆燕临的脑海里转了一圈，顷刻间就被肯定了。他嘴角上扬又下压，打开了文件，要准备好好工作了。

过了一会儿，陈特助以为自己的事情结束了打算离开办公室时，突然听到自家总裁的声音："她看中了什么，送过去。"

回家后，乔果从公司拿回了那份邀请函，虽然上面写的是英文名Moon，但设计师是中国人。

林初萤打开邀请函："就明天了。"

乔果说："对，我通知那边一下。"

林初萤觉得这个助理真是合自己的心意，也不知道林存从哪里找来的，年纪轻轻但工作能力很好。昨天那个陈清云戴个大墨镜，乔果都能认出来，可见记忆力十分出色。

第二天晚上，乔果开车送她过去。秀场已经布置完毕，美轮美奂，很符合这次的森林主题。

林初萤穿了一袭透绿色的长裙，设计师等在门口，看到她来，眼睛一亮："林小姐，我还以为你不来了，没想到还有这个荣幸。你的座位我已经安排好了，绝佳位置。"

林初萤嘴角一勾，笑容完美："谢谢，你这次的主题我很喜欢。"

作为一个名媛，她对于这些应酬已经得心应手。

设计师闻言，笑容热烈，目光不由自主地看向林初萤今天的礼服，心里发出感叹，这比她的模特好看一百倍！

"你现在去忙吧，我想随意看看。"林初萤对设计师点点头，温柔地开口。

"好，如果有什么事可以随时找我。"设计师太激动了，满脸兴奋地离开了。

秀场现在还没坐满人，工作人员来来回回，乔果见林初萤的目光投向一张小门，说："那个应该是模特的化妆间了。"

林初萤饶有兴味："去看看。"

其实并不算化妆间，算是中间转场的一个小空间，十来个模特挤在里面，看到有人推门而入也没有人转头。等镜子中出现那袭婀娜身影时，大家都忍不住移了目光。

这个人是谁？是临时加上的模特吗？

陈清云恰好从里间出来，叫道："化妆师呢？赶紧过来给我补——"

她的声音戛然而止。

陈清云目光灼灼地看着门边的女人，十分肯定自己昨天才在商场见过。她又看了看对方的礼服和首饰，居然比她还要精致，是压轴模特？

不对，名单上根本就没有。

林初萤抬头看去，陈清云今天穿的是走秀款，有些夸张，发型看起来也很张扬。

一个工作人员红着脸从一旁过来，拿着手机：“请问我可以和你合照吗？”

林初萤还没出声，陈清云就已经迫不及待地开了口：“你是在这里工作的，管一个外人做什么？”

工作人员小心翼翼：“可是……”

“可是什么？”陈清云抬起下巴，露出微讽的表情，“名单上根本就没有这么一个人，不会是有人出了问题，最后临时塞进来的吧。”

林初萤挑了挑眉，她身上的绿色礼服很仙女，“可盐可甜”这四个字简直就是为她量身打造的。

没等到回答，陈清云的呼吸加粗。

“工作人员是怎么回事，还不赶紧过来？到时候出了差错，你吃不了兜着走。”陈清云皱眉叫道。

工作人员对着林初萤连连道歉，林初萤微微一笑，下巴微抬，轻描淡写道：“你过去吧，给这位模特好好准备准备。”

陈清云瞪大眼睛，这颐指气使的态度，是把自己当老板了吗？

林初萤并不想多废话，她勾了勾唇，露出一个意味深长的笑容，然后离开了。

晚上八点，走秀准时开始。

林初萤坐在前排最佳的位置，设计师忙前忙后。

林初萤看了一眼自己身边的座位，都快开始了，怎么还没人来？她招了招手：“我旁边的位子怎么是空的？”

设计师连忙说：“这是临时加上的……”

他还没说完，手机就响了，只能一边说着“抱歉”一边快速离开嘉宾席，去别的地方忙碌。

趁着还没开始，林初萤低头玩手机，没过多久，她身侧落座一个人。现场灯光暗了下来，设计师宣布走秀开始后，林初萤才端坐好，然后她一眼就看见了右手边的……陆燕临！

林初萤张了张嘴，露出不可思议的眼神，仔细地看了看："你也来看……秀？"

陆燕临看着她生动的表情，"嗯"了一声。

你确定不是来凑热闹的吗？

"这个秀居然还给你发了邀请函，设计师他怎么想的……"林初萤狐疑地看了他好几眼。

"不能发给我？"陆燕临声线低沉。

"不是。"林初萤补救，"当然可以。"

可以是可以，就是觉得好奇怪，以前怎么没听说陆燕临喜欢看秀？没等她想太多，台上的模特已经开始入场了。

陈清云上台时深吸一口气，这次她花钱请了一些媒体，就等着走完秀后发通稿，然后直奔热搜。

音乐响起，设计师做手势。

陈清云踩着设计独特的高跟鞋缓缓上台，一切都和她想象中一模一样，闪光灯汇聚在她身上。

陈清云走向 T 台最前方，正要按照设计摆出一个完美的定点姿势，眼睛却一下子瞪大了。

穿着水绿色长裙的女人坐在台下，卷发披在胸前，肌肤白得发光，正勾唇看向她这里。

很漂亮，但更让人熟悉。她怎么会坐这么好的位子？她不是临时充数的一个小模特吗？陈清云瞳孔一缩，面色发白，脸上不可避免地出现了些许惶恐。

林初萤就这么看着她，各种思绪跳出来，陈清云脑海里设定好的情节一下子出现了程序错误，差点扭脚摔倒，还好最后稳住了。

回到后台，她脸色一片惨白。

“开心吗？”陆燕临问。

“开心啊！”林初萤心情雀跃，转头说，“她这样霸道，自己打脸。”

今日又收获了一份快乐。

陆燕临看着她笑意盈盈的一双眼，像一只寻到了宝藏的小鹿，看来没有插手是正确的选择。

林初萤忽然好奇地问：“要是有人得罪你了，你会怎么办？”

“怎么得罪？”陆燕临问。

“你会让他破产，还是会怎么样？”林初萤又问。

陆燕临对上她兴趣盎然的求知眼神，决定提醒她：“平时少看点偶像剧。”

林初萤一点也不觉得有问题：“我公司就是拍偶像剧的，这叫向现实取材。”

摄像机主要拍的是台上的模特，但偶尔也会拍拍台下的嘉宾，林初萤似乎有所感应，朝镜头看了一眼，俏皮地眨了眨眼，然后移开了视线。

陆燕临正襟危坐，脸上没有任何表情，和旁边的女人形成了鲜明对比。

林初萤小声说：“二叔，你这像是在看新闻，这么严肃，哪里是来看秀的。”

陆燕临瞥她：“我一向如此。”

林初萤心想，她当然知道，他在哪儿都是这样，一丝不苟，唯一不同的可能就是在床上了。

不过这样对比后，好像“二叔”更吸引人了。

此时的后台，陈清云还在懊恼。她拿着手机刷了好几遍，昨天还在嘲讽人家穿着高仿喝奶茶，今天人家就坐到她走秀的台下当嘉宾，自己这是什么运气！

陈清云的手机响了一声，她拿起看到一条消息：“热搜已经上了，你可以去查收了，通稿那边我们都发了。”

她赶紧刷新热搜，本以为自己会在前排，因为出的钱不算少。结果看到热搜列表，她脸都绿了，第一和第二全是别人。

陈清云不服气地点进去，热门第一条微博是刚刚发的，还没几分钟就已经评论过万了。

“我真是太难了：我只是一个喜欢看秀的人，结果衣服没吸引我，台下的嘉宾却让我心跳加速。这才是真正的森林仙女吧，跪求仙女微博指路！”

配图是一张动图。

从镜头转到林初萤脸上，到林初萤俏皮眨眼的所有过程，几乎都囊括在内，直接击中了网友们的心。

“这是谁？”

“这颜值居然现在才出圈，不是明星吗？”

“这张脸真的太美了！”

“十几分钟过去了，有人找到这位仙女的微博吗？呜呜呜——我需要更多的美图！”

陈清云看到图上的人，脸色青白交加。之前她有多自以为是，现在就有多难堪。

走秀余下最后几分钟，由设计师演讲。

林初萤不喜欢听这些，她偷偷拿手机出来玩，刚好屏幕上方跳出乔果的微信消息——

乔果：“老板，你上热搜了！”

乔果：“老板，你火了！”

林初萤想了想，回复她：“我之前不就火了吗？”

慈善夜那一晚，她的名字就在热搜上挂了一整晚，后来被其他新闻盖过去才销声匿迹。

乔果：“不是，老板，这次不是你独自美丽。这次！您是和陆总一起火了！”

林初萤：啊？

这位二叔来看秀莫不是想着来蹭自己热度的吧？她看了一眼身旁的陆燕临，和他对视上。

陆燕临问："怎么了？"

现场环绕着设计师演讲的声音，他不得不往她那边倾身，压低的声音顺着耳骨钻进心里，像是悄悄话一般。

第三章
接你回家了

1

有气息落在耳畔，林初萤的耳朵有点痒。她想伸手去揉一揉，想起陆燕临还在旁边，又放下了蠢蠢欲动的手。

林初萤认真地开口："二叔，你实话跟我说。"

陆燕临"嗯"了一声："说什么？"

看她这一脸严肃的模样，什么事情这么重要。

"你又不是一个爱看秀的人，你突然过来是不是想蹭我的热度？"

陆燕临就听林初萤那小嘴噼里啪啦地说了一大串，然后得出这样一个结论。

"二叔。"林初萤靠近一些，妩媚中带着一丝娇憨，"我开玩笑的，你怎么会需要蹭我的热度呢！"

男人的眼中透出一丝疑惑。

林初萤发现还挺好玩的，她在心里乐了几秒，又开口："对了，待会结束后二叔送我一程呗！"

陆燕临问："你的助理呢？"

林初萤眨眨眼："回家了。"

陆燕临看着她睁眼说瞎话，不过还是点了点头："好，"

此时此刻等在外面的乔果还在搜索网上的新闻，孜孜不倦地向自己的老板汇报，林初萤低头回复：“你开我的车回去吧。”

乔果：“怎么了，老板？”

林初萤：“我有人送。”

乔果那边过了几秒才反应过来，十分迅速地给出回答：“老板，我已经开走了，马上到家，祝老板一路顺风。”

离开秀场后，林初萤和陆燕临一起离开。上车的时候，看到兢兢业业的陈特助，林初萤打招呼：“陈特助，晚上好啊！”

陆燕临瞥了一眼。

陈特助：不！他不需要打招呼！让他做一块背景板吧！

林初萤恍然未觉，她上车后用手机登录微博，热搜前几位除了明星，就是这次的秀，还有一个名为“陈清云惊艳”的话题。

那位恨天高同学这么有野心的吗？林初萤点进乔果说的那个热门微博，是个路人发的。

“草莓冰乳不加珍珠：天哪，这次的秀是什么宝藏秀！被朋友拉着一起看直播的我当场就惊艳了！这是什么绝世仙女和帅哥，坐在一起也太配了吧！我不允许首页只有我一个人看到！”

林初萤点开动图，觉得自己被拍得怪好看的，就是没想到陆燕临上镜也那么好看，怪勾引人的。

评论里一群嗷嗷叫的网友——

“我觉得有戏！”

“啊啊啊——我刚刚才看到单人动图，仙女眨眼美呆了！没想到是双人图！”

“这是什么完美绝配，严谨西装男和美艳仙女，我嗑了”

“娱乐圈里走红毯都没这么好看，这还是直播镜头，到底是什么人，求科普！”

“别的不知道，这个男人是华盛总裁啊。啊啊啊——现实里的霸道总裁，我再也不觉得小说都是假的了！”

林初萤欣赏完自己的美貌，就把这张图保存下来，然后又转发了这条微博。不过她自己的微博只有几个粉丝，没人注意到。

浏览完网友的各种赞美后，林初萤心情大好，又去陈清云的热搜看热闹。

大晚上的，正是网友们上网冲浪的时候。“陈清云惊艳”这个话题挂了几小时才几百条评论，有眼尖的网友发现照片似乎有不对劲的地方，为了修图，把后面的一根小柱子给修歪了。

本来没什么意思的论坛突然热闹起来。

“我都替她尴尬……”

“有这个钱买热搜，不如多花点钱请个修图师吧。”

“她参加的也是这个秀，真是天壤之别，看秀的人是真惊艳，走秀的是假惊艳。”

最后一条评论一下子炸了，这条评论直接被顶上了热门，林初萤的新晋颜粉忍不住炮轰。

其中一条评论点赞最多——“承认别人颜好身材棒对你们来说就这么难吗？”

林初萤给她点了个赞，她又截图给陆燕临发过去，然后补上一句：“希望二叔以后多向他人虚心学习。”

手机响了一声，陆燕临打开后，看到那条微信消息，他又点开照片，微挑了挑眉，眼里流露出一丝笑意。

“就在车里，没必要发微信。”

“这是情……乐趣。”林初萤话到嘴边改了口。

车里好像放了什么熏香，味道清淡却非常好闻。她嗅了一下，好奇地问：“二叔，你这车里熏香什么味的？”

陈特助觉得这句话好像似曾相识，他忍不住出声：“没放熏香。”

林初萤一下子就懂了。

她转向身旁的陆燕临，倾身过去嗅了一下，像一只察觉到食物香气的小仓鼠，可爱至极。

“公司的新品，他们放在我这里试用。”陆燕临垂眸，“你想要？”

“你送我就要。”林初萤吸了吸鼻子。

“嗯。”

香水一事很快就告一段落，林初萤忽然想起前两天江雪名的事情，低声询问：“华盛投资电视剧要是亏了怎么办？”

一旦收视率惨淡，很容易就会亏本。

陆燕临淡淡地开口：“不会。”

这么有自信？林初萤多看了两眼，发现认真的男人有种与生俱来的成熟魅力。

大概是知道她刚接手传媒公司，陆燕临多解释了两句：“公司会有专门的部门评估风险，华盛的投资不允许别人插手，也不允许走后门。”

林初萤摸了摸下巴：“这样还不错。”

“每家公司都有自己生存的模式，没必要乱改。”陆燕临偏过头看着她，“天艺娱乐屹立这么久，突然改也会大乱。”

“我才不会去改呢。”林初萤说。

她说完后，弯了弯眼睛，忽然问：“你这是在教我怎么赚钱吗？”

“不用教。”陆燕临面色不改。

真是一点情趣也没有，林初萤撇了撇嘴，这要换了别人，肯定就顺着往下说了。

眼前这个男人还真是不解风情！

正好到了目的地，林初萤下了车，浅浅一笑：“谢谢二叔。”

车窗开着，有风吹进来，还带着一丝淡淡的柠檬香，混合着青草的味道，冲淡了车里原本的香水味。

陆燕临不由得多看了林初萤两眼，她对香水的品位很好。像她本人一样，想妩媚就妩媚，想冷淡就冷淡，永远在勾人。

林初萤想起什么，走到另一边，敲了敲车窗。

等车窗降下去后，她说：“之前听说江雪名被换掉，我就觉得二叔你真是太有眼光了。”

陆燕临嘴角一勾：“是吗？”

“不管怎么说，谢二叔了。”林初萤往车窗边倾了倾身。

“怎么谢？”陆燕临见她一直记着这件事，突然来了兴趣。

林初萤睁大眼，询问道：“什么？”

她对刚刚听到的那句话表示惊讶。

陆燕临眼神微动，嘴唇微微上扬：“既然你说要谢我，就只是嘴上说说？”

“没诚意。”陆燕临声音平淡地下了结论，“如果没有想到，那就下次再谢。”

林初萤呆了几秒才回过神来，这男人怎么了？

她狐疑地多看了两眼，疑惑道：“二叔，你想我怎么谢你？”

“你自己想。”

要求还挺多。

陆燕临发现这样似乎也挺有趣的，他看着林初萤秀眉微蹙，漂亮的脸皱成一团，很是可爱。

林初萤的目光落在车里的男人身上，他一丝不苟地穿着西装，白衬衫搭配深色领结，连一个褶皱都没有。

林初萤挑了挑眉，半晌，她终于伸手，纤细修长的手指抓住领带，轻轻一扯，手指一钩，将领带的末端绕在了手上，白皙的肌肤从领带的缝隙里露出来。

陈特助觉得自己不宜多看，直接闭上了眼。

林初萤往里靠近了一点，窈窕的身形弯出了一个漂亮的弧度，她操纵着领带，强迫主人往自己这边倾身。

“我想到了。”林初萤说着，轻轻地在陆燕临的下巴上亲了一下。

隔了一个多月，这是他们离得最近的时候。原本想亲鼻尖的，可她更喜欢线条性感的下颌。

陆燕临的下巴上不可避免地沾染了一抹口红，让他看起来添了一丝风流。

林初萤手上稍稍用力，她故意扯了扯领带，看到西装上出现轻微的褶皱，才笑着开口：“这个谢谢够吗？”

像是一个妄想渎神的妖女。

2

车里的人眼神幽幽地看着林初萤，漆黑如墨的眸子里翻滚着滚烫的情绪。

“够不够？”林初萤又问了一遍。

“手松开。”陆燕临的声音有点沉，并没有生气。

“真正经。”林初萤吐槽了一句。

夜风微凉，林初萤收手，冲着陆燕临挑了挑眼尾，然后转身离开车边，头也不回地进了别墅。

她在房间里转了一圈，还有点小激动，然后才脱掉高跟鞋走近浴室。

林初萤泡在浴缸里，舒服地眯着眼，嘴里哼着莫名的歌，然后止不住地突然笑起来。水绿色的礼服被挂在一旁，长尾拖在地上。

真刺激呀！

别墅外，陈特助在想自己该不该开口。他从后视镜里看到自家总裁将领带重新放进西服里，然后整理好，仿佛一切都没有发生的样子。

陈特助欲言又止。

“走吧。”陆燕临抬头，手指在领口停顿几秒，捋平了最后一丝褶皱。

陈特助想起一件事，开口说：“先生，昨天《财经周刊》杂志联系我，想采访您，问您这个月有没有空，我还没有答复。”

陆燕临点点头：“可以。”

陈特助立刻点头：“那我明天答复对方，时间安排上可以再讨论一下。”

林初萤第二天醒来就接到了林存的电话。

林存语气严肃：“今天两家吃个饭，准备商讨一下你们俩的婚事，你晚上早点回来。”

“知道了。”林初萤打了个呵欠。

林初萤趴在床上，想了一会儿，给陆燕临发微信消息："你知道今晚两家一起吃饭吗？"

这次恐怕就会定下结婚日期，她离一个已婚少女也不远了。

陆燕临："知道。"

这么冷淡，就两个字。

林初萤十分好奇："陆尧知道吗？"

这个小屁孩恐怕现在还被蒙在鼓里吧？他如果突然看到自己的大姐姐变成了二婶，整整高出了一辈，估计会萎靡不振好几个星期，想想还挺逗的。

而这边，陆燕临瞥见屏幕上的那两个字，眯了眯眼，他知道林初萤和陆尧关系极好。

"不知道。"

还真不知道呀，林初萤心疼了一下小孩，也就没再问了。

刚和陆燕临说完，陆尧的电话就打来了："大小姐，你起床没？我听说我爸妈晚上要去你家吃饭，真的假的？"

"真的。"

"也不知道他们是怎么想的。"陆尧又问，"对了，你的热搜已经被撤了，听说江雪名那边现在可惨了。"

她现在被华盛集团说演技差，普通的投资方就算是看中她那张脸又哪敢用她。

"她现在已经不是天艺娱乐的艺人了。"林初萤说，"好或差都与我无关。"

如果是天艺娱乐的艺人受了欺负，她不会吃下这样的亏。可这个人忘恩负义，抛弃了对她这么好的老东家。

"真无情。"陆尧开玩笑地吐槽了一句。

"你的慈善夜结束了，下一步准备做什么？"林初萤问，"你妈没给你筹谋一下？"

"这还怎么筹谋？我妈都和我爸离婚了，现在在环游世界，还开了直播，日子过得比我还快乐。”陆尧挠挠头。

说起陆尧的亲妈，那也是一个神奇的人。

她当初属于灰姑娘嫁豪门，嫁给陆尧的父亲后就专心当豪门太太。没想到后来两个人的感情出了问题，然后一拍两散。陆尧的父亲自知理亏，分了不少财产给她。这位豪门太太在离婚第二天就开了直播，之前别人送的礼物也全部拿去做慈善了。

不过开直播这种行为在其他豪门太太眼里，多少都会被诟病。林初萤之前在某个宴会就听见有人议论此事，虽然她当场就呵斥了，但别人的想法根深蒂固，很难转变。

那些表面光鲜亮丽的豪门太太，谁知道私下过得怎么样呢？是好是坏，是快乐还是孤独，只有自己清楚。

林初萤觉得像陆尧亲妈现在这样的生活，来去如风，自由自在，也未必不好。

华盛集团总部的大厦外，高楼林立，人来人往。

“你从指间漏一点，我就发了。程家实在太不给面子了，我明明早就看中的。”办公室里，一个穿得花里胡哨的男人坐在沙发上，用手比了比那一点点是多少。

“你来就是为了说这些？”陆燕临头也没抬。

“当然不是，我是郁闷。”

“程家最近又做什么了？”

“一块地皮，被拿走了。”周易恒叹了口气，“那块地皮我本来信誓旦旦要拿下的，前景非常好。”

“我听说前段时间，他和那个小女友闹掰了。”周易恒八卦道，“好像是一个叫沈明雀的小模特，把人当替身呢！”

他听说程家大少爷当初留学时认识了一个女人，只可惜白月光最后为了前途留在国外，不愿意和他回国。

“替身这种事实在不好。”周易恒评价道，“这不是作贱人吗？那小模特脾气还挺倔，听说当天就直接分了，什么都没要，拖着一个行李箱就离开了。”

这种乱七八糟的绯闻一向是大家关心的，但他说了一大堆，办公桌后专心工作的男人眉头都不带皱一下。

“哎，你也不谈恋爱，整天单着有意思吗？”周易恒提议，“要不我给你介绍几个人？”

他摸了摸下巴，对于这位刚回国的好友，大半个娱乐圈的女星都有点跃跃欲试。

陆燕临看了看手表，将文件合上。

周易恒问：“可算等到你下班了，还真准时。我今晚在汇锦园请客，陆总可否赏个脸？”

陆燕临言简意赅：“不可。”

“你下班不就没事了吗？今晚人还挺多，你那个房子就你一个人，回去那么早干什么？”

“今晚回家。”

“回家真没意思。”周易恒就不想回老宅。

“有意思。”陆燕临站起来，整理了一下衣服，然后他把陈特助叫进来，说：“要去见家长。”

周易恒：“……”

你都回国这么久了，你家那几个家长早就见过了，这又是突然见什么家长？

周易恒想到什么，差点把眼珠子瞪得掉下来：“这话听起来像是要见女朋友的爸爸一样，不可能的。”

这比听到他突然结婚还可怕。

大概是心情不错，陆燕临松了松领带，脑海闪过昨晚那一幕，缓缓开口：“你说得没错，去见岳父。”

晚上七点，林初萤回了主宅。她换了件比较知性的衣服，还去做了个发型，一眨眼从魅惑妖女变成温柔的仙女。

林初萤到时，家里还没来人。

“今天穿的这身比你之前穿的好看。”林存看到后夸奖了一句，“你这是什么表情？”

“我在想你审美不行。”林初萤毫不客气地给了答案，“我什么时候都很美。”

林存不知道自己为什么会有这样自恋的女儿。

林初萤问：“她们还在？”

“不在。”林存知道她在说什么，叹气道，“你对新慧的偏见没必要那么严重。”

“我有什么偏见？”林初萤勾了勾嘴角，稍抬下巴，脸色明明白白地摆了出来。

“算了，不提这个了，反正你也不听我的。”林存知道这事反正也讨论不出什么花样来，“结婚后你就不能这么随性乱来了。”

“那结婚干什么？”林初萤正在换鞋，反问一句，“我结婚又不是为了束缚我自己的，你愿意是你的事，我才不会。”

林初萤撴了林存一顿，然后回到房间把上次的手链拿出来戴上，正准备下楼，外面的门铃刚好响了。

她阻止用人：“我去，你去忙你的。”

想必是人到了，林初萤下楼开门，看到外面的男人，她笑意盈盈地开口：“二叔，怎么就你一个人？”

陆燕临第一眼就看到了林初萤那张明媚的脸，随后是她身上的衣服。她今天穿得很温柔，被包裹住的明艳几乎下一秒就要冲破束缚。

林初萤说：“进来吧。”

两个人一起进去，陆燕临的目光落在她的手腕上。

林初萤的手腕露在外面，之前的手表被换了，一条钻石手链绕在上面，格外好看。

林初萤注意到他的视线，她也跟着看向自己的手腕，笑了笑，问：“感动吗？”

陆燕临配合回答：“感动。”

您这感动可真够敷衍的，林初萤撇了撇嘴：“你家今天谁来？除了陆老爷子，还有谁啊？”

陆燕临说：“待会儿你就知道了。”

林初萤说：“这有什么好保密的。”

虽然这么吐槽，但她还是没继续问下去。反正不管来几个，这件事都板上钉钉了，没有其他可能。说是两家人商讨，不过是讨论结婚细节和一些琐碎的事情，而不是商讨结不结婚。

两个人在玄关处磨了一两分钟，等到了客厅，林初萤才注意到，他今晚没打领带。

大概是她的眼神太直接，陆燕临有所察觉，询问道：“在看什么？”

“你今晚怎么没打领带？”

林初萤直截了当，还带了一点耐人寻味的意思。是昨晚受刺激了，所以今天干脆不系了？

陆燕临神色平淡：“坏了。”

林初萤：“……”

3

林初萤意有所指：“二叔，答非所问，不太对吧？”

她盯着男人看，想要看他是怎样的表情，却只见他面色淡然，仿佛刚刚说的不是他一样。

陆燕临反问：“你不想知道？”

林初萤：“……”

她本来只是日行一调戏而已，现在反而好奇起领带的最终归所了。坏是肯定没坏的，就是不知道是被它的主人拿去扔了，还是拿去泄愤了。

陆燕临垂眼看她，灯光下女孩白得发光，长长的眼睫好似展翅开的蝴蝶，撩动人心。

两人你来我往地对话了一番，林存也从楼上下来。看到陆燕临，笑道："燕临来了。"

他又转向林初萤："怎么都站在那儿？"

林初萤说："他自己想站着的。"

此话一出，林存一脸"我信了你的邪"的表情。

陆燕临缓缓开口："我刚刚才到。"

林存现在撇去了辈分，看陆燕临是哪儿都好。还有一点，虽然他比自己女儿大了八岁，那也不妨事，年纪大会疼人嘛！

说了没几句话，门铃就再次响了。林初萤过去开门，来的是陆成则和陆可欣。

陆成则也就是陆尧的父亲。

林初萤乖巧地向他们问好："陆伯伯，陆姨。"

陆成则笑了笑："有段日子没去我家了。"

林初萤只是笑了笑，心里又想起今天陆尧说的事情。陆大伯也不知道是因为什么离的婚，这件事一直是秘密来着。

几个人一起进了屋里，陆燕临眉目微敛："大哥、大姐。"

两家已经来往几十年，彼此非常熟悉。陆燕临还有个姐姐叫陆可欣，已经嫁人了，今天也过来了。

"你前两天穿的那件礼服很好看。"陆可欣拍了拍她的手，压低声音，"下次我穿什么，找你要点建议。"

"这还不简单，您说一声就行了。"林初萤笑意盈盈，"陆姨最近看起来气色很好。"

"最近没什么烦心事，而且你和燕临喜事将近，我们马上就要亲上加亲，能不高兴吗？"陆可欣说话的时候还揶揄了一句。

林初萤从小就常去陆家，陆可欣那时候还没嫁出去，她可喜欢这个嘴甜又漂亮的女孩了，把人当自己女儿看。谁知一转头，自己那个最严肃的弟弟却一声不吭地把人娶回来了。

"等婚后可就得改口叫我姐姐了。"陆可欣眉毛一挑，"没想到有一天突然变年轻了。”

“您一直很年轻，听说前段时间去美容院了，我最近在用一款面膜，陆姨您要不要试试……”

美妆话题亘古不变。

林初萤看了一眼陆燕临，这姐弟俩真相似，都在操心婚后改口改称呼的事情。

吃饭的时候，两个人被安排坐在一起。

私下的饭局没那么多礼仪，陆可欣夹了几筷子就忍不住开口：“这样看，燕临和初萤还是很般配的，以后生了孩子肯定也长得好看。”

林初萤又瞥了一眼陆燕临，都还没结婚，你姐姐说生孩子这事也太早了吧。

陆燕临点了点头，伸手给她夹了一筷子菜，然后才开口：“大姐说得有道理。”

林初萤：“……”

陆成则笑着转移了话题：“初萤，你和燕临是怎么熟的？”

陆燕临之前一直常驻国外，偶尔回一次国，他这样问也不算奇怪。

林初萤眨了眨眼：“之前在巴黎旅游的时候，恰好二叔也在那里，一来二去就熟悉了。”

“那真是巧了。”陆可欣插话道，“之前我爸问起的时候，燕临也是这么说的。”

林初萤看向陆燕临，这男人明面上不提巴黎的事，平时就像忘得一干二净的样子，看来心里还是清清楚楚记得的。

两个人对视一眼，她忍不住用脚碰了碰陆燕临的腿，饭桌底下的动作没人看得见。

陆燕临点点头，附和他们的话。

餐桌上方，陆可欣还在说：“平日里从没见燕临喜欢哪个女孩，上次突然说要结婚，把我们惊到了。没想到是初萤你，真是缘分啊……”

饭桌下，林初萤本想提醒陆燕临，但她突然觉得这个动作还挺好玩，干脆脱了拖鞋，用脚轻触他的脚踝。

“燕临平时也不说，非到最后才提，害我们手忙脚乱的。”陆可欣作为姐姐，以前不敢说，但在今天这样的场合，她也就没忍住。

“初萤的性格一直比较自我，我有时候也头疼。”林存笑着说，“以后要请燕临多担待。”

“这是应该的,燕临也不是小孩子了,你一向稳重,结婚以后要多哄着。”

几个人一唱一和。

哄？林初萤想象了一下陆燕临哄人的模样。

陆燕临声音温和：“这是自然的。”

林初萤十分满意这个回答,然后就听见男人还没说完的话:“她还小，爱玩是正常的。”

会不会说话？林初萤脸上的浅浅笑意没有变过，但放在餐桌下的脚忍不住踢了一下。

男人偏过头看她，林初萤突然坐直，挺了挺胸。

吃完饭，陆可欣拉着林初萤聊天。

“上次陆尧那小子的慈善夜我没去，但拍卖会上燕临拍的那条项链是你的吧？”

“是我的。”

林初萤没有隐瞒，这件事很多人都知道，不过他们以为是陆燕临给小辈面子而已。要是她和陆燕临结婚的消息公布出去，她怀疑自己的电话都会被人直接打爆。

“我本来听着也以为是大家说的那样。”陆可欣放轻声音，“后来他说要来你家提亲，我才反应过来。”

哪里是给面子?

之前吃饭的时候，陆燕临突然抛出他要来林家提亲的消息，陆家几个人震惊到不敢相信。陆老爷子还以为陆燕临有什么乱七八糟的想法，把人骂了一顿，然后问他到底怎么回事。

只是这个答案，陆燕临一直没给出来。

林初萤张了张嘴，半晌也想不出该怎么回答，只好转移话题："其实没有陆爷爷想的那么可怕……"

陆可欣仿佛想到了什么，义正词严："你跟我说，是不是他强迫你同意的？还是私下和你许了什么承诺？"

看陆姨这样子，林初萤总觉得她脑补了一些有的没的。

"你不要怕，如果是真的，我爸不会放过他的！"陆可欣补充道，"否则我怎么也想不通。"

她的眼神意味深长，仿佛想到了电视剧里那些霸道总裁做的事情。

"没有，陆姨您想多了。"林初萤虽然偶尔也在心里吐槽，但说起来，陆燕临的做法已经非常负责了。

闲聊了一会儿后，几个人去书房讨论结婚的事情。没几句之后，林初萤和陆燕临就被赶了出来，剩下的事情他们几个人谈就好，不用他们两个人操心了。

陆可欣在关门前，还看了一眼杵在一旁的弟弟："你可别欺负初萤年纪小。"

话音刚落，林初萤露出不好意思的表情，低声叫了一句："陆姨。"

这副娇羞的模样很好看，陆可欣越想越觉得这门婚事不错，心满意足地关上了门。

走廊里回归安静，林初萤的表情也回归正常，她轻挑了一下眉："二叔，我还以为你会被留在里面呢！"

陆燕临看她一脸得意扬扬，一时间想不出一个合适的回答，只好低笑了一声。

"笑什么？"林初萤顿了一下，又问，"你为什么不跟他们说我们在巴黎的事情？"虽然这件事经常被她挂在嘴上逗这个男人，但到这个时候，她还是有点耳根子发热。

陆燕临站在下两级台阶上，看着她。

林初萤猜测道：“不好意思说吗？”

她这句话说得很轻，有点疑惑，又有点好奇，不经意间还含了点撒娇的意思。

楼梯上，声控灯暗下来，只有走廊照过来的微弱灯光，陆燕临的下颌绷紧，目光落在她的嘴唇上，今晚他在餐厅被撩拨上来的火气好像又上来了。

可是他依旧克制道：“你的嘴也挺严的。”

未曾想，台阶上方的林初萤直接眉眼一弯：“严不严，二叔自己来试试呀。”

4

陆燕临站在她面前，细细地打量。林初萤说话的时候眼睛很漂亮，一举一动都像在勾人，也许“像”这个字该去掉，她就是在勾人。

她的脸上明晃晃地写着“我在勾引你”这句话。

陆燕临的视线从她的嘴唇掠过，和上次的红色口红不同，这次的口红带了些温婉的颜色，显得更动人。

“不急。”他缓缓开口。

“二叔你真没意思。”林初萤听到这话也不觉得意外，她知道陆燕临的克制和隐忍，更何况这还是在她家。

林初萤笑意盈盈，她这个角度有一点点居高临下，趁着陆燕临放松警惕，她伸出手，按到他凸起的喉结上。

她觉得男人的性感有一部分在这里。

触碰到的那一刻，林初萤感觉他的喉结上下滚动了一下。

两个人四目相对。

陆燕临：“别乱动。”他的眉头微微皱起来。

陆燕临幽深的眼神让林初萤觉得此刻有点危险，她眨了一下眼，假装若无其事收回了手，点火太过也不好。

“下楼了，二叔。”林初萤弯了弯眼睛，站直了身体，她伸手往陆燕临的肩膀上扶，准备下楼。她空出来的另一只手将耳朵边掉下来的头发别到耳后，露出莹白如玉的耳朵和小巧精致的耳坠。

她才下了一级台阶，就被人从腰部直接环住。林初萤吓了一跳，下意识地抓住陆燕临的衣服，熟悉的荷尔蒙气息包围着她。

林初萤一抬头，正对上陆燕临的脸，两个人的呼吸交缠在一起。

从林初萤这个角度，将陆燕临完美的下颌线看得一清二楚。她有些心动，伸手碰了上去。男人的下巴很干净，摸起来却有一丝粗糙的胡楂感。

陆燕临收紧了放在她腰上的手，林初萤准备挣脱，却被禁锢在他怀里动弹不得。

林初萤疑惑出声："二叔？"

陆燕临的视线微定："不是让我试试吗？"

虽然是反问，但他没等林初萤回答便直接压下来，然后含住了她的唇。林初萤的第二句"二叔"还没叫出口就被堵住了嘴。

陆燕临显然没有放过她的意思，他轻而易举地撬开她的嘴，不过几秒便吞没了她所有的声音。

楼梯上安静得一点声音都没有，林初萤下意识地伸手去推他，她的手碰到他坚硬的胸膛，感觉有些热。呼吸喷洒在对方的脸上，酥酥麻麻，还有点痒。

良久，林初萤才被放开。她抬起头，身子有些软，男人靠在墙上，衣服有些凌乱，沾染了情欲嘴唇有些红润，像极了一个风流浪荡的公子哥。

林初萤突然笑了："二叔你真有意思。"

陆燕临眼睛微眯，偏头看了一眼上方不远的走廊，又转回来："比不过你。"

他声音有些哑，却格外好听。

林初萤抬了抬下巴，说："你这是在夸奖我吗？那我就勉为其难地收下了。"

陆燕临看着她，林初萤见他的视线落在脸上，她用食指碰了碰自己的唇瓣，虽然才短短一个吻，却有点微肿的痕迹。

真是一点也不注意。

“看什么看？”林初萤问。

“我看不紧。”陆燕临说。

林初萤瞪他一眼，便宜都占了还好意思说这样的话。

下次让你铩羽而归！

书房里的几个人商讨了一个小时才出来，他们看到陆燕临和林初萤两个人分开坐在沙发两边，脑子里不约而同地冒出几个问号来——

这是吵架了？

送陆家人离开后，林存才说：“你是真的觉得没问题？”

“这有什么问题？”林初萤问，“陆家怎么说的？”

“没有说什么，陆老爷子的意思是华盛会给你股份当聘礼，婚后还有其他的，陆家倒是很大方。”

“哦。”林初萤对这些不感兴趣。

林存又和她说了一些婚事的细节问题，婚事就这么定了下来。

陆家那边先给了订婚戒指，订婚也不准备张扬，准备两家人一起吃顿饭好了。不过婚纱要定制，婚礼也需要时间筹备，所以他们打算先领证，时间定在九月份。

林初萤对自己的礼服要求高，对婚纱要求更高。设计团队是陆燕临那边请的，设计师几天后到了林家。

“林小姐，可以让我看看您以前的衣服作为参考吗？”设计师问，“您有什么想法想要添加的？”

衣帽间被打开，无数礼服摆在里面，还有各种各样没被拆开的礼盒，满满当当。连设计师看了都觉得有些眼睛疼，同是女人，压根抵挡不住这样的诱惑。

林初萤想了想：“我的要求不多，不过为了以防万一，你还是记一下吧。”

设计师：“好。”

然后林初萤就开始说了——

“虽然是婚纱，但我希望稍稍性感一些，却又不能太过分，毕竟还有长辈在。

“对了，我不喜欢纱太多，但头纱可以长，那些俗气的元素就不要加了，你们应该知道的。”

“不要花里胡哨，要简约美。”

设计师一一录了下来，越听越脑壳疼。

看到设计师的表情，林初萤停下来，有些惊讶：“我的要求不是太过分吧？”

设计师木着脸：“不是。”

几天后，设计师就苦着脸去了陆家。她控制不住地控诉：“陆总，林小姐的要求好多，这样要，那样也要，还要美……”

陆燕临等她说完才问：“她说了什么？”

设计师将录音笔递过去，过了一会儿，一个慵懒的女声响起。播放了十几分钟后，设计师准备去按停。

陆燕临挡住：“不用。”

录音笔还在播放，各种琐碎的要求，林林总总加起来将近上百条。陆燕临能感觉得出来，她也许是在幻想自己穿上婚纱的模样。

张扬，明媚，幸福。林初萤就是这样的人，从不掩饰。

设计师看见不苟言笑的陆总嘴角似乎勾了起来，再一看又好像只是幻觉。

放在桌上的手机响起来，陆燕临一接通就听见林初萤的声音——

“二叔，设计师是不是去你家了？是不是跟你说我特别难搞，我的要求很多？”

“没有，不多。”陆燕临说。

“这些都是很正常的要求呀！”林初萤有点开心，“反正不喜欢的婚纱我是不会穿的。”她加重了威胁的语气。

陆燕临应道：“我知道。”

林初萤这才哼了一声。

等电话挂断后，陆燕临问："要求多吗？"

设计师说："说多也不……"

"我觉得不多。"陆燕临垂眼，又说，"她的婚纱问她就好，依她的想法。"

设计师："……"

等她苦着脸要离开时，又听见陆燕临仿佛突然想起了什么，声线低沉："不用太性感。"

设计师木着脸，她懂了，雇主的想法最重要。

设计师离开后，陆燕临去了公司。

陈特助提醒道："先生，《财经周刊》的记者还在休息室，今天约的采访在下午三点。"

不偏不倚，时间刚好，陆燕临说："让他进来。"

财经杂志的采访自然都是一些财经上的问题，大多是关于华盛的，陆燕临偶尔也回答一些关于现在金融市场的看法。

摄像师一直将镜头放在陆燕临身上，他拍过很多集团总裁，但这位是颜值最高的，而且为人低调，一眼看过去就知道不简单。

这期杂志放出去，恐怕很多人都会疯了。

摄像师又转了转镜头，他注意到陆总手上好像戴了一枚戒指，而且这位高冷的陆总偶尔还会转动一下戒指，修长的手指骨节分明。

摄像师仔细想了一下，戴在那里……不会是订婚戒指吧？他仿佛发现了什么大秘密一样，兴奋得不得了。

采访很快结束。

"谢谢陆总。"

记者赶紧伸手道谢，和摄像师一起离开了办公室。

"我发现了一个大新闻，陆总好像要结婚了，他手上有订婚戒指。"摄像师低声说。

"我们是财经杂志，不是八卦杂志。"记者说，"这种新闻华盛集团早晚会放出来的。”

“我知道。”摄像师小声说，“我只是说，今天的杂志封面可能会露出那枚戒指，到时候很多人都会知道。”

他们当然不可能把戒指给修掉。

这个月的微博会提前放出下月预告，再者被采访人是华盛集团大名鼎鼎的陆总，宣发肯定要做到完美。

官博在几天后就发了一张照片，因为是预告，所以只有一个剪影。但网友们神通广大，很快就认出了这是谁。

“所以我们可以看到美图了吗？”

“我想知道华盛集团是怎么赚钱的，想知道陆总每分钟盈利多少钱？”

“这位陆总是非常符合‘人在美国，刚下飞机，谢邀’的人设了。”

“我可以当陆太太吗？”

“下个月才出杂志，这也太慢了，杂志社能不能搞快点！”

网上热闹了几天后又沉寂下去，一直到半个月后，杂志上市，全网一下子就炸了。

《财经周刊》杂志在零点的时候放出了高清照片，被各大媒体转发。不仅成为财经新闻的头条，就连微博热搜也被这期采访占据了。

自从上次预告后，很多人都订了杂志，封面上的陆燕临一身西装革履，神情冷淡地看着镜头，仿佛在看镜头外的人，颜值比内页里的其他总裁高出一个银河系。

有眼尖的网友发现了不同的地方，陆总手上为什么多了一枚戒指？没看错的话，这是订婚戒指吧？

眨眼间，“陆燕临，婚戒”的话题，在微博就爆了。

此时在会所和一群纨绔子弟喝酒的陆尧，电话直接被打爆了。

“我二叔什么时候结婚了？瞎说什么！”

“什么婚戒？我怎么没看到……”

一个接一个电话，陆尧一头雾水，还一肚子火。挂断电话后，他直接关了机，说："我二叔怎么可能突然结婚？我都没听说他有女朋友。"

旁边的人说："可能是联姻。"

陆尧说："我二叔还需要这样？"

周边人带来的女伴是个十八线小明星，比较关注网上的新闻，一听到对话内容就忍不住打开了手机。过了一会儿，她叫了一声。

小明星顶着一群人的目光，鼓起勇气开口："陆少，您还是去看看网上的新闻吧。"

陆尧去看了新闻，等看到那枚被网友放大的订婚戒指，他整个人都惊呆了。

这……这……真要结婚了？

林初萤接到陆尧的电话时，人还在巴黎，她准备看看设计师到哪一步了，顺便讨论一下新的灵感。

"打电话给我干什么？"

"我吓死了！"陆尧太震惊了，以至于说话都有点口齿不清，"我二叔他……他……"

"你二叔怎么了？"林初萤伸手在嘴边"嘘"了一下，设计师连忙离开了休息室。

陆尧的心情非常复杂，他急匆匆地说道："你是不是还没有看国内新闻，天哪，我都不敢相信，我二叔居然要结婚了！"

他噼里啪啦跟机关枪似的："回国一两个月居然就要结婚了，平时也没见我二叔和哪个女人在一起，不会是对方怀孕了用孩子要挟吧？"

"而且这才多久，岂不是回国那几天就在一起然后现在怀了孕，时间刚刚好。虽然我二叔很厉害！但是……不知道是哪个小妖精！"

林初萤：啊？

林初萤：我托马斯回转三百六十度上来就是一巴掌？！

她不是女人吗？

5

林初萤反应过来差点被陆尧的想法笑晕。

林初萤说："你把这话说给你二叔听。"

陆尧当即反驳："那我不死定了。"

他也找不到别人可以吐槽他二叔了，毕竟其他人都不敢说他二叔怎么样，但是和林大小姐说说还是可以的。

"你知道就好。"林初萤有点无语，"说的什么东西，还怀孕要挟，你狗血电视剧看多了吧。"

"那这该怎么解释啊，我今天电话都被人打爆了，照片上明明白白的一枚戒指，总不可能是我二叔买着玩的吧。"

陆尧仔细想了想，毫无这种可能性。

林初萤觉得逗小孩还挺好玩的："你自己回家去问你二叔吧，挂了，我还要看衣服。"至于陆燕临会不会告诉他这个大侄子，那她就不清楚了。

其实林初萤并不想看衣服，而是直接上微博去看新闻去了。这件事已经成了国内的热门话题，就连微信都给她推送了。婚戒热搜后面多了一个鲜红的"爆"字，林初萤点开，热门第一的微博是一个路人发的。

"柠檬围绕着我：我的天！这期的《财经周刊》杂志怎么回事儿！这么大的事居然不问！陆总手上为什么多了一枚婚戒？！年纪轻轻就结婚了？！"

照片是从《财经周刊》官博挪过来的，水印还在，第二张图是博主放大的戒指。

评论里一水的感叹号。

"我不相信！哪个人夺走了我的陆太太之名？！"

"最近有哪个女明星行程不稳定，有结婚嫌疑？"

"华盛的陆总怎么可能和明星结婚？哪家粉丝又在做梦，陆太太肯定是大家闺秀不用想。"

"其实我觉得上次和陆总一起上热搜的那个美人……两个人看起来还挺配的……"

林初萤看到这条评论，给她点了个赞，这位网友有眼光。

她知道陆燕临接受采访的事情，只是后来忘了。现在她作为未婚妻，多少都要支持一下，虽然她从不看财经杂志。

林初萤想了想，打了电话过去："我要订杂志。"

电话那边的工作人员问："您好，可以直接从官网上订阅，关注微信公众号就会获得官方店铺……"

"不是这个。"林初萤坐在沙发上，眯了眯眼，"我要订大量的。"

工作人员问："这位女士您想订多少呢？"

林初萤思考了一下，决定参考一下杂志社的意见："你觉得多少比较好？"没等工作人员回复，她就继续说，"你们这个月的杂志出了多少本，给我来一半。"

工作人员差点以为这位是来诈骗的："对不起女士，我们不接受这样大的订单，您可以再考虑一下。"

林初萤说："怕我付不起钱吗？"

不过她也不为难人："算了，给我来一千本总可以吧。你不要再说这个不行，不然你们杂志社可以关门了。"

工作人员苦着脸："我去问问老板。"

林初萤"嗯"了一声，心情非常好，不过她想着这件事不能告诉陆燕临。

网络上的事情还在发酵，热度居高不下，很多记者都打电话去华盛集团询问，不过得到的都是"无可奉告"的答案。

但是为了头条新闻，他们自然也不会放弃，全蹲守在华盛集团外面，就等着陆燕临下班的时候冲上去抢头条了。

当陆尧的跑车出现在华盛集团外面时，记者们一拥而上，将他围了起来。

"陆少，您对陆总结婚的事情有什么想说的吗？"

"陆总的结婚对象是哪家的千金，可以透露一下吗？"

"是不是陆家和另外一家联姻，是否意味着华盛集团将会有其他人入股？"

陆尧一脸蒙，我是谁？我在哪儿？

“又不是我结婚，为什么要问我？”陆尧推开挡路的记者，“再不让开我动手了。”

“陆总是您的亲叔叔，不问您问谁呀！”有记者大着胆子说，“您肯定是最清楚的了。”

陆尧说：“啊？我不清楚。”

他连二叔结婚的消息都是最后一个知道的。

陆尧忍无可忍：“你是哪家的记者……没听过，再挡着你知道后果的。”

听他这么一说，记者们都让开了。

陆尧一路直奔总裁办公室：“二叔，你要和谁结婚了？”

陆燕临抬头：“出去，敲门。”

陆尧听着这个声音就发怵，赶紧退出去，重新敲门。

“二叔，你结婚的消息是真的假的？还有那枚订婚戒指，什么时候有的我居然都不知道？！”

陆燕临放下笔，往身后的椅背上靠了靠，手上没有遮挡，那枚精致的戒指就戴在上面。

真的是订婚戒指。

陆燕临慢条斯理地开口：“你现在知道了。”

陆尧：“我不知道是谁啊！”

他没想到自己的二叔居然不声不响就这么订婚了，作为侄子，他从头到尾被蒙在鼓里。

陆燕临随口答：“怕你受刺激。”

“我怎么会受刺激？我不会的。”陆尧据理力争，“二叔你告诉我，是不是哪个小妖精要挟你了？”

小妖精？陆燕临思考了一下，微微点头，的确是个能吃人的妖精。

陆尧一拍大腿：“我就猜对了！林初萤还说我狗血电视剧看多了，明明就是真的！”

真是的！陆燕临敲了敲桌子：“没问题就出去。”

陆尧见他的表情严肃起来，内心发毛："没问题没问题了，我不打扰二叔工作了，我走了。"

最近林初萤的婚纱设计是重中之重，设计师很忙，一些其他的工作已经不接了。她正在和林初萤讨论设计细节时，门突然被打开了。

"我上个月就已经说了，你们为什么不接？是不是嫌钱少？少了就直接说，还准备吊着人？"来人穿着长长的礼服裙，手上拿着亮闪闪的包，浑身珠光宝气，那颐指气使的模样，仿佛这个工作室的人都是她的手下。

设计师木着脸回答："周女士，我已经回答过了。"她刚和林初萤聊过，现在脑子里全是各种婚纱的灵感，突然被人打断，感觉很不舒服。

"那她是怎么回事？"周雅指了指站在她身旁的林初萤，"你别跟我说她是你的助理，是你的设计师。"

她瞪着林初萤，林初萤有些好笑地看着对方。

设计师忍不住生气了："周女士，您今天来是想吵架吗？我之前说过了，三个月后我会重新接单，全法国也不止我一个设计师，也不止我一个华人设计师，您要是急，可以另寻他人。"

乔果低声说："这位应该是周大成的新女友。"不过，女友这个词说起来有点文雅。

林初萤半天才想起来周大成是谁，国内靠珍珠起家的一个老板，好像已经快五十岁了吧。

"你为什么能接她的？"周雅又将苗头对准了正在看图纸的林初萤，眼中的嫉恨一闪而过，"是她比我有钱还是怎样？还是你觉得我给的钱不够？还是她背后的人更有钱？"

林初萤转向这位咄咄逼人的贵妇，她向前走了几步，裸色的一字肩搭配短裙看起来十分优雅，细长的小腿露在外面，比 T 台上的模特丝毫不差。

周雅比她矮，即使穿了更高的高跟鞋。

"为什么接我的设计？"林初萤重复她的那句话，居高临下地看着周雅，忽而一笑，“当然因为我更有钱了。”

她用手中的设计图纸拍了拍周雅，勾了勾嘴角，声音却非常冷淡：“我有钱，我背后的人也有钱，你算什么？”

办公室里安安静静，小设计师们都靠在一起不敢出声。听到这话，不由自主地倒吸一口冷气。

林初萤红唇微启：“我可以花几个亿买下这个工作室，你可以吗？或者说……周大成可以吗？”

她说出来的话丝毫不留情面。

在听到“周大成”三个字的时候，周雅整个人都呆住了，她梗着脖子：“吹牛谁不会！”

她伸手就要打人，乔果直接上前抓住了周雅的胳膊。看着她挣扎的模样，林初萤退后一步，手指轻轻地掸了掸设计图纸，仿佛碰到她就沾满灰尘一样。然后，她拎着包，戴着今天的新墨镜，神清气爽地离开了工作室。

等了几分钟，周雅才回过神来，怒气冲冲地质问设计师：“那个女人是谁？”

设计师招手叫来保安，目光有些怜悯：“知道不知道有什么区别，人家的一件礼服你都赔不起。”

林初萤坐在车里，又将图纸看了一遍。回到酒店，她脱了高跟鞋趴在了床上，想起周雅刚刚的话，决定给陆燕临打个电话。

几秒后，电话通了，陆燕临看到屏幕上的名字，眉头舒展。

“二叔，陆尧是不是问你什么了？”林初萤的声音有点软。

“问了我新闻的事。”

林初萤笑了笑：“你告诉他没？”才问完她就自己给出了答案，“应该没有，不然以陆尧的性格，现在肯定要抓着我发疯了。”

陆燕临轻轻眯眼：“你很了解他？”

“那当然了，我们是一起长大的，这么多年要是不了解一个人，我岂不是傻子。”林初萤想也没想就回答。

半晌，她没听见那边的回答。林初萤琢磨了一下，突然想到一种可能，调侃道：“你不会吃醋了吧？”

陆燕临淡淡地回应：“没有。”

林初萤却不听他的，她抓着这个追问：“二叔，吃小孩的醋，感觉怎么样？”

她本来觉得不会有答案，没想到隔了几秒，那边的男人将声线压低，似乎是给了答案：“不怎么样。”

6

过了几秒，林初萤才确定自己没听错。

她和陆尧关系好是整个盛城都知道的事，作为陆尧的二叔，陆燕临比谁都清楚。他突然吃醋起来，让人有些吃惊。

林初萤在思量，这是老男人为了哄她高兴随口应的，还是说的实话？等她反应过来后，陆燕临已经转移了话题：“今天和设计师讨论得怎么样？”

林初萤说：“挺好的，设计师挺对我的胃口。”

起码今天在工作室，设计师不卑不亢的态度让她觉得不错。至于那个“贵妇”，已经被她扔到犄角旮旯了。

陆燕临应声道：“那就好。”

林初萤问：“你还在公司？”

陆燕临说：“嗯，最近有一个项目需要考察。”

林初萤想了想，华盛集团最近的投资动向外界都颇为关注，他说的项目应该是和程家合作开发的柏际酒店。程家最近在盛城也是风头正盛，尤其刚刚得到了一块黄金地段的地皮。现在程家是由大儿子程铭城做主，她当初留学的时候，程铭城刚好回国接任了程家的资产。

林初萤好奇地问：“你觉得程铭城这个人怎么样？”

林家和程家并不亲近，她和程铭城说话的次数加起来，一个巴掌都数得过来。

“你打电话只是为了问别人？”陆燕临沉声问。

“当然不是。”林初萤躺在床上，婉转地笑起来，“我是来慰问你的不可以吗？”

“毫无诚意。”陆燕临评价。

林初萤一下子从床上坐起来：“慰问结束，挂了，好好工作，大老板。”

真是不懂风情。

听着那头传来的忙音，陆燕临半晌才放下手机。

拿着文件的陈特助从外面进来，刚巧看到自家总裁的动作，心里有了猜测。但是一走近，他才看到陆燕临的脸色似乎不太好，便直接推翻了刚刚的猜测。

难道是吵架了？陈特助在心里忍不住地想，情侣吵架多正常啊，更何况对方还是未婚妻，小吵怡情。

第二天林初萤起床后，乔果将平板递过来：“这是昨天国内最热的一个帖子，关于江雪名的。”

“她又闹出什么事了？”林初萤看了一眼，原来是个论坛的帖子。

帖子名很显眼——“自从上次之后，jxm 最近都没什么消息了……”

“这还需要缩写？”林初萤问。

“网友都喜欢缩写，一般有人气的才有这个待遇，像有些小明星，根本就没有姓名。”乔果实话实说。

林初萤点点头，继续往下看。主楼里的帖子将上次江雪名大制作被换的事情拿出来分析了一番，又加上她最近连微博都不怎么登了，工作室也沉寂下来，更没有听说她后续还有什么新资源，大家开始好奇地讨论起来。

“娱乐圈里天天都有糊的，江雪名是我见过的糊得最莫名其妙的小花。”

“她自从解约后运气就不怎么样。”

“虽然她人品不怎么样，但粉丝那么多，怎么就突然查无此人了？”

“还记得当时的新闻吗？这是天艺娱乐在背后出手了？”

“说起来也是江雪名自己违约在先，人家公司这么做也无可厚非。

就是感慨一下，居然就这么糊了。”

底下开始讨论起天艺娱乐来，不过公司换了新老板的事只有一些人知道，她们压根讨论不出一朵花来。

林初萤勾唇：“这可不关我们的事了。”

乔果笑着说：“当然。”

虽然人在国外，但公司的文件还是会发过来。作为一个老板，要日理万机。

林初萤翻开文件，这是今天送上来的练习生资料，都是年轻的小美女和小帅哥。

“我们公司现在有几个模特？”

“公司对于这方面并不是非常重视，所以练习生储备较少。”乔果回忆了一下，“加上上个月签约的，也才八个。”

“那不行。”林初萤用手指敲了敲桌子，轻轻眯眼思考，“得多签几个。”

乔果说：“好，我会交代下去，让星探注意。”

林初萤用手托着脸：“这得到什么时候？把模特圈里有姓名的查一圈，品行不错的就直接签了。”

乔果小心地问：“很多模特都是有公司的。”

“那就挖过来。”林初萤挑眉看她，“我们天艺娱乐不好吗？不够出色吗？还是我这个老板不够宽容？”

“非常够！”乔果觉得自家老板真的够自信。

巴黎最近这边的时装周刚刚开始，今天是一个设计师的服装秀，她和这个设计师也算认识，对方很有才华，所以一定是要去捧场的。

林初萤换了件抹胸礼服，戴着墨镜就出发了。

设计师给她安排的座位依旧是第一排：“今天我安排了几个华人模特，Lin 你一定会非常喜欢。”

林初萤笑了笑：“是吗？那我可要好好欣赏了。”

设计师也跟着笑。

服装秀开始了，林初萤连看了好几个都觉得不太满意。

设计师看到她的表情，连忙说："Lin，下一个很好。"

听他说得这么肯定，林初萤直起身，视线很快就被台上走秀的女模特吸引了。那是一种很锐利的美，侵略性非常强烈，浓烈的美人配上夸张的妆容，直击人心。

林初萤的眼睛一下子就亮了，这才是她想要的风格，尤其是眼睛里的倔强和倨傲，简直太对她胃口了。

"这个模特叫什么？"

设计师想了一下，发现中文名字挺难说的，只好把名单拿给她看，上面写着"沈明雀"三个字。

林初萤觉得这个名字有点耳熟。

一场秀没多长时间，离开时设计师十分不舍，上车后，林初萤忍不住说："把沈明雀的资料找出来，看看是哪个公司的，能不能挖过来。"

作为一个常年看秀的名媛，不说别的，单说时尚，盛城没有任何人比得过自己。敏锐的时尚嗅觉让她知道什么样的模特能出头。

乔果一听，几分钟后就查到了资料，她补充道："老板，上次您看的那个秀，陈清云取代了沈明雀。最重要的是，沈明雀刚刚和初心娱乐解约。"

"解约？那更好了。"

"她之前和程家大少是男女朋友关系，最近刚分手，听说闹得不是特别愉快，网上都知道这件事。"乔果压低声音。

乔果咳嗽一声，不知道该不该说，林初萤睨她一眼："有话直说。"

乔果说："据我所知，坊间传闻这位沈小姐是替身，程总心里有其他人。"

林初萤眯了眯眼，放大了沈明雀的照片，忽然笑了笑，语带嘲讽："自己父母给的脸，怎么就是别人的替身了？"

她最烦这种伪装深情的替身情节了。估计沈明雀也是受不了，不然怎么会闹得那么大，还撕破脸呢？

资料上显示，沈明雀之前都比较顺利，最近却开始倒霉，国内的秀没有机会，所以才来了国外。

“老板，我也不太确定，沈小姐似乎最近的资源都断了，不知道这中间有没有程家的手笔？”

林初萤点了一下平板：“把她签过来吧。既然他们没本事，那就让我天艺娱乐捧出来。”

多好的一个苗子啊！林初萤挑了挑眉，有些意味深长：“就算是替身，谁是谁的替身还不一定呢！”

从巴黎回来后，林初萤休息了一天，第二天她去公司时，下面送上来一堆模特的简历。不看不知道，国内的模特还挺多。一番挑挑拣拣，她才确定了几个想签的。

乔果推开办公室的门：“老板，已经和沈小姐说了，她明天会来我们公司详谈。”

林初萤眨眨眼：“好。”至于程铭城那个坏男人，让他滚蛋吧。

傍晚下班时，林初萤心情颇好。

到达汇锦园的包间时，里面一众大小姐都在聊天，看到她进来，连忙站起来。

“初萤你今天也太漂亮了吧！”

“你前两天去参加时装周，我没和你碰上，肯定买了不少衣服回来吧。”

有人看到她手上的手链，眼神一闪：“这手链我只见过一次，听说名花有主了。是你买了就不奇怪了，真漂亮。”

“我没买，是别人送的。”林初萤端着酒杯，手链上的钻石被灯光一照，折射出不一样的光彩。

她们一边赞美，一边羡慕。名媛圈的社交真谛就是商业互吹，今天夸这个人衣服好看，明天夸另一个人项链漂亮，等到了对方落魄的时候，就什么也不会记得。

这个宴会也没什么意思，林初萤听完虚假的商业互吹就提前离开了。

天已经黑透了，林初萤还没到楼下，就接到了乔果的电话："老板，现在外面有不少媒体，您还是先等等。"

她往外看了一眼，有不少鬼鬼祟祟的人，蹲守在各个地方，偶尔没关的闪光灯还会亮一下。

"是哪个明星有绯闻了？"林初萤顿时八卦起来，猜测道。

"有人爆料说某个大腕约会新人，半小时前有人拍到他们进了汇锦园，所以记者们全在蹲守。"

林初萤"哦"了一声："既然是这样，那和我无关，我出去也没事。"

乔果：啊？

老板，请您对自己的美貌有点认知度。

乔果怕她直接走了，连忙出声阻拦："老板，您还是等等吧，我马上就过来。"

林初萤接到乔果的装备，一顶帽子加上口罩，还有一件外套。

乔果唠唠叨叨："媒体可是什么新闻都写的，老板还是注意一点比较好，您之前就上过热搜呢！"

林初萤压了压帽子，她想自己又不是明星，裹那么严实干什么，却又不好拂了小助理的一腔心意。

她摸摸乔果的脸，调侃道："你把我裹得这么严实，谁能凭肉眼就把我认出来，那可真是神了。"

两个人一起出去，远处躲着的媒体不放过任何一位出来的人，伸长镜头就是一顿拍。

"这是那个新人吗？"

"怎么感觉身高不太像？"

"这么遮挡着出来的，肯定是那个新人，接到了消息准备跑，不过怎么没从后门走？"

"管她从哪个门呢，反正我们是抢到头条新闻了。"

林初萤问："那两个人真在里面？"

乔果点点头，又说："老板，您这样戴着口罩和帽子，估计我都看不出来，就算拍到了也不知道是谁。"

她的话还没说完，就被不远处传来的一道低沉声音打断。

"初萤。"

乔果扭头，想看是谁拆她的台。等看到是谁，她立刻严肃起来："陆总。"

林初萤一抬头，就撞上陆燕临的视线，他漆黑的双眸定在她身上。她巴掌大的小脸被黑色口罩挡住一大半，只露出一双清亮的眸子，看起来跟一位大学生似的。

陆燕临怎么来这里了？难道在这里有应酬？

林初萤没想明白，但并不妨碍她嗓音轻柔地撒娇："二叔。"

陆燕临神色微动："过来。"

不待林初萤反应，他嘴角轻轻一勾，声线极低地再次出声："接你回家。"

第四章
新婚夜

1

若不是周围很安静，林初萤还以为自己听错了。那个连情话都没说过的陆燕临，现在居然在她面前，说了这么温柔的一句话。

林初萤的心跳漏了一拍，开始不住地刷屏。她脑袋转了几个想法，然后走近几步，闻到陆燕临身上的味道，带着点微弱的薄荷香，还掺杂了一丝酒味。

陈特助等在另一边。

“你先回去吧。”林初萤扭头对乔果说。

“好。”乔果没多问什么，她明白自己不能再加戏了。

等人离开后，林初萤才上了车。

陈特助跟她打招呼：“晚上好，林小姐。”

林初萤笑了笑：“马上你就要换称呼了。”

陈特助不动声色地看了一眼她身旁的自家老板，微笑着回答：“好的，太太。”

“虽然有点不好听，但还可以。”林初萤十分挑剔，压住了想要上扬的嘴角。

陈特助觉得自己太难了。

陆燕临从头到尾都没有阻拦，只是淡淡地看着林初萤逗陈特助，逗得她的眉梢都扬了起来。

车子一路疾驰，窗外树影婆娑。

林初萤把自己的外套脱了，又把口罩摘了，终于舒服一点，她有些好奇道："二叔，你怎么知道我在汇锦园？"

"猜的。"男人穿着黑衬衫，端坐在座位上。

林初萤看了一眼陆燕临，轻咳一声："其实也不用来接啦，我这边有车。不过二叔能亲自来接，我还是开心的。"

林初萤嘴角勾着，陆燕临的眉梢一动："接你比较重要。"

这甜言蜜语的，老男人今晚怎么这么会说情话？

陆燕临的微信聊天向来言简意赅，不知道的还以为她在和严肃的教授聊天。有时候她甚至觉得，妖精都勾不动这个老男人。

林初萤扭头问："你看过婚纱了吗？"

"嗯。"

"你真的看过了吗？别骗我。"

陆燕临偏过头，顿了顿，说："如果知道你想在婚纱中加入一些苏绣，还想更改领口设计，要求唯美中带点性感，性感中带点小清纯。知道你对钻石的大小和形状都进行了新的规划……这些算骗你吗？"

他定定地和她对视。

林初萤回过神来："你是不是看监控了？"

能从他嘴里听到自己和设计师吵来吵去的这些小细节……好像还有点小尴尬。

"没有。"陆燕临回答，"问的。"

听见后面这两个字，林初萤的耳根有点红。

男人安静下来的模样很是清冷，林初萤哼了一声，眼睫微颤："反正你到时候也要穿另外一半，去询问一下也合理。二叔，下次你可以和我一起去。"

"十分乐意。"陆燕临开口。

第二天，沈明雀到了天艺娱乐，因为是老板指定的，所以下面的人直接带她去了顶楼的休息室。

沈明雀自己都觉得不可思议，最近很多公司都对她避之不及。虽然程铭城没有明说，但是他们都怕，所以她就成了倒霉蛋。

她来得早，在休息室等了一会儿，门才被推开，映入眼帘的是一双露在外面的小腿，白皙细直。

作为模特，沈明雀在看到林初萤的第一眼时就有些惊讶，这是天艺娱乐的老板又叫了别的模特过来面试吗？

乔果紧跟其后进来："老板，沈小姐已经到了。"

林初萤看了一眼沈明雀，就知道自己的眼光是真的好，沈明雀真人和之前走秀的视频比起来，毫不逊色。

沈明雀都惊呆了："老板？"

乔果微微一笑："这位是我们的林总。"

沈明雀连忙站起来："林总好。"

"你好。"林初萤坐在她对面，询问，"有人带你参观过公司了吧？"

"有。"沈明雀点点头，"我觉得天艺娱乐很好，也很符合我的要求，希望能和天艺娱乐合作。"

合同的细节之前就讨论过了，沈明雀犹豫着问："我有个问题，林总，您为什么要签我？最近没有哪个公司敢要我，这件事您应该也听说了。"

林初萤莞尔一笑："别人不敢，我天艺娱乐敢，这就是为什么他们永远也比不上我的原因。"

沈明雀看着她，脑海中突然闪过什么，微微睁大眼："您是……是林家大小姐？"

"程铭城还和你说过这个啊！"林初萤有些惊讶。

"有一次参加宴会，我见过您一面。但当时离得远，看得不是很清楚。"沈明雀说。

"就是我。"林初萤转了转笔，"从今天开始，你就是天艺娱乐的艺人了。"

沈明雀笑了起来，然后她就看到林总的目光从上到下，似乎是在打量她今天穿的裙子。

好像……有一点嫌弃。

沈明雀感觉那目光锐利得不行，然后就听到对方悦耳的嗓音：“行了，走吧。”她松了口气，还以为大小姐要说她穿得不行呢。

上一个代言合约刚结束，她和程铭城分了手，离开时只带了行李箱，当初程铭城送的衣服和包一样都没拿，所以看起来颇为落魄。

林初萤站起来送客。

乔果说：“沈小姐，如果你不想住外面，今后你可以住公司的宿舍，最近有个广告还没有找到代言人……”

沈明雀和乔果走在一起，看着前方靓丽的背影，低声问：“林总有男朋友吗？”

这得什么样的男人才配得上啊？

乔果看她一眼：“老板已经订婚了。”

沈明雀“哦”了一声，解释道：“林总的气场太强大，我只是好奇一下，没别的意思。”

乔果说：“没事，全网都在好奇。”

等把沈明雀送走后，乔果才有时间看网上的风向。作为老板的助理，她要时刻关注关于老板的新闻。只是当她看到热搜第一，她差点叫出声。

乔果敲门进了办公室：“老板，网上有一条新闻是关于你的——大明星夜会新人，女友疑似曝光。”

林初萤不解道：“这和我有什么关系？”

乔果把手机递过去，屏幕上是媒体放出来的图，模糊中可以看到图中的女人穿着外套，戴着鸭舌帽，被人护送着离开。

总共九张图，全是这样的，关键是这张照片里的人是她！

评论区已经炸了——

“这新人看起来身材不错，你们粉丝就承认了吧。”

“一个人离开的，惨还是她惨，明显是被人推出来了，大腕是从后门走了吧？”

“这也太绝了吧，让女友出来挡枪？”

“老板，看来是记者们拍错了人，把您当成那个新人了。”乔果也有些郁闷，早知道还不如不伪装呢！

“我……”林初萤半晌没说出一个字来，八卦到了自己身上。

“眼睛大什么都能看到：我仔细看了一下，这张照片对不上那个新人，反而露出来的眼睛有点像是这位。”

加上了一张配图。

配图是林初萤当初看秀时的照片。她的一双眼睛漂亮得不像话，一眼就能对上，网友们看着也觉得是她。

“所以大明星的女友其实是她？”

“这位是什么身份，好像也没有她的作品。”

“不是圈里人吧，只是恰好之前上了热搜，难道是为这个做准备？”

林初萤只觉得好气又好笑，她往下滑动翻阅，有一条评论特别显眼。

“你们注意没，她手上反光的是钻石戒指，就是拍得太模糊了，看不清是什么形状。但肯定不小，都已经到这一步了。”

林初萤绷着脸，叫来了公关部经理，沉声道：“既然他们想让我挡枪，那我就送他们上热门。”

公关部经理雄赳赳地回去了。

汇锦园的官博出来澄清，被网友吐槽了一顿。林初萤穿成这样，要不是因为这个绯闻，谁信啊？结果才过去几分钟，热搜前十全是大明星的绯闻。除此之外，那个新人也被直接送上了热搜第一。

一点开，大明星和新人的亲密大图占据热门，还是九连拍的精准高清大图。

网友们：啊？

华盛下午有个会议，一直到四点钟结束。

会议结束后，陈特助才有时间浏览相关新闻。这一看他就惊呆了，老板娘怎么就成了别人的女友？陈特助想了想，这件事到底要不要告诉自家总裁？如果不告诉，最后惨烈的人肯定是他。

于是他推开门。

“先生，林小姐因为昨晚汇锦园门口的事情上了热搜。”陈特助斟酌了一下用词。

陆燕临眉头微动：“撤了？”

他只不过去接一下林初萤，居然就被拍了。不过上次看秀也上热搜了，之前林初萤说他蹭热度，按照这个频率，还真有点像。

“已经撤了，应该是天艺娱乐那边发现了。”陈特助点点头，“而且热搜已经换成其他的了。”林大小姐这手笔，他是真佩服。

见老板表情淡定，陈特助觉得有点不对劲。要是平常听到这样的事情，他不应该皱眉头才对吗？

陈特助绞尽脑汁想了又想，终于明白问题出在哪儿了！昨晚上是自家老板去接的林大小姐，他刚刚没说清楚是因为什么事上热搜。

这么巧合的一件事，恐怕自家老板以为是他们两人一起上了热搜！

陈特助的表情发苦，他咳嗽一声：“先生，昨天晚上记者在汇锦园拍到了某大明星的绯闻，疑似恋情曝光。正好是您去接林小姐的时间。”

“什么？”陆燕临头也没抬，“你上班是来八卦的？”

他的嗓音十分冷淡。

事关自家老板的八卦，那就是工作。陈特助决定豁出去，他嘴皮子上下一碰，直接说：“林小姐出来时不巧被拍到，今天直接被当成绯闻女主角了。不过先生放心，现在已经澄清了，一切顺利！”

办公室里安静下来，桌后的男人微微抬头，视线落在陈特助身上，声音有些沉：“你这么说……”

“谁是绯闻男主角？”

2

这句话一出来，办公室的气氛就变了。

陈特助说："林小姐被当成大明星的女友了。"

他偷偷瞄了一眼自家老板的脸色，陆燕临眉目微敛："她知道了？"

"林小姐已经知道了。"陈特助提高音量，"不仅如此，那个明星和他的绯闻对象——就是一个新人演员，两个人的高清大图还在热搜上，看样子不太会撤下来。"

陆燕临思索了一下，打开微信。微信的聊天记录还是昨天晚上的，林初萤发了个表情包，是一个可可爱爱的小女孩，还画了个爱心。

陆燕临问："热搜的事我知道了。"

林初萤的手机振动了一下，看到陆燕临的头像跳到第一个，还觉得有些不可思议。

下一秒，她忽然又笑起来，她问："热搜？什么热搜？"

陆燕临："绯闻。"

这两个字蹦出来，林初萤挑了挑眉，果然不出她所料："明星的绯闻吗？我也在看。"

她故意这么回复。

陆燕临的眉头皱得更紧，直接一个电话打了过去。

林初萤按了接通，她还没来得及说话，就听见男人磁性的声音："你知道我说的不是这个。"

林初萤佯装不知道。

陆燕临知道她是故意的，但还是顺着她的想法开了口："今天一开始你在热搜上。"

"二叔你知道啦！"林初萤笑着，说出来的话却很平稳，"我还和明星传了绯闻，他演的电影我之前看过，还拿了奖，一直被粉丝称为……"

"他已经有女友了。"陆燕临说。

"有女友也不耽误我追星啊！二叔，你觉得我追一个演技派不好吗？"林初萤说得毫不在意。

"不好。"电话这头的陆燕临抿了抿嘴唇，沉着声，"他人品不行。"

这么个理由……林初萤"扑哧"一声笑起来，强忍住说："好吧，二叔你说得有道理。我还是不要追星了，他的粉丝那么多，多我一个不多，少我一个也不少。”

“而且——”林初萤轻轻柔柔地开口，“他没二叔好看，没二叔有钱，也没二叔温柔……”

电话那边一片安静。

陆燕临听她说的这些夸奖的话，心颤抖了一下。

“我当然是追二叔了。”

悦耳的嗓音透过电流传过来，林初萤问：“二叔，我追你，你同不同意？”

陆燕临垂眸，没回答，像是默认了。

绯闻在微博上持续了一整天的热搜，论坛上的网友一直实时关注着。

“我昨晚上就看了这事，而且也有熟人爆料，两个人在汇锦园里。后来出来的就是戴鸭舌帽的这位，上午就有营销号发新闻，一直没什么流量，直到中午才上了热搜，被网友扒出来她叫林初萤，好像不是明星，没有找到微博。”

后来有人上了林初萤看秀眨眼的动图——

“不说别的，这是真好看！”

“这下子鲜明对比，哈哈哈——哈哈哈！”

“这个林初萤，有人知道吗？”

几秒后，论坛上出现了一个新帖——带了林初萤的大名。

“之前那次热搜是一个设计师的秀吧，能去看秀的，应该是大家闺秀？”

“早上绝对是蹭热度，是不是要出道了？”

“你们讨论出道真无聊，看这里，有人说那点反光是戒指，钻石看起来不小。”

“如果是大家闺秀，戴那样的戒指完全说得通。”

“谁知道是不是别人送的，长得这么漂亮，男人都喜欢，送一枚也不稀奇。”

“万一是某宝买的假货呢？”

“没搜到，某宝也没有这款，难道是私人定制？”

“你这图，我全程看她的脸去了，和华盛的陆总真是配一脸。”

“你问问她配吗？”

论坛网友因此吵了起来，天艺娱乐公关部看到这个帖子后，直接联系了论坛那边。一分钟后，帖子被隐藏了。

林初萤下班的时候，听到乔果提起这件事，觉得不可思议：“就因为这个？”

“对。”

“服了这些人的脑洞了。”林初萤吐槽了一句，等过两天她和陆燕临领了证，比什么都有用。

网上的人也真是，对女性的恶意永远那么大，一枚钻戒而已。难道现在的女人就买不起钻戒了？她真想拿十枚八枚钻戒砸到他们脸上，让他们看看，自己买不起就别酸别人买不起。

不过想想，她没必要搭理这些心理扭曲的人。

领证的日期是两家商量着定下来的。

吃完早餐，林初萤回了房间，再出来的时候林存已经有些等不及了：“你怎么还没有弄好，燕临都等十几分钟了。”

林初萤说：“我不要化妆的？”

今天可是要拍结婚照的，她当然要美美地出现在结婚证上面了。

她走下楼梯，看到坐在那里的陆燕临。依旧是一身西装，看起来并没有什么不同，却让她感觉和往常不太一样。

今天，他们就要结婚了。

林初萤勾唇笑了，那张明媚的笑脸跃入陆燕临的眼中，他回答林存的话：“没事。”

林存丝毫没注意到这两个人的交流，他说：“也就遇上你性子稳，要不得闹翻天。”

林初萤哼了一声，和陆燕临一起上了车。车里放着音乐，陈特助特地换了歌单。

“我今天的妆好看吗？”林初萤问。

“好看。”陆燕临说。

“你们男人就只会这么夸。”林初萤打开包包准备看看，结果一打开，包包被喜糖占据了。不用想，肯定是乔果装的。怪不得走之前给了个眼神，她还以为乔果的眼皮抽筋了。

陆燕临也看到了，两个人对视上。

林初萤轻咳一声：“陈特助，喜糖。”

陈特助非常有眼力见地开口：“谢谢太太，祝您和先生百年好合，早生贵子。”

他早上恭喜先生的时候，只得到一声淡淡的“嗯”。不过以他多年来的判断，先生今天心情非常好。

“好说，好说。”林初萤笑了笑。

她随手剥开一颗糖，伸手递到男人的嘴边：“二叔，尝尝，自己的喜糖。”

陆燕临定定地看着她，张了嘴，他的唇瓣碰到她的指尖，林初萤的心一紧，好不容易才镇定下来。

这男人的脸真是对她的胃口，干吗要用那样的眼神看她，害她忍不住。

到达民政局的时间刚刚好，林初萤这两天风头正劲，还戴了口罩以防万一。他们才走进去，里面就有人拿手机偷偷拍了一张照片，林初萤今天心情好，知道自己被偷拍了也没有生气，反而对着那边笑了笑。

过了一会儿，林初萤叫了一声：“二叔。”

听到这个称呼，旁边的新人疑惑地抬起头，这什么情况，叔叔和侄女还能结婚？

怀疑的目光一下子看了过来。

林初萤看到他们奇怪的眼神，知道是引起误会了，但调皮的她突然觉得很好玩，于是又开口道："二叔，我们这样，家里怎么办啊？"

她小女人似的挽住陆燕临的胳膊，脸上担忧的表情显露无遗。

陆燕临："……"

旁边的新人看看他，又看看她，忍无可忍地提醒道："三代以内的近亲是不允许结婚的，你们这样是不能领证的……"

林初萤眨眨眼。

陆燕临垂眸看她："好玩吗？"

"不好玩。"林初萤撇了撇嘴，看向旁边的那对新人："祝你们新婚快乐。"

她从口袋里掏出几颗糖送过去。

林初萤的包包不大，乔果塞的数量也不多，分了陈特助几颗，又吃了几颗，剩下的送人刚刚好。

新人们一脸蒙，有些尴尬道："新婚快乐。"

轮到他们拍照时，林初萤平静了下来。她和陆燕临坐在一起，她偏过头看他，恰好他也在看她，那一瞬间，他漆黑的眼里仿佛盛着无限温柔。

林初萤以为自己产生了错觉，等她再次坐正时，耳边突然响起男人低哑的嗓音，有些惑人："你今天很美。"

美得像仙女下凡。

离开民政局后，林初萤还有点恍惚。她看着手里的红本本，不相信自己居然就这么结婚了。

她转向陆燕临："二叔。"

陆燕临察觉到她的目光，偏过头来："嗯？"

林初萤不知道该说什么，半晌，她重新开口："昨天你还没有回答我，我追你，你同不同意？还是你不喜欢？"

她一双眸子里满是狡黠。

陆燕临目光清冽，最终给了答案："喜欢。"

林初萤抬头，视线从他的脸上滑过，撞进他幽深的眸子里，被牢牢禁锢其中。

她漂亮的杏眼微微眯起，声音轻快："那……二叔，你要不要给我这个小粉丝一点福利？"

最后两个字，林初萤加重了语气，得是特殊福利才行。

陆燕临垂眸看着她的眼睛，眼波流转如璀璨夜空，让人移不开眼。

林初萤还在等待回答，她放在膝盖上压着结婚证的手上突然多了一只手，修长且温暖。

"福利？"

声音就在耳侧，很低沉。

林初萤的耳朵酥麻，还有一点痒。

"婚后住一起。"陆燕临靠近她的耳畔，嗓音有些惑人，"到时候你想要什么，亲手拿。"

3

这声音很轻，分量却不轻。

婚后住一起？想要什么？亲手拿？陆燕临这是在暗示她吗？

林初萤脑袋里瞬间循环着——"这个男人有点撩""坏男人果然还是会的""她是不是被撩了"。

她就知道这男人明面上看着一本正经，暗地里一套一套的。

"亲手拿？"林初萤重复道。

"嗯。"陆燕临淡淡地回答。

林初萤上下打量了他好几眼，确定刚刚是他本人说的话没错。结婚了还会给人自动加上甜蜜技能吗？

今天中午在林家吃饭。

林初萤和陆燕临一起下车，临到家门口时，她想着要不要挽着手上去，然后就见男人疑惑地看着她。

林初萤："……"

林存正在客厅里待着，看到只有她一个人进来，问："燕临呢？不是说好一起回来的？"

"在后面。"

"你都结婚了，脾气得改改，说话这么冲。"林存又发挥了自己啰嗦的本质。

"改不了。"林初萤毫不客气，"二十多年了还没适应，我看是你的心态不好。"

好吧，他心态不好。林存说不过这个女儿，反正他从来就没赢过，已经学会了见好就收，免得被怼。

他刚问完，陆燕临就进来了。

"爸。"

听到这个称呼，林存和林初萤齐刷刷地看过去。

林初萤狐疑地看着他，这么自然就叫了？

林存更恍惚，之前他还设想过自己成了陆燕临的岳父后是何等光彩，等真叫了爸，他还有些不适应。

"快进来吧，马上就开饭了。"林存回过神来，笑眯眯地招呼说，誓要维护自己岳父的尊严。

他先进了餐厅，林初萤这才扭头："你叫得也太顺口了吧？"

陆燕临也看她："有问题吗？"

"没有。"林初萤睁着一双大眼睛，问，"那我今天晚上去你家，也要这么叫吗？"

"你觉得呢？"陆燕临低声道。

"我觉得要。"

说实话，突然叫另外一个人爸还挺奇怪的，尤其是她以前和陆尧一样，叫对方陆爷爷的。林初萤琢磨了一下，也许陆爷爷很高兴自己的辈分突然变年轻了也说不定。

在饭桌旁吃饭，林存问："你们准备什么时候搬进婚房？"

陆燕临看了一眼林初萤，然后点点头："今晚。"

林初萤对他露出一个虚假的笑容。

婚房的装修是按照林初萤的个人喜好来的，还把衣帽间扩大了一倍，林初萤很满意。婚房大概是要一直住的，当然要按照她的设想来。

林存得知这件事的时候，只觉得自己的女儿真难伺候。但他没权提出意见，当然他也不敢，不然喜欢打扮的女儿岂不是要和他翻脸。

吃完饭后，林存找林初萤谈话，父女俩之间的谈话并不特殊。

林存正色起来："初萤，结了婚就不能那么任性了，不比在自己家，虽然陆家和我们家关系不错。"

林初萤却不赞同他的观点："早在婚前就应该互相了解，如果不能忍受，那就可以离婚了。"

林存无语："谁刚结婚就说离婚的？"

林初萤微妙地眨眨眼："爸，这不是你自己开的头吗？我只是顺着你的话说说而已。"

"算了，和你说也是白说。反正我就你这么一个女儿，还能怎么办。"林存有些头疼。他在娶苏新慧前就结扎了，这是结婚的前提，对于林家的一切，他比谁都清楚。

"爸，你的觉悟一向不低，夸夸你。"林初萤鼓励了一句，对他扬起一个笑容，然后心情颇好地下了楼。

站在楼梯上，她看到陆燕临的身影，他坐在沙发上，背脊挺直，十分正经。

很难想象她居然会和他结婚。林初萤以前最烦老师管她，如今却和一个浑身上下写着"严谨"的男人结婚了，真是奇妙。

自陆燕临订婚的消息传出去后，网上的风言风语就没有停过，对于订婚对象是谁也是猜测颇多。

但目前一点风声都没放出来，记者们就更不要提了，压根就不敢去拍什么。万一丢了自己的饭碗，那可不是小事。所以"陆太太"就这么一直被隐藏着。

虽然没曝光，但不代表网友们不感兴趣。

华盛集团的总裁陆燕临年轻有为，在富豪榜上也是牢牢占据第一，这样的一个人几乎是八卦的话题中心。

论坛里也在讨论——

“有些人真是童话故事看多了，灰姑娘嫁豪门也要看是什么样的豪门，能进陆家这样的？”

“楼上的……灰姑娘也是贵族身份。”

“比起灰姑娘，我反而觉得女明星比较有可能，好多港星不就嫁进豪门了。”

“内地还是比较少的，我倾向对方是大家闺秀。”

“呜呜呜——就我一个喜欢之前看秀那张图，陆总和林初萤坐在一起的吗？”

“是的，就你一个。”

“陆太太的称呼也是这位不知名的林小姐配得上的吗？”

“你看到这个帖子了吗？”苏蕊的闺密突然转过来，“这两个人好配啊！”

“这不可能。”苏蕊脱口而出。

陆家和林家的关系她是知道的，虽然之前陆燕临来了林家几次，但都是一个人去书房和林存谈话。林初萤怎么可能和陆燕临结婚呢？她比陆燕临小那么多，两人的辈分差了一大截，她可是叫陆燕临“二叔”呢。

苏蕊觉得不太可能，要说林初萤和陆尧还有可能，毕竟同龄同辈。

想是这么想，她却又觉得有哪里不对劲。

“我当然知道不可能了，有资格跟陆家联姻的，陆太太肯定是大家闺秀。”闺密捧着脸说，“只是希望能越漂亮越好。”

苏蕊无话可说。

这帖子给她的冲击力很大，正好今天没课，她干脆拿着包回了林家。到别墅的时候，苏蕊还在和自己的闺密聊天，手机开了免提。

林初萤正在客厅里喝茶，就听见门口传来的声音——

"其实我也投票了，那里面虽然都是很有名的人物，但我们都很诚实，谁不想成为陆太太？"

"什么陆太太？"苏蕊一边说着一边转身，然后看到了坐在客厅里的林初萤。

林初萤的视线落在苏蕊身上，见到林初萤，苏蕊才反应过来，陆太太是陆燕临的老婆？

苏蕊在学校虽然没敢说自己母亲嫁进了谁家，但明里暗里会透露是个豪门。至于陆家，苏蕊就更不敢说认识了。

苏蕊怕被林初萤撴，只好"噌噌噌"地上了楼。

怎么突然这么怕她？林初萤有点不理解，她摸了摸自己的脸，今天的妆容十分完美，连陆燕临都夸漂亮。

真是不懂。

林初萤又想起"陆太太"这三个字，正好陆燕临还在和林存说话，她也没什么好玩的，干脆拿手机出来搜了搜"陆太太投票"这几个字。

很快答案就跳了出来，一个转发几万，点赞数十万的微博排在了微博首页，还带了一个热门话题——"以下谁是你最羡慕的人？"

林初萤看了一下，投票列表中列举了四个人，全都是有名有姓的人物。只有最后一位最特殊，只写了三个字——陆太太。

一个从头到尾都没曝光过的一个人。但她的投票一骑绝尘，直接逆袭到了第一位，并且甩下第二名近十几万票。

自己就这么被人羡慕吗？林初萤往下看评论。

"陆总零绯闻，长得又帅，还这么有钱，不羡慕陆太太羡慕谁？"

"陆太太这么低调，我还是蛮喜欢的。"

"比起这些我只想知道，到底是灰姑娘嫁入豪门，还是公主联姻，这样我心里能平衡点。"

"酸了酸了，有钱有颜。"

"果然大家和我一样，都羡慕陆太太！"

"万一离婚了呢……虽然我觉得不可能。呜呜呜——我也好想成为陆太太！”

离婚是不可能离婚的，刚结婚怎么可能离婚？！

林初萤也给这条微博投了票，微博也紧跟着自动点赞，然后转到了她的微博主页上，犹如一颗小石子掉入大海。

她正想着，楼梯上传来脚步声。

林存看着自己漂亮的女儿，说：“你们今天也忙完了，我就不浪费你们的时间了。”

陆燕临点点头：“好。”

在车上的时候，他发现林初萤异常安静，安静得有些奇怪。

陆燕临问：“在想什么？”

林初萤回过神来：“二叔，我如果发起一个投票，成为我林初萤的男人，你说，会有无数人羡慕吗？”

陆燕临：啊？

陈特助觉得自己耳朵都要聋了，林大小姐为什么能在自己先生面前这么淡定地说出这样的话？

陆燕临确定自己没听错，思索了一下，回答说：“你已经结婚了。”

末了，他嫌不够，略偏头，加上一句：“请停止这个异想天开的想法，陆太太。”

他缓缓说出最后三个字。

陆太太，陆太太。林初萤在自己的舌尖重复了两遍。

明明之前陈特助叫太太的时候，她还觉得把自己叫老了。但“陆太太”三个字从陆燕临口中说出来的时候，她心里就好像放烟花一样，一下子炸了。

林初萤的耳朵开始酥麻了，她偷偷捏了捏自己的耳垂，听见身旁波澜不惊的语调：“还有一个问题。”

“什么问题？”

见林初萤看着他，陆燕临垂眼。他的视线不动声色地从她染上浅红的耳朵上掠过，眼神一紧。

“陆太太，你该改口了。”

这个问题林初萤差点忘了。陆燕临之前提过，只不过被她糊弄过去了。

“你觉得二叔不好听吗？”她嘴角勾起来，笑起来的时候眼睛闪着细碎的光。

“二叔。”林初萤又故意叫了一声。

陆燕临眉毛微挑，声色清冷，说出来的话让整个车里的气氛都跟着变了——“我不想今晚还听到这个称呼。”

林初萤怀疑他有预谋，只是她没有证据。

男人看似一派优雅，说出来的话却让人面红耳赤，他沉声道：“还要时时刻刻被提醒，叔叔和侄女近亲无法结婚。”

4

民政局开玩笑的梗被拿到这里来说，这男人一点情趣也没有。

林初萤一边腹诽，一边看陆燕临，提醒道：“光天化日下不要随意‘开车’，我还是小姑娘。”

陆燕临不为所动。

林初萤声音放软了点：“那你想听什么称呼？”

陆燕临说：“该是什么就是什么。”

林初萤真想把“二叔”两个字砸他脸上，她的字典里不会有示弱这个选项。

林初萤“嗯”了一声：“陆燕临？燕临？先生？”

她每叫一声，陆燕临的眉头就皱紧一分。

林初萤弯着一双月牙眼，心情突然飞扬起来，问：“你喜欢哪个？”

陆燕临语气平淡：“你喜欢就好。”

刚刚怎么不说她喜欢就好？林初萤神色复杂，看着身旁的男人一本正经地松了松领口，似乎准备闭目养神。

她盯着看了几秒，突然靠近，攀在他的肩膀上，对着他的耳朵轻轻吹了口气：“老公。”

婉转迷离的嗓音顺着气息飘进男人的耳朵里。

陆燕临偏过头，目光落在她言笑晏晏的脸上，仔细看还能发现一丝狡黠。

林初萤眨眼：“好听吗？”

陆燕临微笑，神色微动：“可以。”

林初萤冷哼一声，推开他的肩膀，挑逗这么半天居然就得到这么个回答，坏男人。

她开始思考晚上会发生的事情，沉吟道：“今晚上你家里人都在？那陆尧也在？看来你家要吵起来了。”

之前陆尧知道陆燕临订婚都那么激动，要是知道那个小妖精就是她，岂不是要捅破天？不过想想还挺好玩的。

陆燕临说：“不会吵。”

林初萤有种他就像大家长的感觉，她开始为陆尧祈祷：“唉，毕竟任谁知道自己的漂亮姐姐变成了婶婶，谁都会接受不了的。”

婶婶叫起来不好听，林初萤这才想起这件事。要是陆尧叫她二婶，感觉自己平白无故地老了好几岁。

“我不想听他叫二婶。”她皱着眉。

“为什么？”陆燕临问。

“二婶听起来像突然大了好多岁。”对于这个事，林初萤有种特别的执拗，“有没有更好的称呼？”

陆燕临今天和林存一起喝了酒，身上缠绕着一抹若有似无的酒香味，混杂着原本清冷的薄荷香，令人意乱情迷。他十指修长，骨节分明，手腕上的表露了出来，遮住了精致的腕骨，大概是手控们都会爱上的一双手。

林初萤看着看着就走了神。

“初萤。”陆燕临叫了一声。

“啊？”林初萤有些茫然。

“好看吗？”

林初萤看看他的手，又看看他的脸，陆燕临漆黑的双眸看着她，仿佛在问一个很普通的问题。

“好看啊！”林初萤十分爽快地承认了。

她伸手覆在那只手上对比，白皙纤细的手再漂亮，也比不过男人的手掌大。陆燕临的手有些凉，林初萤仿佛得到一个新玩具一样，翻来覆去地把玩着，陆燕临也任她胡来。

车里的气氛不知何时平静下来。

“陆太太。”陆燕临突然叫了一声。

“又这么叫我？”林初萤隔了几秒才适应这个新称呼，有些警惕地看着他，他又要指点什么？

陆燕临看懂了她的眼神，他眉毛微动，缓缓开口：“你很年轻。”

他的手动了动，轻而易举地就将那只比自己要小不少的手紧紧握在掌心。

陆燕临又继续说：“不用担心。”

林初萤的心颤抖了一下，她早就知道他话少，可能平日里问几十个字的问题只会得到几个字的回答。

没想到今天他居然会主动安慰自己，她的嘴角勾起一个弧度，对着陆燕临笑了笑：“谢谢老公。”

陆燕临说：“不客气。”

然后他的唇线微微上扬。

陆家，陆成则给陆尧打电话。电话那头一阵吵闹，肯定又是几个纨绔子弟在一起玩耍。

他绷着脸：“陆尧！你今天晚上给我回来吃晚饭！”

陆尧“啊”了一声：“干吗突然要我回去啊？”

陆成则说：“你二叔今天结婚。”

电话那头安静了半分钟，然后是各种瓶子碰撞的声音。

陆尧这才开口：“二叔今天结婚？！”

不是才订婚吗？就结婚了？一般订婚不都是一两年之后才结婚的吗？怎么二叔行动这么快，这才一两个月吧？陆尧感觉自己脑袋都不够用了。

“你记得别迟到了，你二叔他们会在家里吃晚饭，要是没见到你，到时候你别怪我心狠。”

“我回来回来！”陆尧连忙叫道，他肯定要回去看看二婶是哪位小妖精。

挂断电话后，陆尧拿着手机，风风火火地出了门，只来得及丢下一句话：“你们随意玩，我现在要回家了，有空再聚。”

陆家老宅在盛城是名门，想攀关系的人数不胜数。车子进大门后顺着旁边的路开，经过花园、喷泉，然后才进到陆家老宅里面。

下车后，陆燕临低声说：“你回公司。”

陈特助点点头，然后离开了。

林初萤和陆燕临一起走了进去，今天陆家人都在，陆可欣坐在沙发上，还是觉得疑惑：“也不知道燕临和初萤到底是怎么来的缘分。”

主要是太奇怪了，这些年来，林初萤和陆燕临也就零零散散地见过几次面，结婚这件事有点太突然了。

陆老爷子拄着拐杖：“你管人家。”

陆可欣撇嘴：“我这不是关心嘛！”

“本来我以为和林家结亲没什么可能了。”陆成则也跟着说，“真是出乎我的意料。”

“燕临做事，一早就有准备的。”陆老爷子说，“他明白自己在做什么，不用担心。”

话音刚落，就听见玄关那边用人的声音。

林初萤挽着陆燕临的胳膊进去，跟大家打招呼：“陆爷爷、陆姨、陆伯伯。”

她在这种场合一向大方嘴甜。

陆老爷子还是非常喜欢她的，陆家这一辈没有女孩，陆尧又是个混不吝的性格。哪像林初萤，小时候可爱、乖巧、嘴甜，现在也是越长越漂亮。本来还遗憾以后会成别人家的媳妇，现在总算得偿所愿了。

陆老爷子笑着说：“好。”

林初萤坐在陆燕临边上，对于自己的新身份还略微有点不适应，以前可都是以小辈的身份来的，今天她可是陆燕临的妻子。

林初萤坐下不久，陆燕临就递了个眼神过来，她忽然就安定下来，悄悄对他笑了笑。

旁边捕捉到这一幕的陆老爷子满意地点点头，和儿子女儿对了对眼神，看起来这小两口感情很不错嘛！

“陆姨，你年轻了好多，皮肤都变嫩了。”林初萤又坐到了陆可欣边上，开始吹捧。

“真的吗？”陆可欣原来想说的话已经硬生生地被遗忘了，“都是你上次介绍的面膜好用，初萤你真是太精致了，我也感觉自己变年轻了。”

“应该的。”林初萤抿着嘴唇笑。

“对了，不要叫我陆姨了。”陆可欣仿佛想起了什么，“都结婚了，该叫我大姐了。”

“大姐。”林初萤大大方方地开口。

林初萤环视客厅，没看到陆尧的身影，她不动声色地问陆可欣：“陆尧今天回来吗？”

“肯定的呀，今天这么重要的日子，他怎么能不回来。”陆可欣说，“他爸刚刚就说了，不回来有他好看的。”

“好。”

刚说着，门口就传来动静，用人惊呼的声音响起：“少爷——”

话音刚落，陆尧就风风火火地闯进客厅，看也不看就问：“二叔回来了吗？”

陆燕临呵斥道：“规矩都去哪儿了？”

陆尧这才看清楚，他二叔，他爸爸，还有爷爷和姑姑全坐在客厅里。他又眨眼，确定姑姑身边坐着的人是林初萤。

二叔身旁没人？那个传说中的二婶呢？

“爷爷、姑姑。”陆尧疑惑地挠挠头，问：“林大小姐，你今天也来我家吃饭啊？”

林初萤对着他笑，陆尧硬生生被这个笑容吓得打了个寒战。

然后他就听见他爸用十分严肃的语气说道："瞎叫唤什么，没点正形。以后要改口了，这是你二婶。"

"啊？啊！"陆尧瞪大眼，不敢相信，半晌才找回自己的声音，"爸，你瞎说什么？！"

陆成则被这句话气坏了。

陆尧咽了口口水，正准备再说什么，就见林初萤轻咳一声："没有瞎说，大侄子。"

他这几个月明明就在国内，怎么和自己一起长大的林大小姐就变成了自己的二婶呢？陆尧一脸蒙地坐到自己的位子上。

何况，他现在一看向林初萤，就能看到她的目光。以前觉得没问题，现在怎么看怎么像——慈爱？

吃完饭离开陆家时，林初萤还觉得好笑。

陆尧站在门口，奉命过来送行。二十来岁的大男孩今天傻了一晚上，连饭都少吃了一碗。直到他亲眼看到林初萤站在他二叔身旁跟大家道别，从头到尾他二叔都没看他一眼。

陆尧突然懂了，就像开窍了一般，突然明白了什么。

怪不得之前那次拍卖会，二叔会高价拍下林初萤的项链，原来早有预兆！后来看秀的热搜他也看到了，当时没当回事，现在一看，这明明就是约会啊！

两个人居然这么正大光明地在他面前谈恋爱，陆尧还一无所知地和林初萤说着小妖精要挟了他二叔……

他刚刚觉得林初萤的目光充满慈爱，现在他觉得这明明就是怜爱的眼神，昭示着他离死不远了。

陆尧流下了悔恨的泪水。他现在祝二叔二婶新婚快乐早生贵子，还有用吗？

看着陆家老宅在车后逐渐变远，林初萤终于忍不住笑出声来："陆尧今天一晚上都傻愣愣的。"

“你们之前为什么不告诉他是我呢？”她转向陆燕临，眉梢扬着，明艳不可方物。

“他没问。”陆燕临淡定地回答。

林初萤回味了一下，摸了摸下巴：“不过听他叫我二婶，感觉还挺奇妙的。”

过了一会儿，林初萤看向窗外，盛城的夜景很美，五颜六色灯光闪烁，照亮了前方的路标。

看清那上面的字后，她“咦”了一声，这不是回家的路。

林初萤转头问：“这是去哪儿的路？”

陆燕临偏过头，看了她一会儿，然后才慢条斯理地给出答案：“婚房。”

两个字砸在林初萤的心上。

她差点忘了，他们今天刚结婚，肯定要住一起，白天陆燕临说的“婚后会住一起”指的就是今晚。

她的耳根不可避免地开始发热，新娘肯定对新婚充满期待，对新婚夜也是。

陆燕临定眼看过去，她那双眼里含着水，衬得整个人更美了。

他垂眸：“我确定没有分居的想法……”

“还是说，你想分居？”

他的声线稳而沉，林初萤莫名觉得这句话带了一丝危险的感觉。

5

分居？

林初萤怎么可能这么轻易地就被陆燕临压制住，何况她结婚的目的又不是为了分居。

“没有啊！”林初萤无辜地开口，“我只是忘了。”

陆燕临表情复杂，说：“那就好，我也不想我们才结婚，很快就传出婚姻不合的传闻。”

林初萤冷哼一声：“就算要传，也不会从我这里传。”

她有一万种方法来维持表面和谐，这大概这就是名媛的修养了。她又是个好面子的人，再加上一众名媛圈的塑料情谊，她是绝不可能让别人看自己笑话的。

当然，林初萤觉得陆燕临还不至于如此。

林初萤想起什么："我的东西搬进去后还没有整理，不知道有没有落下什么。"

"不急。"陆燕临淡淡地说。

"又不是你的事，你当然不急了。"林初萤随口说了一句，男人都是这样的。

"所以你准备用今晚的时间去整理？"陆燕临看着她，轻轻眯了眯眼。仿佛林初萤给出肯定的回答，他下一秒就能冷哼出声的那种。

林初萤后背发凉，却又不甘示弱："我今天这么累，当然不会整理了，我还没那么勤快。"

她停顿了一下，补充道："再说了，今天是新婚第一晚，挺重要的呀！二叔你难道不这么认为吗？"

看她似乎一点也没发现的样子，陆燕临在心里略叹了口气，只轻声道："嗯。"

这么冷淡？林初萤又想腹诽了。

她转了转眼珠子，咳嗽一声："二叔要是不想的话，晚上就早点睡吧，这样对身体好。"

前面的陈特助竖起了耳朵。

"陆太太。"陆燕临又这么叫了。

林初萤还不太适应这个新身份，但一秒后还是反应过来："怎么了？"

陆燕临缓缓出声："我一直很好。"

他说得很简单，林初萤总觉得他是在暗示什么，也可能是她平时看得太多了，想什么就听出什么来。

她睁大眼："我知道。"

陆燕临说："你知道就好。"

林初萤抿着嘴唇，觉得他有点难搞。

车开了许久，终于到了华庭水岸。

这边是华盛集团开发的豪华别墅区，他们的婚房还是这里的楼王，周围湖光山色，美不胜收。

临近下车，林初萤突然有点紧张，她看着窗外的树影，闻着阵阵花香，将吹到脸颊上的发丝捋到耳后。

她紧张什么？林初萤这么想着，转过头看陆燕临。

陆燕临刚好也看过来，隔了几秒说："如果你不相信，可以找周医生拿我的体检报告。"

周医生是陆家的家庭医生，林初萤之前撞见过好几次，还被陆尧拉着一起检查过一次。

林初萤心想：这男人心眼可真小，还记着这件事。

一打开门，林初萤就开始打量起来。

她女主人似的查看了整个别墅，然后才下了楼，看到陆燕临在楼下喝茶。

她靠过去说："浴室挺漂亮的，只是那面镜子看起来好像古董，真的假的？"

说起来有些害羞，林初萤喜欢在洗完澡后欣赏一下自己的身材，所以她自己家的浴室里有面很大的镜子，没想到这里居然也有。

"真的。"陆燕临点点头，和她说明，"今年苏富比拍卖会上的。"

陆燕临状似无意地问："你很喜欢镜子？"

他放在茶杯上的手指轻轻点了点，若是陈特助在这，一下子就能明白自家总裁很重视这个问题。

"你不照镜子的吗？"林初萤反问。

她当然不想说自己洗完澡后会照镜子，这么说起来还是怪羞耻的，尤其是和一个男人说，哪怕这个男人是自己先生。

"就是说，你喜欢。"陆燕临帮她下结论。

“喜欢会怎么样？”林初萤大大方方承认了，“长得漂亮都爱照镜子。”

这一点，陆燕临倒是很赞同。

林初萤用手撑着脸，胳膊肘抵在桌上，巴掌大的脸捧在自己的掌心中，衬得她有些娇嗔，尤其是和他说话的时候。

陆燕临好似想起什么，说：“对了，你有十几个纸箱子在次卧，没有拆开。”

十几个箱子？林初萤迷惑了一下，她有什么东西会用箱子装？

“你要先去洗漱吗？”陆燕临问。

“不要。”林初萤想也没想就拒绝，“不过……”

“你想一起？”陆燕临忽然在她耳畔开口。

犹如一颗石子落下，激起无数水花，林初萤对着他笑起来：“二叔你想多了。”

刚刚还在悠闲喝茶的男人略微歪头，起身，声音低沉地开口：“我去洗漱。”

林初萤看着他离开的背影，虽然只是简单的“洗漱”两个字，她却有点心猿意马。

林初萤“哎”了一声，然后跑到楼上的次卧，十几个箱子满满当当地放在实木地板上。

她拆开最近的一个，然后才看清——全是杂志。

林初萤随手拿出一本，封面上是陆燕临的照片。即使她见过陆燕临最帅的时刻，她也觉得这张照片拍得真好。

冷静，成熟且富有魅力。

媒体上闹得轰轰烈烈的订婚戒指也被陆燕临戴着拍了照，林初萤伸手比了比，订婚戒指已经换了下去，变成了真正的婚戒。

灯光一照，光华璀璨。

林初萤拿着一本杂志回了房间。

主卧很大，还有个大大的阳台，能看到花园里的游泳池，远处青翠的半山，还有隐在山下的墨绿湖泊。

林初萤无聊地翻了翻手机，朋友圈里一片纸醉金迷，都还不知道她今天结婚了。

不过还是有一个知道的——

“陆尧：我还活着，真好！真好！”

大侄子，你发这条朋友圈还没屏蔽我呢！林初萤忍不住笑。

这条十几分钟前发的朋友圈没头没脑的，底下的评论都是在问：“陆少怎么了？”

陆尧一条都没有回复。

他在自己房间里唉声叹气，以后见到林初萤只能叫二婶了。不过，这个还不是重点，重点是他曾经不止一次和二叔吐槽过林初萤！

这不就是在老公面前吐槽老婆吗？！

林初萤评论了一个表情上去，然后扔了手机趴在床上胡思乱想。

她和陆燕临自巴黎那晚之后就没有再亲密接触过，隔了几个月，说她不紧张是不可能的。

毕竟当初就是个意外。

林初萤呼出一口气，有种破罐子破摔的感觉，然后去衣帽间翻出了自己的睡衣。

林初萤正想着今晚穿什么，浴室就有声音传出来，她赶紧回了房间，重新靠在床头。在陆燕临出来的前一刻，她将杂志拿在了手里，姿态看似很完美。

陆燕临不急不缓地走出浴室，离得近了，他的视线定在她手里的杂志上，一丝趣味闪过。

“我以为你会喝酒。”他冲放在那儿的红酒抬了抬下巴。

林初萤抬头：“我一个人喝多没意思。”

陆燕临点头：“也是。”

林初萤看着他去那边倒酒，心想好像有哪里不对劲，刚刚陆燕临是不是多看了她几眼？

她低头腹诽，准备去洗澡，这才看到自己手里拿着的杂志，原来拿倒了。怪不得刚刚陆燕临一直朝她看，搞半天是她手里的杂志拿倒了。

林初萤的脸热起来，应该庆幸陆燕临没戳破她吗？她皱了皱眉，赤脚下地，踩在柔软的地毯上直奔浴室。

目送她的身影消失，陆燕临才溢出一声轻笑。

林初萤躺在浴缸里，夜风吹了过来，吹散了她心中繁杂的思绪。

满池花瓣中，她闭眼靠在浴缸里，圆润莹白的肩头露出水面。她有点困，然后抬起自己的手臂，撩拨着水，花瓣顺着落入锁骨里。

最近好像流行什么锁骨养鱼，林初萤看了看自己的锁骨，养一丁点大的鱼还是可以的。

半小时后，林初萤裹着浴袍从浴室出来。她推开门，看见陆燕临坐在那里，身旁摆着一瓶红酒，还有两个高脚杯。

男人穿着浴袍，松松散散地系着，隐隐若现一丝内里风光。屋内的灯光落进他眼里，如同嵌进黑夜里的星辰。

听到动静，陆燕临抬头看过来，手里还拿着酒杯，酒红色的酒液在瓶子里晃动，让整个画面都变得轻佻起来。

四目相对，林初萤的心漏跳了一拍。

怎么？这男人还有两副面孔呢！

林初萤看他品酒品了半天，终于想起正事，今晚上可是新婚夜，这男人一个人在这儿喝酒是怎么回事？

要喝一起喝啊！

她身姿袅袅地走到陆燕临身边，直接夺走他手里的酒杯，仰头喝完了里面的酒。

“味道还不错。”林初萤给出评价。

她嘴边沾染上一丝酒液，衬得唇色诱人，脸上带着泡完澡后的温热绯红，美艳不可方物。

陆燕临忽然伸手，修长干净的手指触碰到她的嘴角，轻轻按压，很快就拭去那一点残留的酒液。

肌肤相触，酒红色染在指尖，陆燕临沉沉地看了一眼。

林初萤看着他，无端想起在巴黎的时候，他当时醉酒后的模样，好像和现在有点像。

男人坐在她面前，林初萤弯腰去拿他手旁的酒瓶，准备给自己倒酒，就看见陆燕临将指尖放进嘴里。

这样危险的动作，看得她眼皮直跳。都怪陆燕临长得太好看，甚至有些勾引人。

陆燕临表情淡淡："味道不错。"仿佛在评价一瓶很普通的酒。

耳畔响起的嗓音让林初萤回过神来，她干脆放下了酒杯："二叔你这样不行。"

林初萤直接对着酒瓶喝了一小口，然后放下酒瓶，毫无任何预兆地吻上男人的唇。

大抵是太过突然，陆燕临只是愣了一下，然后一手搂过林初萤的腰，将她带入自己怀中，零星的酒液顺着两人的唇齿间流下。

林初萤坐在他的腿上，喘着气，又控制不住地笑起来。

"所以我说假正经嘛！"

可是她好喜欢这种假正经。林初萤这么想着，不自觉地用手摸了摸陆燕临的喉结，心一动，一口咬了上去，还带着酒味。

没过几秒，林初萤只觉眼前天旋地转。

她被陆燕临抱到床上，男人的阴影落在她的上方，她的耳侧有温热的呼吸声，以及陆燕临一本正经却又十分危险的声音："既然不好好喝酒，那就别喝了。"

哪里没有好好喝了？

林初萤还未反应过来，下一秒她就被男人的危险气息直接吞没。原本随手乱系的浴袍带子轻轻一扯就开了，赤裸的肌肤陡然接触空气，有点刺人。

这么久没见，林初萤只稍稍矜持了一会儿，就决定随自己的心意来。在这春风沉醉的夜晚，耳鬓厮磨，不复苏醒。

第五章
一点点热情

1

清晨，明媚的阳光穿过树叶，透过窗帘缝隙落进来，洒在价值不菲的地毯上。

林初萤迷迷糊糊睁开眼，她的意识还没回笼。被子突然从身上滑落，露出性感漂亮的脊柱，一丝阳光落在上面，如同站了只美丽的蝴蝶。

手机铃声突然响起来。

陆燕临睁眼，伸手按停，垂眸看到躺在怀里的林初萤。她蜷在身侧，显得十分娇小柔弱，和她白日里的嚣张完全不同。

林初萤半眯着眼，有些睡美人似的慵懒，她的腰被陆燕临一手搂住，她的肌肤很白，上面零散地布着一些红色咬痕。

林初萤感觉到陆燕临收了收手，将她往自己那边带了带，两个人贴得很紧，有点不自在。

她呼出一口气，抵不住困意。

天大地大，睡觉最大。

再次醒来已不知是什么时候，林初萤一坐起来就看到昨晚被扔在地上的浴袍。陆燕临不在房间里，可能是走了，林初萤迷迷糊糊记得他半夜把自己抱去洗澡，至于后来自己是怎么睡着的，她也不记得了。

她赤着脚下床，结果腿软到差点跌到地上，暗骂了一句“陆燕临真是坏”。

空气里有着淡淡的暧昧气息，似乎在提醒着昨晚发生了什么。

陆燕临原本性格就强势，在床上更是如此。昨晚上的浴袍都被他丢在了地上，林初萤看着，“啧”了一声，拿出一套新睡衣出来，还没穿上，卧室门突然被打开。

“谁？”林初萤吓了一跳。

她闭上嘴，用眼神示意陆燕临转身。

即使见过彼此裸露的样子，可在男人面前肆无忌惮地换睡衣，还没穿内衣，她还不行。

林初萤用睡衣挡住自己。

陆燕临面不改色地走进来，视线在她身上转了很久，然后才捡起地上的衣服。

他漫不经心地问：“不穿衣服？”

林初萤说：“你别看。”

陆燕临转过身，听到一阵窸窸窣窣换衣服的声音，半晌才淡淡地开口：“我都见过。”

林初萤飞快地把睡衣穿上，站在地毯上的脚趾微微蜷了蜷，然后她撩了撩头发：“好了。”

陆燕临“嗯”了一声后转回来。

林初萤穿了一套深色的真丝睡衣，衬得她皮肤很白，露出来的锁骨上面还有昨晚暧昧的红色吻痕。

他眼神一紧，挑了挑眉。

电话被挂断了，陈特助忐忑纠结了一早上，眼见着太阳的位置不低了，这才打了视频电话过来。

还好，这次视频被接通了。

陆燕临穿着居家服，正在厨房里准备早餐，陈特助问：“先生你在做早餐吗？”

陆燕临淡淡地回应：“嗯。”

陈特助一边汇报着这两天华盛集团的事情，一边不由自主地看向自家总裁。一向眼尖的他很快就看到了一个特殊的地方，喉结那儿是不是有个印子？

可真刺激啊！陈特助在心里感慨。

“他们送上来几个明星的资料，结果还没有讨论出来，似乎都不太满意，风格不太符合。我们集团的代言人需要气质特殊一点，现在大多数都千篇一律……”

林初萤到餐厅时，就看到陆燕临坐在那里，桌上的早餐很丰盛。

林初萤才落座，就听见陆燕临波澜不惊的嗓音：“我以为你起不来。”

林初萤的脑袋上冒出几个问号，你这是在炫耀自己的技术好吗？她眯着眼看他，去厨房里倒了杯水，意有所指：“我还是很轻松的。”

听着两个人一大清早“开车”的陈特助只好木着脸，林初萤转身看到视频，打招呼：“陈特助，早上好。”

陈特助：“早上好，太太。”

他瞄了一眼自家总裁的表情，继续开始汇报。

林初萤的注意力也跟着被转移：“你们在找什么代言人？”

这样的事也不算商业机密，而且如今华盛集团也有她的股份，虽然只是拿分红，并不参与管理，但好歹也是个小股东。

陆燕临言简意赅：“新度假村。”

林初萤了然，虽然还没有正式通知，但外面早就已经传遍了。

上次程氏得了块新地皮，他们准备和华盛集团一起合作开发，不出意外是个度假村。

“度假村没必要找代言人吧。”林初萤想了想，“以华盛的名气，还需要代言人？”

“这次不一样。”陆燕临说。

林初萤“哦”了一声，开始专心地吃起早餐来。不得不说，他的手艺还真不错。

“二叔，这是你自己做的？”她问。

“嗯。”陆燕临看她一眼。

林初萤的睡衣贴在身上，勾勒出她姣好窈窕的身形。察觉到那道眼神，她放下勺子，倾身靠在桌上，轻挑着眼角问：“好看吗？”

陆燕临微微点头。

陈特助自从林初萤下楼后，说话声就小了很多，他听到这里，只想快点挂断视频，奈何总裁不准。

林初萤抬头就能看到陆燕临的表情，明明穿着居家服，却有一种霸道总裁的冷静感。

陆燕临正在听陈特助的汇报，忽然感觉自己的小腿好像蹭到了什么。他偏过头看了一眼林初萤，对面的人朝着他浅浅地笑了一下，像是无所顾忌的挑衅。

对面的脚尖自下而上，若有似无地触碰着陆燕临的小腿，他的皮肤被她圆润的指甲刮到时不仅不疼，反而有些痒痒的。

陆燕临看了她一眼，林初萤正捧着自己的脸：“二叔你老看我干什么？我知道我很美，但你也不用这么频繁吧。”

她一边说着，一边撩开了他的衣服，大有越来越嚣张的节奏。

陆燕临微微皱眉，他猛然伸手抓住，还不忘捏了一下，然后挠了一下她的脚心，吓得林初萤忙不迭地把腿收了回来。

陆燕临一派冷静，仿佛什么也没发生，转向电脑里的陈特助：“你继续说。”

陈特助开始汇报其他事情，林初萤撇了撇嘴，专心吃早餐。

餐厅一事告一段落，华盛集团的事情很多，她下楼将近十几分钟，陈特助那边的工作汇报还没有结束。

林初萤发现男人认真工作的模样还怪好看的，看着看着不知想到了什么，她突然笑出声，对面的陆燕临看了过来。

四目相对，林初萤撞进一双漆黑的眸子里，她连忙摇头说：“没事。”

反正也吃得差不多了，她干脆放下筷子：“我上楼了。”

楼上的房间还没收拾，乱糟糟的，林初萤才上楼，乔果的电话也紧跟而来：“老板，您今天来公司吗？”

“下午去，公司里这两天有什么事吗？”

“没什么，都是一些小事。”乔果连忙说，“老板，您在家里待一星期也是可以的。”

“我待那么久干吗？”

“这不是新婚嘛……”

林初萤被她逗笑：“我这结婚又不是结一个星期，第二天不就能去公司了吗？”

乔果心想：这可不一定啊！

半晌后，她又拐着弯问：“老板，陆总今天也去公司？”

林初萤“嗯”了一声，一边看着柜子里的衣服，一边说：“一个工作狂不去公司去哪里？”

她用了陆尧的形容词。

衣帽间里有面镜子，林初萤将手搭在放首饰的玻璃台上，灯光照得玻璃台流光溢彩。

林初萤一边解睡衣的带子，一边说：“华盛集团那边正找度假村的代言人，天艺娱乐有合适的人吗？”

这也是个好机会。

陆燕临进来时，正好看到真丝睡衣从林初萤身上滑落的画面，她白皙的后背被灯光映得像一幅画，漂亮的脊柱沟一路向下，无端诱人。

林初萤将手机放在柜子上，她一边和乔果说话，一边穿上内衣，然后对着镜子欣赏了一下自己的身材。

“老板，华盛集团的代言人，我们公司好像也没有合适的人。我看了他们的要求，光在气质上，大部分艺人就不符合……”

林初萤折腾老半天才换上今天要穿的裙子，她转过身，猝不及防地看到了门边的陆燕临。

林初萤下意识问："二叔你开门都没有声音的，什么时候进来的？"

"门没有关。"陆燕临回答她的问题，又补充，"再者，这里也是我的衣帽间。"

整个衣帽间大多都被林初萤的衣物占据了，剩下不到百分之二十的空间才是陆燕临的。

林初萤这样一看，还挺愧疚的。但她下一刻就想，女人爱美衣服多多正常啊，男人不就西装袖扣领带一类的，又不占什么空间。

话虽这么说，但她多少有点心虚，最重要的是她刚刚脱衣服穿内衣还找镜子摆姿势的一切动作都被陆燕临一览无余，这也太羞耻了吧！

听到陆燕临的声音，乔果几乎想也没想就开口："老板，我先去工作了。"

林初萤"嗯"了一声。

陆燕临走进来，当着她的面换了衬衫，再慢条斯理地系领带。

一瞬间，他从斯文败类瞬间变成高冷禁欲系。

"度假村的代言人，要求的确很高。"陆燕临忽然开口。

"我知道。"林初萤靠在那里，"其实我有个人选，上次新签了一个模特，我觉得她还挺合适的……"

天艺娱乐签了沈明雀还没有给她安排工作，如果能拿到这个代言，对沈明雀而言自然十分有帮助。

陆燕临极有耐心，一直等她说完，才轻描淡写地问："你想走后门？"

好吧，这也是走后门。

林初萤伸手按住他的胸膛，说话的语调向勾引靠近："陆太太想走个后门怎么了？"

陆燕临的眉毛动了一下，他理好衬衫，在她的目光下慢条斯理地开口："也不是不可以。"

林初萤的眼睛亮了一下，这一招居然有用。

陆燕临卷好衬衫的袖口，漫不经心地说道："你要知道，有些东西是需要交换的。”

林初萤问：“你在暗示什么？”

这已经算是明示了吧。

面前的男人看了一眼腕表，沉吟片刻，不紧不慢地开口：“还有十分钟出门。”

林初萤的手上放了一条领带。

2

领带是深蓝色的，材质极好，入手丝滑，还带着一丝冰凉。

林初萤有些犹疑：“要我给你打领带？”

这么简单？她还以为要她这样那样呢，原来就只是系领带而已，这对她而言简直太轻松了。

陆燕临眼含深意地看她一眼，语调略轻：“如果你想要其他的，可以等晚上。”

为什么要等晚上？林初萤觉得他意有所指。暗示她是个重色的女人？明明是他才对。而且十分钟能做什么？

林初萤冷哼一声：“二叔还是浪费时间了。”

她将领带从陆燕临的脖颈后穿过，林初萤个子不矮，但在陆燕临面前依旧不够。衣帽间里的她并没有穿高跟鞋，她仰起下巴，所有心神都在领带上。

陆燕临的眼神落在她脸上，林初萤认真起来的确很让人心动，她漂亮的眼睛微微眯起，半弯着，长长的眼睫随之颤动，鼻梁秀挺，五官明艳动人，精巧的下巴有点儿绷着，安静下来的模样有些惹人怜爱。

而且，她身上还带着浅浅的香味，明明她没有喷香水。

陆燕临抬头看向不远处的镜子，清楚地看到林初萤白皙修长的手指在领带中穿来穿去。

“好了。”

林初萤毫无察觉，她将领带捋好，得意地看着自己的杰作：“二叔感觉怎么样？”

陆燕临视线一顿，声音低沉：“还可以。”

林初萤嗔怪地瞪了一眼，嘴上丝毫不服软：“既然二叔不满意，那就自己打。”

她伸手就要去解开。

陆燕临挡住她的手，轻描淡写地说：“我以为你想要体验一下解了又系，系了又解的做法。”

林初萤腹诽了一下，当即就理直气壮起来：“既然二叔想解，晚上解了就是。”

陆燕临似乎赞同：“你决定就好。”

林初萤反手抓住他的手腕，看了看表上的时间：“哎呀，你该上班了。”

陆燕临垂目，收回视线：“嗯。”

一直到陆燕临离开，林初萤才回过神，打电话给乔果：“乔果，华盛和程氏合作的那个度假村的代言，你把沈明雀的资料送过去。”

“好的。”

“记得提醒一下沈明雀。”

“好，老板，这件事已经定下来了吗？”乔果不自觉地提高了音量，“老板你好厉害！”

“行了，别吹了。”林初萤笑了笑。

华盛集团和程氏的会议定在上午十点。

距离华庭水岸越来越远，陈特助看着后座上的老板，陆燕临正低头看平板电脑上的文件。

临近华盛大厦时，陆燕临忽然抬头，语气淡淡地说：“代言人程氏那边选了吗？”

陈特助摇头说：“还没有确定，程氏那边只提供了几个艺人的资料，最终让我们选择。”

陆燕临手指敲击在膝盖上，说了一句便重新低下头：“和程氏那边提一下，代言人用天艺娱乐的。”

“天艺娱乐”这四个字一出来，陈特助就已了然：“好，那边干涉不了我们这边对代言人的选择。”毕竟这次合作度假村借的是华盛的名头。

陈特助没等太久，就收到了乔果发来的资料。

乔果：“这是我老板新签的艺人。”

随后发来一份文档。

代言人的资料非常详细，陈特助打开一看，从照片到个人经历，一览无余。就是他总觉得这个艺人有点眼熟。

半晌，陈特助终于想起来，犹豫着扭头：“先生，天艺娱乐的这个艺人和程总关系……”

陆燕临头也没抬：“有话直说。”

陈特助说：“艺人叫沈明雀，据我所知，她和程总是前男女朋友的关系，是不是考虑换一个？”

陆燕临神色平淡：“你也知道是前男女朋友。”

虽然他对于这些八卦不关心，但林初萤在知道程氏会参与度假村的合作开发后还能推荐沈明雀，必然是她慎重考虑过的。

“我知道了。”陈特助心头一凛。

他觉得肯定是太太说的，太太的胆子还真大，让程总的前女友去代言度假村，程总要是看到了，还不知道会怎么样呢！总觉得马上就要硝烟四起了。

会议开始时，陈特助看向坐在那边的程总，年纪轻轻便能将程氏带到如今的地步，的确有能力。就是冷言少语，比自家总裁话还少。

陈特助这些想法在心里转了十几道弯，转头就看到大屏幕上已经放出新代言人沈明雀的一系列照片。

“这是我们华盛刚刚确定的代言人人选，来自天艺娱乐的沈明雀，是一个模特。”

陈特助向座位那边看去，程总眉头皱了一下，下巴绷起，随后便恢复正常，好像一切都只是幻觉。

林初萤到公司时已经十点半了。

“老板，我已经把沈小姐的资料发过去了，也跟她提了这件事。”乔果前来汇报，“沈小姐的表情很复杂。”

“是气愤还是复杂？”

“应该是气愤吧。”乔果回忆了一下。

正说着，乔果就收到了沈明雀经纪人激动的消息：“谢谢公司谢谢林总！刚刚华盛那边同意了！”

经纪人都快高兴坏了。这度假村代言人的项目圈里有不少人知道，大家跃跃欲试，都想借此攀上华盛，谁知这等好事竟轻而易举地落在了沈明雀头上，要知道她才开始带沈明雀啊！

没过多久，办公室的门就被人敲响了。

沈明雀推门而入，她今天穿得很时尚，看起来利落干净，她进来就开口：“林总。”

林初萤问：“知道度假村的事了吧？”

沈明雀点头：“知道了，谢谢林总。”她的心情很复杂。

“等确定了再谢不迟。”林初萤用手撑着脸。

话音刚落，乔果就出声了：“老板，华盛那边给了回复，对沈小姐作为代言人没有异议。”

“这么快啊！”林初萤惊讶了一下。

“华盛那边说，大概一个月后就要沈小姐去拍摄广告了，摄影师是国际知名的团队。”

林初萤眉眼一弯：“还挺好的嘛！”

国际知名的摄影团队，配上沈明雀这么个好苗子，她相信自己的眼光，不火是不可能的。

度假村代言人已尘埃落定，华盛集团和程氏的会议结束后不久，下午消息就漏了出去。

网上开始讨论——

“这个模特谁啊？”

“据我所知，很多明星都去了吧，怎么被一个小透明拿到了……”

“我之前看到的代言人好像是张锦绣啊，这个沈明雀又是从哪里冒出来的？”

“我看了一下，刚签约天艺娱乐，上次江雪名的事你们都不记得了吗？天艺娱乐手段很强硬的，得罪了没好处。”

“沈明雀你们不知道吗？之前程氏总裁的前女友啊，就是那个沸沸扬扬分手事件的女主角啊！”

“真的服了沈明雀！我比较心疼张锦绣，这个代言本来是她的吧？”

很快，沈明雀就被大家扒了个底朝天。之前只在小圈子里流传的事情，一下子就被大家放到明面上，很多网友都去她的微博下评论。

没过半小时，一条新微博上了热搜。

张锦绣：“本来今天想和大家分享我的快乐，也算是一个惊喜。没想到最后让大家失望了，让大家空等一场，明天要早起啦！”

这条微博一发，几乎是坐实了代言被抢的传言。评论一下子就炸了，没多长时间，热搜迅速被“度假村代言人”“沈明雀，张锦绣”占据。

这下不仅沈明雀的微博沦陷了，就连天艺娱乐的官博也直接沦陷了。

林初萤看到时也有点无语，今早上陈特助汇报的时候，她在一旁听了一耳朵，度假村代言人初选时压根就没有初心娱乐的艺人，这个张锦绣不知道从哪个犄角旮旯跑出来碰瓷的。

“这谁啊？”

乔果想了想：“初心娱乐的，因为一个恋爱综艺火起来的，刚接了一部古装偶像剧。”

这么一说，林初萤就放心了，公关部经理也来询问这件事要不要处理一下。

林初萤说话掷地有声：“既然是初心娱乐的，那就给我好好处理！”

公关部经理：“好的！”

等大家都离开了办公室，林初萤才有时间继续看八卦。

不得不说，之前对于沈明雀的绯闻她只是听说而已，现在经过网友们脑补，简直成了一部八点档虐恋电视剧。还有网友直接发了总结微博，林初萤十分感兴趣地点了进去。

微博内容图文并茂，详细说明了沈明雀和程铭城是怎么认识的，还有他们被偷拍后，沈明雀如何被八卦论坛诋毁的；以及程铭城第二天就在采访里公开恋情的那些事情。

末了，博主还说："之前我还是沈明雀和程总的粉丝来着，从偷拍到公开，他们发了很多糖啊，还有最出名的糖果吻！谁知道最终都抵不过一个白月光，真唏嘘。"

看一对情侣从认识到不欢而散，就好像看一部虐恋小说，搞得林初萤都想问沈明雀本人是怎么回事了。

乔果推门而入："老板，我刚刚联系了华盛和程氏那边，没想到他们已经开始澄清了。"

林初萤"嗯"了一声。

对于这个不知道从哪里冒出来给自己加戏的张锦绣，她保存了一张照片，然后发给了陆燕临。

"这个人你认识吗？"

也许是网络有点堵塞，几秒后才发送过去69%，但是手机响了一下，对面回复了。

陆燕临："不认识。"

林初萤看着这三个字，感觉好气又好笑。

这都没收到照片，就这么给出了答案？信不信她都能去投稿"对象敷衍的聊天记录"了？

办公室里，陆燕临翻了一页手头的文件，放置在一旁的手机屏幕突然亮起来，界面里多出来一张陌生人的照片和两条新回复。

"嗯？"

"二叔，晚上自己解领带。"

陆燕临眉头一皱，想起今天早上林初萤一脸傲娇的模样，估摸着她可能是不满意自己刚刚的回复。

他垂目，略加思索。

这边林初萤等了一会儿，准备看陆燕临怎么解释刚刚敷衍的行为，就收到了新消息——

“没有陆太太好看。”

3

看见那几个字，林初萤表情一顿。她完全不能想象这是陆燕临发的消息，不会是陈特助代发的吧？

林初萤一时不知道是夸陆燕临嘴甜还是夸他充满求生欲，但怎么也改变不了刚刚他敷衍自己的事实。

不过怎么说呢？现在他总算学聪明了一点，知道说点甜言蜜语了。

林初萤点开大图看了看，觉得陆燕临说的没错。虽然这几个字已经烂大街了，可这是好不容易才从陆燕临嘴里说出来的情话，要不就原谅他了？

林初萤在办公桌后纠结了好几分钟，最后犹豫着回复了一个表情包。

原谅一下好像也没什么。

表情包是个动图，是一位网上大火的小女孩，很可爱。

看到屏幕上安静了许久，最终出现的小女孩卖萌表情包，陆燕临不自觉地轻笑一声。

林初萤放下手机，开始看资料——艺人名单。

一个娱乐公司大大小小的明星加上练习生能有近百人，其中百分之九十都是没有名气的。

这很残酷，但也是现实。

林初萤看着照片，有些长的是真好看。不过总有那样这样的原因，有些人还没被大众认识就已经回归了沉寂。

热搜上的沈明雀挂了几小时，很快就被撤了，但网民的记忆没有那么快消失。

乔果来办公室汇报时还有点犹疑："公关部经理跟我说，热搜不是他们撤的，应该有其他人出手。"

林初萤的手托在下巴上："很明白啊！"一副懒洋洋的嗓音。

她才吃完沈明雀的瓜，不必多说，这热搜明显是程铭城撤的。

"程氏那边准备先拍摄几张照片，准备官宣时用。"乔果继续说道。

"你告诉沈明雀就行了。"林初萤弯了弯眼睛，"对了，你安排一个助理，跟在沈明雀边上。"

"好的。"

消息很快传到天艺娱乐的艺人宿舍，沈明雀还没有单人宿舍，她有两个室友，是台词非常少的小演员。

看着网上的消息，两个人有点羡慕。

"这热搜我要是上一次，被大家吐槽也无所谓了。"

"我刚刚看的，她微博涨了快十万粉丝了，我演几部电视剧都没这个数。"

"不过……她前男友真是程氏的总裁？"

"程氏总裁长得很帅的……"

沈明雀十分平静地端着杯子出来，她敲了敲门。

宿舍里两个人的说话声戛然而止，她们齐齐看向门口，看到沈明雀一个人站在那里。

"以后说别人坏话时可别忘了关门。"沈明雀轻轻笑了一下，上挑的眼尾微微垂下，说出来的话却是冷冷的。

"还有，我运气的确够好，谈恋爱时男朋友长得帅，分手了又遇上林总这个好老板。"

然后她莞尔一笑，转身潇洒离去。

临近傍晚，林初萤的手机响了。她一打开，就看见陆尧几乎满版刷屏的消息。

陆尧：“你公司怎么又上热搜了？！”

陆尧：“要不要我告诉……二叔啊？”

看到这几条消息，林初萤只觉得好玩，大概是没等到她的回复，陆尧直接打了电话过来。

“咳咳，二婶。”陆尧咳嗽了一声，“我给你发消息你没回，你看到网上在吐槽天艺娱乐吗？”

“看到了。”林初萤揉了揉额角，“你还是别叫我二婶吧，我感觉起码老了十岁。”

“那还是没有，我二叔才比我大八岁。”陆尧皮了一下，然后连忙转移话题，“我这里有画展的邀请函，你要不要一起去？”

林初萤来了兴趣：“去吧！”

陆尧小声地八卦：“你和我二叔婚后还好吗？”

林初萤问：“你想问什么？”

“没什么……”陆尧也不敢问太多，“我就是觉得平时也没见二叔对哪个人上过心，很好奇他婚后是什么样的。”

林初萤觉得这个话听起来总觉得有哪里不对，过了一会儿，她恍然大悟，陆尧不会到现在还以为他们两个人是商业联姻吧？不过好像也说得通，毕竟他不知道他们在巴黎的事。

半晌没听到回答，陆尧以为是自己说到点子上了，连忙说：“要是二叔哪里不好，你可以和爷爷说的。”

“不好的地方啊……”林初萤随口顺着他的话说，“你二叔一点也不热情。”

陆尧一听，就觉得糟了，真被他说中了。

林初萤还没继续说，电话就被挂断了，她一脸茫然地耸了耸肩，当没这回事。

林初萤点开微博，果不其然，热搜上挂着“天艺娱乐，新老板”的话题。

这个还能热得起来？

林初萤点进去，看到了营销号发的两张照片，都是模糊的照片。她看了好半天才认出来，这是她第一天到天艺娱乐上班时被拍的吧。

“新老板一上台就各种乱七八糟的事情。”

“背靠大树好乘凉啊！”

“不想知道这个女人长什么样子！”

林初萤看着评论里一水的嘲讽自己长得“丑”，一圈的问号覆盖在头顶。说她蠢可以忍，说丑不可以！

如果不是名媛的修养还在，林初萤就准备直接质问他们了。但她还是忍住了，和这些人吵架实在没格调。

“乔果，把公关部经理叫来。”

“老板，现在吗？”乔果从外面进来，一进门就看到林初萤正在看热搜，她一下子明白了。

乔果直奔公关部，还在微信里提醒公关部经理：“老板很生气。”

经理心头一凛，他看到了乔果刚刚发过来的截图，上面的评论不堪入目，就连看惯了各种奇葩发言的他都觉得无语。

他们老板这么漂亮，哪里丑了？

傍晚五点，网友发现热搜变了。林初萤再次去刷微博的时候，发现内容换了，第一条不是媒体发的，而是公司官博发的。

“天艺娱乐：我们老板最好看！不接受反驳！转发抽五位粉丝清空购物车！”

大概是怕奖品太普通，编辑记录里还可以看到原本抽一位粉丝被改成了现在的五位。

林初萤：啊？她的钱不是钱吗？

但等她点进评论里，看到热门评论上的小论文，嘴角又忍不住勾起来。

当然，这里面也有言辞激烈的网友评论——

“再怎么吹也改变不了沈明雀抢了锦绣代言的事实！”

“一个官博发这样的言论合适吗？”

林初萤看到这样的评论，气不打一处来。这个张锦绣到底是从哪里冒出来的，到处刷存在感。

陆尧的消息也跟着跳出来：“有钱！有钱！作为你的新侄子，我觉得有必要支持一下婶婶！”

陆尧：“二婶放心！侄子不会让你失望的！”

陆尧在微博上也是有账号的，纨绔子弟的生活，再加上那张脸够帅，所以他的粉丝也不少。

等陆尧编辑好文案准备发送时，看到主页上多了一个最新的转发微博，是华盛集团。这次他们不仅提供了度假村的终生游玩权利，还直接加抽两个人免费环游世界，活动全程由华盛赞助。

陆尧看了看内容，默默放下了手。比不过，比不过。

与此同时，林初萤也看到华盛最新的转发微博，丰厚的奖品将这件事直接点燃了。

这个话题华盛来凑什么热闹？！

微博上热火朝天。

林初萤看了看时间，临近下班时间，她直接打电话给陆燕临：“华盛发的那个微博……”

她的话还没说完，对面便传来文件翻页的声音，随后是低沉的男声：“是觉得奖品不够？”

林初萤的耳朵酥了起来，够是肯定够的，反正很合她的心意。

“你不用加班吧？”林初萤用轻咳掩饰了一下，又说，“二叔，出门约会吗？”

天色渐晚，夕阳落下，晚霞的余晖顺着落地窗洒进来，将整个办公室染上橙红。

陆燕临问：“这是奖励？”

“这么说也可以。”

“就这么简单？”

这话一出口，林初萤愣了一下，嗓音当即软下来：“那二叔想要什么奖励？”

她的声音有点甜。

“我以为你会身体力行。”陆燕临眉目微敛，语调平静，“约会地点可以定在家里。”

简而言之，他想回家约会。

林初萤：“什么？”

警告，你的约会没了。

4

男人都是这样的吗？

林初萤不禁冒出来这么个疑惑，毕竟能想到把约会地点定在家里的人，肯定不简单。

还身体力行？

“不要在家里约会。”林初萤出声道，“我们出去吃，不然我就一个人出去了。”

“你决定就好。”陆燕临并没有反对。

林初萤觉得他这是在破罐子破摔，只哼哼了两声，就已经想好了去哪里吃晚饭。

“就玉食馆吧。”

“好。”

挂断电话后，陆燕临才将文件合上。

这个时候，他的手机响了起来，是陆尧发过来的消息。自从上次在家吃饭后，陆尧就只是每天问候一下，平常没大没小的话也少了许多。

陆燕临随手点开。

陆尧：“二叔！”

陆尧：“咯咯——新婚到现在还好吗？”

这个问题问得有些莫名其妙，陆燕临深知自己这个侄子的脾气，淡淡地回复："想说什么？"

这头的陆尧看到这么冷淡的四个字，越发觉得林初萤和他抱怨的事情是真的，于是他将准备好的两篇公众号的文章发了过去。

陆尧："美满婚姻最需要注意这10个地方！"

陆尧："婚姻幸福取决于什么？"

最重要的是第二篇，提到了热情和浪漫。

陆燕临神色平静地点开，自上而下将文章里的内容和图片浏览完毕，看完后，他又平静地关了手机。

车子在天艺娱乐的办公楼外停下，陆燕临一落窗，就看到了顶着夕阳余晖走过来的林初萤。她一副墨镜架在鼻梁上，长卷发随着走动飘了起来，一举一动都牵动人心。

林初萤上车后，她先看了看微博，距离自己上一次的浏览已经过了半小时，评论和转发量又多了好几万，已经开始向五十万冲击了。

林初萤觉得这个活动也是一个宣传公司的好机会，天艺娱乐正好需要再宣传一下。江雪名离开后，接替她的女星也该培养起来了。

林初萤筹算了好几分钟，眉头一会儿皱，一会儿又松，陆燕临看着觉得很可爱。

感受到目光，她扭过头，看见陆燕临也在看着自己。

林初萤嘴角一勾："二叔看我做什么？"

明知故问。陆燕临眉头都不带抖一下，状似无意地问："陆尧今天和你见面了？"

林初萤随口回答："这倒没有，就只是联系了一下。他那边有个画展，问我去不去，怎么了？"

陆燕临说："没事。"

林初萤"哦"了一下，陆燕临这句"没事"有点奇怪，总觉得哪里不太对劲。

她觉得陆尧要遭殃了。

下午的热搜出了没多久，沈明雀就被叫着拍了一组新照片，准备发给了程氏和华盛这边做宣传用。

既然代言人的事情已经曝光了，也没什么好隐瞒的。只是任谁都没想到，天艺娱乐的官博居然会来这一套？这就算了，就连华盛集团也跟着加码奖品了？这是什么意思？

论坛里早就炸了，全在议论这事。

“有钱人的快乐你想象不到。”

“越是这么声势浩大，我就越怀疑天艺娱乐的新老板到底是个什么厉害角色。”

“颜值就不用想了，你们见过哪个女老板好看的吗？”

“说得也对，像华盛陆总这样颜值高的总裁还是少数。”

网友讨论到最后，帖子里已经全是“求中奖”的回复，而微博上也发生了变化。

程氏官博率先澄清了此事：“度假村代言人一事今日上午已确定，对于雀雀我们很满意@沈明雀（爱心）。此外，我们从未接触过某女星，请停止造谣。”配图是沈明雀最新的照片。

这还不止，没过多久，有网友发现华盛集团的置顶官博换成了转发天艺娱乐抽奖的微博，新微博则是转发程氏的微博。

虽然转发文字只有“望周知”三个字，但这一条微博直接将代言人一事推上了高潮。

“两大官博在线打脸！”

“注意到用词了吗？从未接触过某人？这个某人就是张锦绣吧？”

一个大企业自然不太可能公开说假话，尤其是“从未接触”这四个字的态度可以说是非常鲜明了。

沈明雀也转发了这条微博，粉丝们心疼得不行，雀雀真倒霉，好不容易接个代言还被碰瓷，热度都被别人吸光了！

“就我看到程氏对沈明雀的称呼是‘雀雀’吗？官博是哪个人操作的？”

“雀雀……这个称呼好久没听到了，我记得程氏总裁以前公开恋情时是不是这么叫过？”

这条评论一出，当年的采访又被挖了出来。

论坛里也在看戏，张锦绣之前的微博也被大家翻出来做阅读理解，网友们纷纷感慨这是有心机的标准发言。没有一个字提到代言，但说的就是代言这件事。

半小时后，张锦绣的这条微博被她删除了，全程岁月静好当没事发生。她欲盖弥彰的态度基本坐实了代言人的真相。

之前被带节奏的网友忍不住去她微博下质问，前排热评全被路人的嘲讽占据。

张锦绣第一次碰到这样的事情，整个人都慌了，她在家里来回走动，忍不住吐槽：“我都删了微博，他们还一直在嘲笑我。”

张锦绣真是不理解。

夜色降临，而她的微博还处在战火中，最后她只能咬牙切齿地让人联系沈明雀。

沈明雀在宿舍里松了口气。

在收到别人转过来的消息时，她微微一愣：“张锦绣要和我面谈？这有什么好谈的？”

经纪人说：“这件事得和公司说一声。”

沈明雀点点头，又忍不住夸奖道：“林总真是厉害，这个代言都能给我。”

经纪人心想：这当然厉害了。

公司里的老人谁不知道林总背后是林家，而林家和陆家是世交，所谓的度假村代言人，指不定就是一句话的事情。

玉食馆是盛城新开的一家私房菜馆，每天只接受十桌客人，店里装点了不少玉石，在灯光的照射下，十分漂亮。因为就两个人，所以林初萤定的桌子并不大，离得近，可以互相夹菜。

说实话，和陆燕临认识这么长时间，她还不知道他喜欢吃什么。所以吃饭的时候，林初萤便格外关注。

陆燕临一提筷子，就能收到对面的目光，好像十分好奇的样子。

他问："看什么？"

林初萤实话实说："你有没有讨厌的菜？"

陆燕临用一旁的湿巾擦了擦嘴，然后才回答："没有。"

林初萤努了努嘴，觉得肯定不是这样，是个人都会有喜欢和讨厌的菜。

过了一会儿，她问："晚上看电影吗？"

"电影院？"

"不是，家里。"林初萤眨了眨眼，似乎是为了提醒陆燕临今天傍晚提的"回家约会"一事。

陆燕临垂目，回答："好。"

他不知想到了什么，幽幽的目光从林初萤洁白如玉的脸颊上掠过，旋即收回。

从玉食馆离开后，车子直接往华庭水岸开。

半路上，乔果打来电话："老板，沈小姐那边说，张锦绣希望和她见面谈一谈。"

"见面干什么？"

林初萤反问，开了车窗。微风吹进来，连带着她的头发也跟着飘起来，偶尔飘到陆燕临的身上，带起一阵清香。

"不仅如此，张锦绣还说已经定好了地方，让沈小姐去就可以了。"乔果又补充。

"让她不要给自己加戏。"林初萤眯眼，"要面谈也是让她自己过来谈，'安静'这个字她不知道吗？"

挂断电话后，车里静下来。林初萤察觉到什么，转头看向陆燕临，露出一个完美的笑容："二叔，你刚刚……"

"什么也没听到？"陆燕临低声说。

林初萤皱了皱眉头，自己这么剽悍的一面被他看到多少有点不自在，她陷入纠结之中。

陆燕临却觉得这样的林初萤很生动，他忍住了想去捏她脸的冲动，闭上眼假寐。

这么快就睡着了？从纠结中回神的林初萤抬头，疑惑了一下，也没觉得不对劲，毕竟今天华盛的事还挺多的，累了也正常。

林初萤凑近了去看陆燕临，也不知道陆家是怎样的基因，他五官看起来饱满立体，鼻梁高挺，睫毛长又密。

林初萤的视线从他的额头一直往下，到凸起的喉结上。昨晚她在这上面咬了一下，早上起来还能看到牙印，现在印子已经很浅了。

林初萤眉眼一弯，伸手轻轻去碰，陆燕临陡然睁开了眼，就见她一双清亮的眸子看着自己。

陆燕临抓住她的手腕，思索了一下这个动作的暗示性，问："等不及了？"

他又想起陆尧那两篇文章，这是话里话外暗示他不够热情？

说话间，他的喉结上下滚动。

"然后？"林初萤着实茫然了几秒，等反应过来后，她耳根子微红，不甘示弱的想法让她一下子挺起胸膛，她搂住了陆燕临，眉眼一挑，十分理直气壮："对啊，等不及了。"

"二叔，你要怎么办？"她问。

5

陈特助早早地戴上了耳机，非礼勿视，非礼勿听。

陆燕临垂眼看着攀在自己身上的林初萤，双眸清亮，显然她并没有意识到这样的亲密接触是何等撩人。

陆燕临想了想，低声问："你想在这里？"

他有些惊讶。

林初萤听这台词，似乎陆燕临下一刻就能说出"也不是不可以"这样的话。

不！她才不要在这里！她还没挣扎出去，怀里的男人压低声音开了口：“再等一会儿。”

含着浓浓的安抚意味。

为什么听起来像是自己很饥渴的样子？林初萤觉得自己才不是这样的人。她瞪了陆燕临一眼，非常冷静地把手收了回来。可是末尾时又没忍住，在他的肩膀上掐了一下，有些娇嗔。

对于陆燕临来说，这个力道如同小猫挠痒痒一样，唯一不同的是林初萤在衬衫上留下了几丝褶皱，他伸手轻轻蹭了蹭，褶皱就消失了。

大概是这一行为的后遗症，一直到了华庭水岸，林初萤一路都规规矩矩。陈特助在门口目送两个人进去，然后迫不及待就离开了。

此地不宜久留。

两人一路从花园经过，到了门口。

林初萤拿出小圆镜看自己的妆有没有花，还不忘吩咐旁边的男人：“快开门。”

“你不记得密码了？”陆燕临问。

“记得呀！”林初萤放下镜子，眨着眼睛看他，说出来的话有些娇嗔，“可是二叔在身边，还要我开门吗？”

半晌，陆燕临回答：“确实不用。”

看林初萤捏着镜子手柄，使唤自己还挺熟练的样子，陆燕临竟然觉得有一丝可爱。

一进门，旁边的小女人就像解放了一样，高跟鞋一脱，包一放，赤着脚就奔向楼梯：“好累啊，我先卸妆了。”

陆燕临看着脚下一只正着一只倒着的高跟鞋，和主人一样可爱。

手机突然响了，是老宅那边打过来的：“燕临，你们今晚回来吃晚饭吗？”

“不回去了，今晚在外面吃过了。”

“好。”

陆燕临上了楼，想起看电影的事。

他脱下外套挂在架子上，随后就看到一旁小桌上摆放的杂志。他松袖口的手停顿了一下，这杂志在上市之后送了他几本，被陈特助摆在办公室的架子上，他只粗略地看了一遍。

陆燕临突然想起领证的那天晚上，林初萤手上就拿着这本杂志，没想到她居然会买这个。陆燕临轻笑，觉得有些不可思议。毕竟他记忆中的林初萤，从不接触财经一类。

此刻正在卸妆的林初萤打了个喷嚏。

“肯定是谁在念叨我。”她嘀咕了一句，洗完脸刷完牙，一脸清爽地出来，就看到陆燕临在翻那本杂志。

林初萤神色一顿。

陆燕临低声问：“好了？”

林初萤穿着拖鞋，这是从家里带过来的，脚趾露在外面，涂了暗色指甲油，衬得脚非常白，白得晃人的眼。

陆燕临微微扯开领口，站起身。林初萤脱了高跟鞋，比他矮一截，正对着他锁骨的地方，有点性感。

怎么可以诱惑她呢？林初萤的脸有点热，原来自己的男人也如此秀色可餐。

正想着，她的脸被碰了一下：“发烧了？”

林初萤总算知道有个直男对象是什么感觉了。

“二叔你快去洗澡。”她转了转眼珠子，“要是不喜欢一个人，我们可以一起。”

她有些跃跃欲试。

本以为面前的男人不会在意这句话，万万没想到陆燕临略一思索，就答应了：“也可以。”

果然男人都禁不住美色诱惑！

“可以就可以。”林初萤自己丢的钩子，后果也需要她自己承担，“不过说好了就只洗澡。”

“不然呢？”陆燕临漫不经心地回答。

这么正人君子？也是很符合他一贯高冷的人设了，林初萤腹诽了一句，她就等着看谁先忍不住。

等着等着，水波荡漾出一圈圈涟漪，温热的雾气飘散在空中，等到林初萤的呜咽声都被吞没，整个身体都染上了一层绯红。

林初萤感觉自己整个人都快融入水里了，软得不行，偏偏陆燕临还不肯放过她。

林初萤的鼻尖全是他的味道，手掌的薄茧触碰到皮肤时，她闭着眼，微皱了皱眉。

“难受？”她的耳畔响起男人的低声询问。

林初萤从耳根子红到后脖颈，不知道是热还是怎么，她咬着嘴唇不说话，只是摇头。

窗外凉风如水。

被吻得晕头转向的林初萤搂着陆燕临的脖子，两个人贴在一起，像无尾熊一样。

“不玩了不玩了。”林初萤忍不住了，抵着陆燕临的胸膛，出声说，“不要了……”

甚至还带上了一点央求的语气。

浴室的镜子不止一面，陆燕临抬头就能看到镜子里的画面，林初萤白皙漂亮的后背性感勾人。

从浴室出来，林初萤累得不行，还犯困。她是被陆燕临抱上床的，眼睛半睁着，有点小可怜的感觉，浑身软绵绵的。

等陆燕临去收拾时，林初萤瞪大眼睛看着顶上的天花板。泡澡把自己泡软了可还行？林初萤默默地想着。虽然有点爽，但她决定以后不能再得罪男人，后果全报在自己身上了。

陆燕临出来的时候，房间里很安静。床上的林初萤眯着眼，昏昏欲睡。他随手关了灯，房间里暗下来，只有夜灯亮着。

第二天醒来时，林初萤还有点半梦半醒，她躺着酝酿了大半天，慢吞吞地起床，一到浴室整个人就清醒了。她身上穿的是睡衣，大概是后来陆燕临给她换的。

这套睡衣的领口有点低，林初萤一看镜子，再低头，深吸一口气。陆燕临是狼人吗？她这锁骨上面全是印子，可见昨晚有多激烈。

发了一会儿呆，林初萤有点难为情地掀开领口往里看，然后木着脸松开手，说他狼人还是太轻松了。

洗漱后，林初萤肚子有点饿，本来准备换衣服遮掩一下就去公司，可当她闻到从楼下飘上来的香气后，她知道陆燕临还没走，便果断放弃了这个想法。

就应该让他看看！让他愧疚！

林初萤踩着拖鞋下了楼，看到陆燕临端坐在桌旁，面前放了一碗面，正准备吃。

“起来了？”

“嗯。”林初萤皱了皱，眉头，“没我的份吗？”

陆燕临说：“我以为你起不来。”

这还是人话吗？这么嚣张？林初萤愤恨地瞪大眼，这大概就是网上说的那种得手了就变脸的真实写照。

陆燕临的目光落在她脸上，乌黑的长卷发有些蓬松，披散在身上，看上去气色还不错，如果忽略脸上的不满的话。

他伸手正准备将面推给她。

“二叔，你觉得哪里不对？”林初萤故意挺了挺胸，理直气壮，“我饿了。”

睡衣的领口被弄得往旁边滑了滑，浑身上下都在控诉四个字——

你心虚吗？

陆燕临轻笑，顺势将面推了过去。

林初萤没想到这么管用，她闻了一下，夸奖道：“二叔你手艺真不错，我还想再要一个荷包蛋。”

她得寸进尺，陆燕临“嗯”了一声。

林初萤再抬头的时候，就看见对面的男人卷起了衣服袖子进了厨房。几分钟后，一个漂亮的荷包蛋进了她的碗里。

林初萤满意了。

吃过面后，两个人去衣帽间换衣服。林初萤看着衣柜里各种抹胸裙、吊带裙，再看看自己的锁骨，最后选了一条没那么暴露的。

找丝巾的时候，她忍不住抱怨：“都怪你。”

男人抬起头，神色平淡地说：“我以为你觉得我不够热情。”

“啊？”

林初萤哑了几秒，问：“二叔从哪儿得出来的结论？”她在脑袋里搜刮了一番，确定自己从来没有和他说过这样的话。

“猜的。”陆燕临还是没卖了陆尧，毕竟自己是受益方。

林初萤皱着眉：“还是不要热情了。”

闻言，陆燕临偏过头看她。

从他的眼睛里捕捉到一点疑惑，林初萤张了张嘴。

“就……”半晌，她才轻声开口，“稍微一点点就可以了。”

怕他不知道，她还用手比量了一下。

然后她看向陆燕临，男人慢条斯理地点头，但她总觉得他的眼神里写着一句话——

看来你昨晚应该很快乐。

天艺娱乐今天依旧在热门新闻上，这么大手笔的抽奖还没有结果，再加上天艺娱乐的艺人都十分捧场地给自家老板转发，最后加起来竟然过了一百万。

这个热度，简直了。

乔果现在已经不用到华庭水岸去接老板了，因为陆总的司机会直接将他们送到公司。

“老板，您看官博抽奖什么时候开？”

“过两天吧。”

乔果点点头，然后又说：“今天早上张锦绣又联系了沈小姐，想要见面谈一次，地点已经定好了。”

林初萤狐疑：“这么锲而不舍？”

“她的团队刚换，还在磨合中，应该是她自己想要快点解决这件事吧。”乔果报告说。

“既然求着我们，就让她自己过来。”林初萤摸了摸下巴，“沈明雀那边呢？”

“一切正常。”乔果说。

这件事反转了以后，沈明雀的微博涨了几万粉丝。乔果才离开，林初萤就收到了沈明雀的微信消息。

沈明雀：“谢谢林总。”

沈明雀：“林总今天很漂亮。”

上次见过之后，她们加了微信，林初萤觉得以后看秀可以带着她一起去。

林初萤回复：“你在公司看到我了？”

沈明雀：“没有，但是我知道林总每天都很漂亮，我也转发了公司微博发的抽奖。”

林初萤觉得她还挺好玩的，她本以为就这么一句客套话，万万没想到下一刻沈明雀又发了新消息过来。

都是图片。

图片上是她转发的微博内容。

“沈明雀：一想起我们老板我就心跳过速发出猫叫，经纪人以为我发病，直接捂住我的嘴，我手脚挣扎缺氧窒息也要奋力叫出一句：老板最美！// 天艺娱乐：……”

评论里也在讨论——

“哈哈哈——哈哈，雀雀你好意思和我们抢吗？”

“我现在还真好奇你老板长什么样子。”

最后一条评论，沈明雀回复了，说老板比她好看得多，又引起了不少网友的好奇心。

林初萤一时之间并不知道说什么好，她以前没和沈明雀相处过，没想到性格还挺有趣，怪不得程铭城会和她谈恋爱，也不知道这男人现在后不后悔。

沈明雀：“不打扰老板工作了！”

沈明雀：“林总放心飞，萤火永相随！”

林初萤的嘴角上扬了一点，她觉得签这样乖巧懂事的艺人还挺好玩的，有点傻傻的感觉。

林初萤顺手翻了翻朋友圈，一群大小姐岁月静好，然后她就看到了陆尧的朋友圈。林初萤忽然想起了什么，昨天回去的路上，陆燕临好像问她是不是和陆尧见面了。

为什么会突然问这个？

林初萤几乎是一下子就联想到今天早上的对话，好像她昨天的确随口和陆尧说了一句陆燕临不够热情。

他反手就打小报告？

第六章
特殊谢礼

1

林初萤觉得自己应该不会冤枉陆燕临，毕竟昨天她可就只和陆尧说了这件事。

陆尧这打小报告的！能这么和陆燕临说他不够热情吗？怪不得他昨天晚上到今天早上这么不对劲。

林初萤笑了笑，远在盛城另一边的陆少爷打了个喷嚏。

包间里的莺莺燕燕立刻过来关心：“陆少，你没事吧？是感冒了吗？要不我去给你买药吧。”

无数香水味凑在一起钻进陆尧的鼻子里。

他推开这些人：“没事，你们玩你们自己的，买个啥药。”

旁边的公子哥问：“怕是有谁在念叨你？”

陆尧说：“可能是谁对我念念不忘吧。”

他自恋了一会儿，然后就看到手机屏幕亮起来，出现了林初萤三个字。

“陆尧，你在哪儿？”

一接通，陆尧就被这个问题问蒙了。

他还不明白发生了什么：“啊，我在外面玩，怎么了，邀请函送过去了吗？应该送到了吧。”他噼里啪啦说了一大堆。

林初萤随手拿到被乔果放在一旁的邀请函，上面写了时间和地点，就在这个周末的下午两点，总共三个小时。

“周末的下午我过来接你，大小姐就等着吧。”陆尧又补充了最后一句。

“陆尧，上次慈善夜做得不错，你家里的零花钱又给了吧？”林初萤问。

“对啊，说起来还多亏了你。”陆尧丝毫没有意识到这个问题有多么不对劲。

“不客气。”

挂断电话后，陆尧还有点怀疑，刚刚林大小姐是和他说了那三个字吗？他怎么觉得哪里不对劲呢？他摸了摸脖子后面，又回头看，怀疑是不是空调温度开得太低了，有点凉飕飕的。

没过半小时，他就收到家里打来的电话。

他爸在电话里冷冷道：“又在外面玩，一个慈善夜做好了就上天了是不是？从今天开始，零花钱减半！”

“啊？”陆尧来不及说什么，他爹就把电话给挂了。

面对包间里露出疑惑的一群人，陆尧有苦说不出，他看了看手机，打给了林初萤，开始卖惨：“我太惨了，我爸疯了！二婶你救济一下我吧。”

叫二婶也没用，林初萤十分绝情：“我也没钱呢。”

陆尧不信：“你骗我的吧？”

林初萤嘴角上扬，说：“我说的是事实，你看我多久没有买包包买项链了？”

陆尧戳破她的谎言：“你前几天不还买了三个？”

“那是你二叔买的。”林初萤睁眼说瞎话，“我作为老婆，也不能不收呀。”

“二叔真大方。”

“是啊，花老公的钱真好。”

陆尧觉得她这是在炫耀。

“你要是不介意，可以来我公司工作，我给你发工资。”林初萤循循善诱，“给你安排个总裁秘书的工作，平时就坐在办公室里卖萌就行了。”

“啊？”陆尧觉得好像哪里不对劲。

但他好歹觉得自己和林大小姐这么铁的关系，应该不至于坑他，于是新劳工陆尧就这么应了下来。

白白得到了一个劳动力的林初萤心情十分好，她拿着画展的邀请函看了一下，画家在邀请函上也作了画，风格挺对她胃口。

作为一个名媛，林初萤学过的东西不少，乐器会几样，画画也学过，虽然早就搁置了。

林初萤盯着上面的花朵，突然冒出来一个主意，飞快地在手机上点了十几分钟。

结束后，她直接打电话给陆燕临。几秒后，对面接通：“喂？”

林初萤问：“你还在公司吗？”

陆燕临揉了揉额头：“怎么了？”

林初萤说：“我订了东西送给你。”她语气有些雀跃。

陆燕临眉梢一扬，问：“什么东西？”

林初萤却不说：“说了还有什么惊喜，待会儿你就知道了，一定要好好感受一下。”她加重了最后几个字。

这明目张胆的不怀好意几乎要透过手机飞出来，陆燕临不忍戳破她，“嗯”了一声：“好。”

他还挺好奇是什么东西的。

陈特助被提前叮嘱了一句，去楼下等着。从电梯里出来后，他就听到周围来来往往的员工聚在一起议论：“好大一束花，这得花不少钱吧？”

“全是玫瑰花，追谁呢，这么嚣张？”

“虽然浪费钱，但收到花的感觉其实还不错。”

“走走走，去围观一下，看看是送给谁的。”

陈特助的眼皮子直跳，一路走到门口，看到一大束红艳的玫瑰花，将送花人的上半身都遮挡住了。

玫瑰花后传来声音：“哪位是陆先生？”

陈特助木着脸。

送花人尤嫌不够，又说：“对了，订花的客人还有一句话让我……”

“等等。”陈特助连忙打断，走到他身边说，“你说给我一个人听就行，我是陆先生的助理。”

公司门前安静了半天，一众围观的人看着陈特助签了字接了花，再想起刚刚问的“陆先生”，这花送给谁几乎毫无疑问了。

整个公司能被称为陆先生的不就总裁一个嘛！这花肯定是前段时间才曝光订婚的陆太太送来的吧，感情真好，看来陆太太也是个热情的女孩。

陈特助顶着大家八卦又热烈的目光回了顶楼。

陆燕临微皱眉：“怎么带进来了？”

陈特助平静地开口：“先生，这是太太送来的。她还说了，让您感受一下她的热情似火。”

这样睚眦必报的脾气，除了她也没谁了。

周末的下午，林初萤和陆尧去了画展。

陆尧在车上还十分感激：“没想到二婶这么善良，我还没去上班，还能给我提前支工资。”

林初萤快被这小傻子笑死。

看画的有钱人不少，林初萤今天穿得有些素雅，类似旗袍的设计，对身材的勾勒尤其出色。

画展上没什么大事，林初萤看了两个小时也差不多了，干脆和陆尧打了声招呼提前走了。

离场时天色还早，她找了家网红奶茶店，坐在二楼乐得自在。

虽然是周末时间，但来自乔果的电话永远不会迟到。

“老板，沈小姐现在在公司，有事想要见您，应该是工作上的事。”

“你不是在吗？”

“可您是老板呀。”

“你们两个人都来这儿吧。”林初萤发了个定位过去。

不过十几分钟，乔果和沈明雀就出现在奶茶店里。沈明雀看起来一脸高冷，但为人其实活泼可爱，这种反差碰撞在一起，怪有趣的。

要不是加了微信，她还不知道呢！

“这都快五点了，快下班了，找我什么事？”林初萤咬了颗珍珠进嘴里。

沈明雀一听，赶紧说：“有一个综艺节目邀请。”

林初萤有些讶异：“这么快就有综艺了？”

乔果在一旁说：“沈小姐最近这两天热度不低，再加上又是度假村的代言人，制作组应该看中了这个。”

甚至制作组可能还想拉华盛或者程氏的投资呢！

林初萤问：“什么综艺？”

沈明雀说：“一个叫《恋爱 30 天》的恋爱综艺节目。”

“恋爱综艺？”林初萤眯了眯眼，“我还以为是其他的，怎么搞了个恋爱综艺？”

乔果主动介绍了一下这个综艺是什么类型，总而言之就是一个恋爱综艺，总共选取三对明星，一对一恋爱。

沈明雀眨着眼问：“林总，我要去吗？”

林初萤勾唇：“为什么不去？”她觉得这个还蛮好玩的。

沈明雀也跟着笑：“林总说去就去。”

林初萤笑了笑：“那你的恋爱对象是谁？”

沈明雀这才想起还有这个问题：“我忘了问……他们没告诉我对方是谁，说很多资料都要保密，到时见了面才知道。”

但根据过往的经验，恋爱对象必然也是明星。

“可能是看我感情史有点辉煌，所以才邀请我的。”沈明雀说着，一眨不眨地盯着菜单看。

林初萤“哦”了一声，随口说：“就你那个都算辉煌，那我岂不是上天了。”

四周安静下来。

林初萤又瞥了一眼："想喝就喝，这么苦的目光，别人还以为是苦情剧女主角。"

沈明雀没想过自己的新老板嘴这么毒。

她叹了口气，跟蔫巴的花似的："我也想喝，但是我要保持身材，不能乱来。"

小可怜，林初萤同情地看着她，想起一个问题："那你和程铭城约会，总不会两个人一起吃沙拉吧？"

提到这个，沈明雀"啊"了一声。

她有点不好意思，顶着乔果和老板好奇的目光，红着脸说："那时候可能做运动比较多。"

乔果：开车，举报了。

林初萤忽然笑出声来。

而楼下，也有人注意到了上面的三个人，这人赶紧拿出手机拍摄，激动地传到微博上面去。

华盛集团今天热闹非凡，很多人在下班时得偿所愿，看到陆总带着一大束玫瑰花下了楼。

员工们吃了一碗狗粮。

陆燕临到家后，看到了玄关处的高跟鞋。他将花放在楼下，上楼后看到林初萤坐在地毯上，周围摆着五颜六色的一堆纸。

陆燕临说："别在地上坐着。"

听到动静，林初萤对着他招招手。等陆燕临靠近后，她又伸出手："起不来，腿麻了。"

她的眼睛一眨不眨。

林初萤如愿以偿地被抱起来，她埋头在他的胸口处，鼻尖沁入薄荷味。

陆燕临将她放在床上。

他准备松开，怀里的女人却搂着不放，额头碰到他的下巴，像是亲上了一样。

陆燕临垂目："看画展看累了？"

提到这个，林初萤兴致勃勃，娇声问："二叔，你说我开一个画展怎么样？"

陆燕临仔细回忆了一下，他有限的记忆里从来没见过林初萤画画，也没听说林家大小姐在绘画上有别样的天赋。

他看着那双眼睛说："我觉得不行。"

林初萤说："不带这样打击人的。"

见她控诉，陆燕临不急不缓地开口："也许你可以开一个珠宝展。"

"又或者是时装展。"他思索了几秒，想起家里的衣帽间，委婉地劝道，"可能比画展有前途。"

林初萤一时之间不知道陆燕临是在嘲讽她画技，还是在嘲讽她珠宝包包礼服买太多？

才结婚几天就开始嫌弃老婆了？

2

林初萤觉得非常迷惑，难道他不应该非常温柔地说出一句"你喜欢就好""你尽管办我全包了"这样的霸道总裁发言吗？

果然是塑料夫妻。

"按照你说的，我要不要再开个睡衣展，反正我睡衣那么多？"林初萤毫不留情地反讽。

"我觉得不行。"陆燕临说。

还真一本正经地回答了。

林初萤有点泄气，她坐在床上，一只手揪住陆燕临的衬衫，质问道："你是不是觉得我画得不好？"

"没有，我只是建议。"

陆燕临十分有耐心地解释了一句："你可以不用听我的，也许会很热闹。"

也许？林初萤一脸“你就是那个意思”的神情，仰起的脸上满是不服气。

她手上捏着一张纸，干脆拍到他身上，问：“你觉得我这样的画不能见人？”

这话，就差威胁了。

陆燕临伸手接过她手里的画，内容很简单，不说画技，但确实充满灵气。

他有点吃惊。

看到他眼中的欣赏，林初萤抬了抬下巴，琢磨着原谅他刚刚的直男发言也不是不可以。

“挺好的。”陆燕临说。

他将画放在一旁的被子上，然后缓缓开口：“我觉得裱起来挂在房间里更好。”

嗓音有些清冽。

房间里目前还没有多余的墙饰，婚纱还没有定制好，婚纱照也没有拍，他们原本就没有正式的合照，除了领结婚证那天。

林初萤顺带着看了一下房间的墙壁，觉得他说得挺有道理：“就这么定了。”

勉为其难地接受好了。

林初萤下床把地上的画纸捡起来，等她收拾好了，见陆燕临正在系领带，不苟言笑，十分严肃。

林初萤斜倚在边上，她回家后就换了睡衣，顺滑的面料贴在身上，看起来风情万种。

“你要出门？”

“嗯，晚点有个应酬。”陆燕临说。

他的视线从她身上掠过，白皙肌肤上的暧昧痕迹已经消散不少，只留下一点斑驳的绯色印记，更加惹人遐思。

林初萤点点头，准备问他晚上几点回来，又觉得这样好像有点怨妇。

陆燕临说：“我会尽量早点回来。”

林初萤眨着眼：“你不用跟我说。”

“我以为你会想知道。”陆燕临漫不经心地回答，他整理好袖口，“毕竟我们是夫妻。”

林初萤不置可否。

陈特助等在楼下，脸上露出微笑：“太太晚上好。”

“晚上好。”林初萤站在楼梯处，整个人歪斜着靠在栏杆上。

等两个人离开后，她飞速上楼去联系装裱的人，有点迫不及待。

“今天的画展去了很多人？”安静的车内突然响起陆燕临低沉的声音。

“是的，陆尧少爷发的朋友圈里人很多，应该明天就会出新闻。”陈特助坐在副驾驶，连忙搜罗起自己的人脉来，很快就拿到了一些新闻社拍的照片。

其中有两张林初萤的照片，她站在一幅星空抽象画前，看起来十分优雅。

陆燕临“嗯”了一声：“画还在？”

这么一问，陈特助一下就明白了，十分钟左右就联系上了画展那边的负责人。

得知是陆燕临要买，负责人相当惊讶：“真的吗？陆先生今天没有来画展，我还以为他不喜欢呢！”

陈特助：“我们太太喜欢。”

负责人：“陆先生真是宠太太！这幅画还留着的，我们会尽快送过去，您放心好了！”

陈特助感觉自己的任务完成了。

半小时后，车停在汇锦园外。

陈特助下车给陆燕临开车门，今晚的应酬是和程氏一起，外加几个度假村事宜的负责人。

包间里已经来了不少人，见到陆燕临进来，几个人都起身打招呼：“陆总。”

陆燕临点头示意，又看向程铭城：“程总。”

程铭城说：“陆总晚上好。”

其他几个负责人叫了人作陪，来的都是露过面的小明星。

有人给小明星们使眼色，几个战战兢兢的小明星一个个凑上去，心在狂跳。

“那个是陆总。”

“陆总长得真好看……”

她们都是通过圈里人知道的消息，程氏的程总和华盛的陆总在晚上有个饭局。

一个穿着低胸裙的女孩第一次来这样的地方，她小心翼翼地看了一眼那边的男人，想起圈里的传言，咬着牙端酒杯过去。

“陆总……”

“对不起，我们先生不需要。”陈特助在一旁出声，伸手挡住了对方的路。

女孩白着脸退开了。她又走去程铭城那边，半路上就被那张冷脸吓到，有点不知所措地站在那里。

负责人额头上直冒冷汗，他伸手虚抹了一把：“我也没想到……叫了个不懂事的过来……”

陆燕临看了他一眼。

女孩已经坐回自己原来的位子上，心里还在打鼓。再让她去敬酒的话，她可不敢了。

她不由自主地看向那边，凑巧陆燕临抬手，手上的婚戒就这么映入她的眼帘，女孩的一张脸又白了。

酒过三巡，一些事也谈得差不多了。

程铭城借口吹风去了外面，陆燕临一出包间，陈特助就低声说：“十点了。”

“嗯。”

陆燕临扯了扯领带："回去吧。"

再次回到包间门口，一个穿着礼服裙的女人小跑着冲到前方程铭城的边上，被他的助理挡住了。

"程总！

"程总，我就说几句话！"

张锦绣咬唇说了几句，见程铭城没反应，她不甘示弱地推了一把助理的胳膊："关于沈明雀的！"

程铭城停下，转头看她。

见这话有用，张锦绣连忙继续开口："程总，度假村代言人的事情，用一个新人是不是有点不合适，还形象不佳……我不知道自己哪里得罪了沈小姐，想找她道歉她都不搭理……"

程铭城冷不丁问："你叫什么？"

张锦绣后背一凉："张……张锦绣。"

程铭城的视线在她脸上转了一圈，抬脚进了包间，丢下一句话："哪儿都得罪了。"

张锦绣眼睁睁看着那扇门关上，她有点不敢相信，不是说沈明雀是他前女友吗？分手时还撕破脸了，怎么今天态度完全不一样？

张锦绣跺了跺脚，转身准备离开，然后就看到从走廊那头不急不缓走来的男人。

今晚自己的运气这么好？程总不给面子没事，陆总决定也可以！

张锦绣几乎是迫不及待地就朝着陆燕临飞奔而去，她拎着裙角，已经准备好了柔弱一摔。

她刚到边上，脚下斜斜一歪，半个身子往中间倒去。陈特助眼明手快地一闪，张锦绣直接倒在了地上。

"哎哟！"张锦绣疼得直叫唤，腻着声音抱怨，"陆总，您怎么这么……"

一抬头，前面连人影都没了。

走廊尽头，苏蕊收了手机，她看着里面的照片，有些心惊肉跳。

苏蕊跑进洗手间打电话给苏新慧，一接通就迫不及待地问："妈，你上次说林初萤和陆燕临结婚是真的吗？"

"是啊！"苏新慧正在准备甜汤，"你怎么突然又问这个？我告诉你，你可别出去乱说什么……"

"知道了知道了！"苏新慧的话还没说完，苏蕊就直接挂断了电话，眼睛一眨不眨地盯着手机。

半晌后，她将照片发给了林初萤。

才结婚就在外面和别的女人这么亲密，以林初萤的性格，怕是要被气死吧？苏蕊快意地想着。

下一秒，微信提示来了。

"lcy 开启了朋友验证，你还不是他（她）朋友，请先发送朋友验证请求，对方验证通过后，才能聊天。"

苏蕊气得脸都红了，指不定当初才加上微信就给删了！

正在家里欣赏画作的林初萤什么都不知道，直到楼下门铃声响了。一打开，几个人站在门口。

"陆先生您好——"

负责人先打了招呼，一抬头看到林初萤，有点恍惚："林小姐？"

这不是林大小姐吗？他又仔细看了看周围，确定这是华庭水岸没错，也确定是陆总的房子。

林初萤微笑道："你叫我陆太太也可以。"

负责人更恍惚了，不过没几秒他就反应过来，原来传闻中的陆太太居然就是林大小姐！

负责人激动地咽了口口水，麻溜地改了口："陆太太，这是陆先生要的那幅画。"

"陆先生要的画？"

"对，就是您今天下午看的那幅星空图。"负责人笑眯眯地说，"陆先生陆太太感情真好。"

林初萤迷惑地看着几个人把画抬进客厅里，负责人也没多打扰，寒暄一会儿后便带着人离开了。

林初萤关上门，十分确定今天的画展陆燕临没有去，难道又是陆尧打的报告？还是说要给自己来个惊喜？

她拆开包装，坐在沙发上拍照。

林初萤没想到这男人居然还会这一套，看来白天的热情似火还挺有用的。

既然送了礼，那她得回谢一下才行。

夜幕低垂，临近深夜十一点。

林初萤泡了个澡，还换了一件精致的吊带睡衣，对着镜子照了一会儿，确定自己依旧是盛世美颜，才放下心。

临走前陆燕临也没说几点回来，她当然不可能直接催。玩了一会儿手机后林初萤就有些抵不住困意，她在沙发上打盹，用手托着脸。

那幅画被放在茶几上，包装散落在地上。

陆燕临一开门就看到点头如小鸡啄米的林初萤，她懒散地靠在沙发上打瞌睡，锁骨露在外面，一边的吊带已经垂在了胳膊下，修长的双腿搭在一旁，睡裙下摆被蹭了上去，白皙的大腿裸露在外。

陆燕临的喉结滚了两下，他伸手按了按太阳穴，今晚喝了点酒，现在又看到这样的美色，有点把持不住。

他避开那些碎泡沫，走到她面前。

林初萤睡得正香，她动了动身子，胳膊没撑住，整个头都往旁边栽过去，陆燕临用手接住她的额头。

林初萤一下子醒了，但还有点迷迷糊糊，她微微睁着眼："二叔你回来了？"

声音有点绵软。

她还记着自己要好好地给陆燕临一份谢礼的事，本想搂住他的脖子，奈何坐着才到他腰部，只能搂住他的腰。

看着林初萤不甚清醒地在自己身上蹭来蹭去，陆燕临轻笑，低声询问：“闻到了什么？”

“酒味。”

男人身上的薄凉气息混杂着酒味，让人有些意乱情迷。林初萤仰着头，轻声回答。

大概是刚刚的动作蹭得她睡裙乱糟糟的，她半眸的眼睛里漾着点点水光。

陆燕临垂目，手指钩着她的下巴。

“为什么等在这里？”陆燕临问。

“当然是要谢谢你的画了。”林初萤迷糊着，她抓住他的衣服，整个人挂在他身上。

一个西装得体，一个睡裙凌乱，无意识的勾引最诱人。

陆燕临的余光瞥了一眼茶几上的那幅画，再看看怀里难得这么迷糊的林初萤，轻笑出声。

“怎么谢？”既像是正常询问，又像是引诱。

林初萤嘴上说着，想去亲他的嘴唇，眼睛没睁开，一口亲到了下巴上——

“就是这样的谢礼，你收还是不收？”

面前的男人已经没了耐心，他没有回答，一低头就吻住她的嘴唇。

轻淡的酒味弥漫在呼吸间。

3

第二天，林初萤醒来时房间里已经没有人了。她躺在床上酝酿了好一会儿，想起昨晚自己不清醒时的行为还有点脸红。

她赤着脚下床，在桌上看到了陆燕临留下的字条——厨房里有早餐。

作为华盛总裁，早上还会准备早餐，生活可不是一般的自制。

林初萤自认做不到如此自律，她这个人向来是享乐主义。

已经十点多了，林初萤洗漱后就下了楼，没吃几口就接到了陆尧的电话："林大小姐，你上热搜了知不知道？"

"我怎么又上热搜了？"

她最近什么也没干吧，公司也是安安静静的，难道自己和陆燕临结婚的事情曝光了？

"你昨天不是和我一起去的画展吗？"陆尧翻了个白眼，"今天你就上了。"

"哦。"林初萤淡定了。

"凭什么我们两个人一起，你上了我还没上啊！"陆尧有些不甘心，是他排面不够吗？

林初萤随口回答："这你得去问网友了，为什么一个陆家大少爷不上让我上了。"

陆尧说："我要能问出来就好了。"

林初萤顺势看了一下热搜，第一条热门微博来自一位自媒体："昨日下午两点在盛城举办的画展，这位L小姐也在其中。"

林初萤一看微博内容就能猜到下面的网友会评论些什么，无非就是"整容"和"出道"的猜测。

果不其然——

"怎么哪儿哪儿都有她？"

"不得不说，这个侧颜我是服气的，鼻子、下巴也太漂亮了吧，爱了爱了。"

"看秀、看画展，我觉得这是大小姐吧！"

"恐怕下一阶段就直接出道了！"

"你这仇恨拉得可不是一般大。"陆尧忍不住说，"真可怕，怎么这么能猜啊她们。"

"这不是很正常吗？"林初萤说。

公众人物，这样的议论必不可少。要么不看网上的评论，专心自己的事业；要么就锤炼自己的心脏，没有其他选择。

陆尧又想起一件事："对了，昨天那幅星空图，我本来想去买的，不知道被谁买了，早知道昨天就不犹豫了。”

闻言，林初萤想起楼下客厅的画，忍着笑说：“你有空可以来华庭水岸看看。”

“算了吧，还是不打扰你和二叔新婚了。”陆尧十分有自知之明。

“随便你。”林初萤说，“对了，记得今天来天艺娱乐上班。”

陆尧对于上班可以说是一窍不通，也没尝试过，不过他有点跃跃欲试：“好！”

听见他的语气，林初萤更乐了，这孩子知道自己面临的将是怎样的生活吗？

到天艺娱乐的时候已是下午了。

今天林初萤不用系丝巾在脖子上，也许是昨天的控诉起了作用，陆燕临有了那么点良心，草莓印都印在了更为隐秘的地方。

她才进公司，就在大厅看到了沈明雀。

“小沈啊。”林初萤叫了一声。

“啊？”沈明雀半晌才反应过来这是在叫自己，连忙打招呼，“林总，下午好。”

林初萤问：“你来公司干什么？”

一提到这个，沈明雀降低了声音：“老板，我们两个上热搜了，我就是来公司说这个的。”

“我又上热搜了？”林初萤有些惊讶，“这热搜是被我包年了吗？”

乔果在一旁说：“老板，我也要说这件事来着，上午画展的热搜已经没了。”

“那现在上的是什么热搜？”林初萤一边问，一边到了自己的办公室。

沈明雀说：“就是我们昨天在奶茶店被拍了。”

乔果把平板电脑放到林初萤面前，是一个十几秒的短视频，附带着“沈明雀，林初萤”这样的话题。

视频应该是偷拍的。

当时她们三个人在楼上，旁边就是玻璃，乔果坐在最里面，从楼下看不出来，所以坐在边缘的沈明雀和林初萤就被拍了个正着。

沈明雀忍不住说："我刚刚看了好几遍，这个路人的拍摄技术还不错，林总很漂亮。"

林初萤又翻了翻评论，这下子惊了——

"沈明雀居然和这个网红认识？"

"她们一起去喝奶茶，不会是很好的朋友吧？"

"这两个人居然认识，怪不得套路都差不多，过两天由林初萤主演的电视剧可能就出来了。"

"我有个大胆的想法……这肯定是出道了吧，不然素人怎么会和模特坐在一起？"

下面还有人发了一张截图，截图里是论坛网友对于林初萤的猜测——

"你们觉得 lcy 出道能火吗？颜值、身材打多少分？"

"这脸我打 6 分，还是比路人好看。"

"如果路人都是这样的脸，我现在已经在被窝里笑醒了，谢谢！"

"人家和陆太太感情好着呢，前几天华盛集团的玫瑰花事件不少人都亲眼看见了。"

林初萤心想：自己运气还是非常好的，毕竟陆燕临已经成了她的老公，不仅好看还有钱。

帖子没几分钟就被删除了，沈明雀有点内疚："对不起，林总，要不是我昨天有事，也不会让您上热搜。"

林初萤摆摆手："这又不是什么大事。"

正说着，有人敲门，陆尧探头进来："我来迟了？"

看到里面的三个人，他咳嗽一声，然后整理好自己的衣服，一本正经地走进来。

"老板好！"陆尧待了不到十几秒就原形毕露，"我看好像没什么工作，我的办公室在哪儿？"

林初萤觉得他好像还挺享受的，转向乔果："今天有什么工作可以安排给他的？”

乔果立刻意会：“今天下午两点半，沈小姐需要去拍摄度假村代言人的宣传照。”

沈明雀点头：“对。”

“陆尧你就陪着去吧。”林初萤随口安排。

“你之前不是说我是秘书吗？”陆尧据理力争，“怎么变成助理了？”

“公司人手少。”林初萤露出一个笑容，“辛苦你多干几份工作了。”

“啊？”陆尧就这么被说服了，甚至还有一丝对林初萤的同情，这么大个公司居然人手不够，看来管理公司并不轻松。

还是做个纨绔子弟更好，如果家里不经常扣他的零花钱那就更好了。

第一天上班的陆尧显然十分敬业，时刻汇报着沈明雀的行程：“我还以为拍摄是在外面，原来是在棚子里。”

林初萤还没回，下一条消息又出来了。

陆尧：“原来拍的不止沈明雀一个啊！”

陆尧：“你的艺人长得这么成熟，原来脾气还挺好。”

陆尧：“我看她们都对你家艺人挺感兴趣的，还提到了程总，不就是前男友吗？”

陆尧：“据我所知，程总分手后就一直单身吧，这些人想追就自己去追啊！”

好一个天真的大侄子。林初萤看了满屏的消息，从陆尧离开后，这手机振动就没停止过。

林初萤忍无可忍，回道：“你晋级成话痨了？”

陆尧觉得委屈：“我不是秘书嘛，时时刻刻向老板汇报消息不是很正常吗？”

他等了一会儿，等到了林初萤的回答：“你向你二叔汇报试试。”

陆尧迅速安静下来，做一个称职的秘书真难，做林初萤的秘书更难。

被陆尧打扰了这么久，林初萤忍不住吐槽的心，她打电话给陆燕临：“你侄子以前工作过吗？”

陆燕临伸手止住陈特助的话，他回：“如果发传单也算的话。”

林初萤更吃惊了，陆尧居然还发过传单？肯定是利用自己的脸让一群小姑娘帮忙。

“他惹你不开心了？”陆燕临询问。

“这倒没有。”林初萤实话实说，“就像一个没长大的小孩子一样，话很多。”

陆燕临又问：“听他说你要给他开工资？”

提到这个，林初萤嘴角一勾：“对啊，他的零花钱被减半了，作为好朋友，我要救助他一下。”

陈特助退出了办公室，办公室里又安静下来，只听得到笔点在桌面上发出的细碎闷声。

陆燕临眯眼，声线略低：“据我所知，他的零花钱被扣和你有关。”

“你还知道这个啊！”林初萤顺着往下说，“谁让他打小报告的。”

陆燕临不置可否。

见他没有回答，林初萤坐直了身体，危险发问：“你是要兴师问罪吗？”

“不是。”陆燕临不咸不淡地开口，“他的工资从我这里扣。”

听到这里，林初萤微微一愣，勾唇说：“我林初萤又不是这点工资都给不起。”

她的语气有些张扬。

陆燕临眉间的倦意浅了些，意有所指道：“毕竟他是向我打小报告，我出是应该的。”

这话听在林初萤耳朵里却是另外一层意思。

她冷哼：“是啊，上次得到好处的也是你是吧？”

陆燕临平静地说：“我以为那是互利的。”

这是互利的吗？林初萤不想纠结这个问题，径直说了一句后就直接挂断电话，美其名曰不打扰他工作。

听着话筒里的忙音，陆燕临低笑一声。

林初萤越想越气，虽然她是受益了那么一点点，但最舒服的肯定是陆燕临没错了。

门突然被推开，乔果慌慌张张进门："老板！"

林初萤还在气愤中，绯色的脸上更显娇艳惑人，抬头问："什么事这么激动？"

乔果从美貌中回神，赶紧开口："老板，您的微博暴露了！"

4

乔果语速很快，林初萤一时没听清，反应过来后又问："我的微博暴露了？"

"是啊！"乔果连忙上前把平板电脑递过去，"就刚刚的事，现在已经在热搜上了，上升速度很快，应该很快就十几名了！"

正说着，办公室的门又被敲响。

林初萤来不及看平板电脑，就让人进来。来的人是公关部经理，一脸着急。

"什么事？"

公关部经理连忙说："林总，您的微博上热搜了，我们是立即认证一下，还是处理一下？"

林初萤垂眸："等我看看。"

她从没把自己的微博放心上，也就是前段时间使用的次数稍微多了点，也没想过会被人发现。不过就算发现了，其实也没什么。

林初萤点开热搜，热门微博可能怕对应错人，并没有直接对应她的微博，但是发了九张截图，每张截图都是她曾经发过的微博。

比如她上星期随手拍了张照片，也没有配文字，就被截图了。

再比如她不久前和陆燕临出去吃晚饭，拍了几张美食照片，也被截图了。

网友们还真是厉害——

"微博太少了，什么也看不出来。"

“这微博里一张露脸照都没有，我看了半天也没看出来是林初萤，你们是怎么发现的？”

“你们看定位，以前是在国外，今年才回来的，而且通过之前拍摄的照片来看，很明显是大小姐啊！”

林初萤往下翻了翻，基本都是对自己身份的猜测，其他的倒是没有，她松了口气。

公关部经理见她表情不变，主动询问：“老板，我们需要做什么？”

林初萤放下平板：“没事，不用管。”

“不认证吗？”

“暂时不用，最近事情多，等上了正轨再认证。”林初萤摇摇头。

公关部经理点点头：“好。”

乔果也淡定下来：“老板，那您打算怎么办？就这么留着不管吗？”

林初萤神秘一笑：“当然要管。”

既然被人发现了，那就摆上明面好了。她觉得这些网友也怪好玩的，反正自己的微博都被发现了，注销就更没意思了。

林初萤看了一会儿就退出了，正在这时，有电话打来，屏幕上写着陈特助的名字：“太太，先生让我问问要不要给您的微博认证一下？”

林初萤一脸梦：“你们能给我认证什么？”

陈特助一本正经地给出回答：“当然是华盛集团总裁夫人，或者是陆太太了。”

林初萤忍不住笑了，又想起来：“你家先生为什么不自己打给我？”

陈特助说：“先生说他不能打扰你工作。”

那你打过来不也是打扰吗？

林初萤腹诽了一句，突然想起这句话是自己用来挂断陆燕临的电话并堵他嘴的借口。

这个男人真是小心眼！

“算了，不用你们认证。”林初萤嘴角一撇，又故意说，“让你家先生好好工作，不要偷懒。”

“是。”

听那头挂断电话，陈特助才看向办公桌后面，刚刚的通话开的免提，陆燕临面色不改，一点也没被林初萤讽刺到，他微微点头：“没事了，你出去吧。”

陈特助心想：怎么自家总裁和太太结婚了还这么有情趣？

虽然说起来不好听，但大多数人都有窥私欲，林初萤发的微博大多是一张照片，乍一看根本看不出来什么来，但有些人就想顺着扒出点什么。

论坛里也在议论这件事——

“有人扒出林初萤的微博了，你们看了吗？现在微博上全都默认她是大家闺秀。”

“现在不管什么人都叫大小姐了？”

“是不是大小姐，你们自由心证。”

林初萤曾经的微博大多数是自己的日常生活，热搜这么一上，关注的人不少。她的微博短短半小时内就涨了两三万的粉丝，最新的微博直接多了几千条评论。

林初萤算是体验了一把沈明雀的滋味，要是她此刻发和陆燕临的合照上去，现在恐怕就不是热搜第十了，而是直接爆了。

到底谁会蹭谁的热度啊！林初萤脑子里的想法一闪而过，她叫来乔果：“趁今天网上人这么多，把奖给开了。”

乔果十分激动：“好！”

作为助理，她也转发了抽奖微博。万一自己也中奖了呢，人还是要有点梦想吧。

天艺娱乐官博下午三点开奖的消息迅速空降热搜。

网友们哪还顾得上八卦林初萤，全跑去围观了。不过转发人数众多，抽奖也抽了很久，半晌过后，终于公布出来几个幸运儿。

远在拍摄棚的陆尧得知消息，还发了条朋友圈：“我转了几十次都没中？”

他又向林初萤控诉："我转了这么多次，好歹也有那么一点点机会吧，居然都没我？"

林初萤看了一眼他的截图，一下子就明白了："你没关注天艺娱乐的官博。"

陆尧："哼！"

他这才想起，当初抽奖是限定粉丝的，自己白白转发了几十次。

天艺娱乐抽奖结束后，华盛集团也紧跟着抽奖。

有网友忍不住说："这还真是关系好，前脚天艺娱乐，后脚华盛集团就跟上了……"

部分网友还跑去中奖人的微博下评论："中奖了！姐妹！快去领奖！"

乔果说："老板，已经有两个人联系我们了，剩下三个恐怕还需要一点时间。"

林初萤说："不急。"

到时候有人没领就再出来抽一次，想必没抽到的网友们都很希望再抽一次。

林初萤合上文件："去沈明雀那儿看看。"

沈明雀在一个知名摄影棚拍摄，地方很大，不止一个团队在这拍摄。

她被化妆师抓着补妆，陆尧看了一会儿就觉得无聊，然后就收到了林初萤要来这里的消息。

他赶紧去门口接，还不忘发问："你是老板，也可以中途离开公司？"

"因为是老板。"

有道理，陆尧无话可说，谁让他现在是个打工的呢。

三个人从楼下上去的时候，前面有几个人簇拥在那儿，不知道在说什么。

"好像沈小姐在里面。"乔果说。

"我刚刚出来的时候人还没这么多。"陆尧挠了挠头，有点疑惑。

林初萤皱了皱眉，就听见一道矫揉造作的女声传来："这不是沈小姐吗？刚刚看到你和一个男人进来，我还以为自己认错了……这是在拍给度假村用的宣传照？”

旁边一个人说：“晨姐，应该是的。”

被称为晨姐的女人把手伸进工作人员端着的水盆里，“善解人意”地说：“不是我说，你们这样拍摄不行，既然水都端来了，还是真洒比较好，这可不能随便拍……”

她名气不小，周围的人敢怒不敢言。

赵晨在圈子里出了名的脾气差，不仅喜欢耍大牌，还喜欢没事找事。新人如果被她撞上了就等于吃个闷亏。

她将手从水盆里拿出来，五指张开狠狠地往沈明雀身上一洒，水珠全溅到了沈明雀的脸和衣服上，然后一滴一滴地往下滑落。

沈明雀看了一眼湿了的衣服：“我怎么拍关你什么事？你又不是度假村的代言人。”

这样欺负人，就算沈明雀脾气再好也会生气，更别说她和赵晨压根就没什么交集。今天突然来找碴，还提到了度假村的事，真没想到一个代言能让那么多人嫉妒眼红。

赵晨露出一个虚伪的笑容，说出来的话满是嘲讽：“我作为前辈，拍了那么多MV，只是想告诉你这样会比较真实……”

她话音刚落，有声音突然打断她：“是吗？”

赵晨扭过头，她只看到一个容貌出色的女人站在她身后，嘴角勾起弧度：“既然要追求真实，不满足一下你似乎不太行。”

这句话一说完，工作人员手里的水盆被轻轻一打，洒在了赵晨身上。看着幅度不大，力道却不轻。

赵晨被兜头淋了个彻底，狼狈不堪的样子让她的助理都蒙了。

实在太出乎意料了，连赵晨本人都没想到，这个突然冒出来的女人是什么来头。

陆尧也震惊了，张大嘴半天没说话，周围鸦雀无声。

林初萤看着对方，冷冷地开口：“发什么呆，过来给她拍MV，但凡有一点不真实，就重拍。”

5

一旁端盆的工作人员张大嘴，“砰”的一声，水盆掉在了地上。

娱乐圈里前辈欺负新人的事情不算少，就算不是新人，只要辈分低，遇到脾气不好的前辈，就有可能被人欺负。

赵晨最近在弄自己的新专辑，她这两年十分红火，连着两首歌都爆了，成了各大视频软件的配乐专用，迅速从一个籍籍无名的小歌手成了当红明星。

这也是刚刚那几个工作人员，明明看见她欺负新人，却都不敢出声的原因。

安静了一会儿后，赵晨的助理才手忙脚乱地给她整理脸上的水渍，但这么一擦，妆反而花了。

赵晨脸被擦得生疼，她叫出声，忍不住质问：“你谁啊？你让我拍MV就拍MV？”

“劝你识相点，赶紧道歉。”助理也跟着附和，“晨姐不过是好心指点新人而已，你是哪根葱？从哪儿冒出来的？”

“疼！”赵晨挥开助理的手，抬头看向林初萤，只感觉有一点熟悉，却又记不得在哪见过。

她紧盯着林初萤。

林初萤连一个字都不想回，身后的乔果正准备递纸巾过来，就被冲过来的陆尧挡开了：“用我的用我的，手帕。”

二婶教训人，他这个侄子怎么可以错过！

林初萤看了陆尧一眼，她刚刚还以为这小傻子要被社会毒打一顿，没想到一眨眼就学会了谄媚这一套。

几个人一唱一和的，看得赵晨睚眦目裂。

林初萤连个眼神都不想给她递过去，她把手帕给沈明雀递过去：“愣着干什么？拍啊！”

她拖长了调子。

沈明雀终于从林初萤霸道总裁的语气里回过神来，她脸色发红地道谢："谢谢林总……"

林总？是个总裁？怪不得这么有底气。

赵晨气得咬牙切齿，她视线转向沈明雀，意思不言而喻，要沈明雀赶紧给她道歉，毕竟在圈子里彼此抬头不见低头见。

老板真好！沈明雀被林初萤的维护弄得心神荡漾，哪还有心神分给赵晨，她站到了林初萤身后，嘴上还不忘说着："林总说了，都没听见吗？"

乔果：……

她怎么觉得沈明雀比自己还像助理呢？

林初萤也被沈明雀一脸理直气壮给逗笑了。

大家睁大眼，只见漂亮女人眉毛一挑："都等着让程铭城来教你们拍？"

林初萤抬头的模样慵懒又勾人，周围几个人都看呆了。

赵晨心里却"咯噔"一下，这个突然冒出来的女人说起程铭城的名字时，态度好像十分随意。

她看上程铭城很久了，一直没机会。后来听说沈明雀和程铭城公开了，她想程铭城怎么可能和一个小模特谈恋爱？

果不其然，现在分手了。

陆尧却有些等不及："快拍啊！"

摄影师和工作人员不敢拒绝，他们搬来椅子，拉着赵晨到了背景板前。

赵晨敢怒不敢言，她僵着脸，一身湿漉漉地站在那里，眼角的水珠也不知道是泪水还是刚刚洒的水。

沈明雀胸前被赵晨全部泼湿了："要不是林总来救我，恐怕我就全被泼湿了。"

"不会的，陆尧还在。"林初萤说，"再说了，我作为老板来探班也是应该的。"

陆尧看呆了，他拿出手机，等不及地给陆燕临发微信消息："啊！二叔，二婶好厉害！"

陆尧："感谢二婶以前对我手下留情！"

他这条微信让人摸不着头脑，陆燕临打开看了一眼，不等他询问，陆尧已经噼里啪啦发了一大段。

陆燕临一目十行地看完，这件事的确像是林初萤的作风。她喜欢护犊子，这次自己人被人欺负了，她显然不会善罢甘休。

陆尧很快便收到了自家二叔的回复："做得不错。"

陆尧转头看向林初萤，问："刚刚过瘾吗？"

"唉。"陆尧奇怪道，"这个人也不知道是谁。"

"赵晨。"沈明雀开口，"最近很火的歌手。"

"没听过。"林初萤说。

"一个歌手也有胆子欺负人？"陆尧觉得匪夷所思，"你们娱乐圈事情可真多。"

林初萤睨他一眼："你以为是什么，还有过瘾不过瘾的？"

"林总你太厉害了。"沈明雀眼神清亮，"好有偶像剧的感觉，男友力，对！就是男友力！"

她从没想过自己会被公司老板这样维护。

"你也不看看是谁，是吧二婶？"陆尧说。

"二婶？"沈明雀问。

"没事！"陆尧不小心叫漏了嘴，还把自己辈分这么低的事情透露了出去，"你今天不拍了？"

沈明雀转移了话题："今天应该拍不成了，过两天再拍吧，这个不急。"

乔果那边已经回来了，顺便还带来了一个消息："刚刚程氏那边说，老板随意。"

这样的小事程铭城根本不会过问。

乔果又补充道："如果老板不想在这里，他们那边会派人过来监督 MV 的拍摄，应该很快就到了。"

林初萤早有预料。

陆尧"哎哟"一声："程总挺上道的啊！"

他之前对于程铭城的了解不多，毕竟圈子不同。现在一看，人竟然还不错。

乔果不动声色地看了一眼沈明雀，又附到林初萤耳边：“程氏说今天不拍了，让人送了沈小姐一份礼物。”

礼物？林初萤挑了挑眉，看向一旁的沈明雀，她衣服湿了，的确得重换。

拍摄进行得很不顺利，赵晨表情麻木十分不配合，摄影师自然也没法再拍下去。

工作人员实在纠结，一脸为难地走过来：“林总，您看这个我们到底怎么……”

陆尧率先出声：“她不是拍了很多MV吗？这么简单都做不到，以前拍的是假的？”

工作人员：“……”

陆尧的声音并不小，前面的赵晨一听，气得身体都在颤抖，风一吹，身上凉飕飕的。

林初萤自然不会强迫她，爱拍不拍吧，现在这一切都是她自找的，谁要她不怀好意在先，主动招惹沈明雀呢？！

她吩咐乔果几句便离开了，沈明雀和陆尧自然也跟着。

他们一走，摄影棚里的人全围了过去，赵晨的助理也是蒙的：“晨姐……”

这样大的阵势只为了个小模特，他们还是第一次见。

坐在车里的沈明雀收到了程铭城那边送来的新衣服，林初萤随意瞥了一眼，价格还不低。

陆尧见沈明雀摆在一旁，问：“不喜欢啊，哪天让小爷我送你两套，我审美很好的。”

闻言，沈明雀看向他。

“哎，你这什么眼神？”陆尧读到了她眼里的一丝嫌弃，十分不满。

沈明雀口不对心：“陆少的眼光当然好啦！”

过了一会儿，陆尧忍不住八卦：“你和程铭城分手时真的撕破脸了吗？”

林初萤踢了陆尧一脚，威胁道：“你哪来那么多的问题，再问你这个月的工资就没了。”

陆尧连忙求饶：“别啊别啊，我不问了。”

沈明雀被他逗笑，她眼睑微微垂下，被柔和的车灯笼着，有一丝朦胧感：“算是撕破脸了吧。”

之前明里暗里向她打听这件事的人不少，不认识的见了面就会问一句。

当了一年多的女朋友，忽然得知自己只是个替身，也许当初在一起只是因为她像他的前女友。

其实沈明雀不知道那个白月光是谁，她只见过一张侧脸照，是有七八分相似。

不过，这个世界上相似的人不少。

沈明雀的自尊心很强，当天晚上就和程铭城吵了一架，然后就带着行李离开了。

有时候沈明雀会想那个白月光到底是一个什么样的女人，要程铭城心心念念这么多年。可程铭城从没在她面前提过，她也不想去问。

第二天，“替身”这事就传遍了整个盛城。

沈明雀低头看向那几个精致的礼盒，轻声开口：“林总，我能不要这些衣服吗？”

“这是别人送你的，你可以自己处理。”林初萤笑了笑，“不喜欢就扔了。”

“可以捐的。”沈明雀说。

她有定时捐旧衣服的习惯，尤其是像她这样的模特，旧衣服就更多了，扔了太可惜了，还不如一次性打包捐出去。

陆尧凑过来，兴致勃勃：“要我说，不喜欢就直接扔程铭城脸上好了。”

他仿佛被下午的事激起了斗志。

车里静默半晌。

“以前喜欢的。”沈明雀慢吞吞地开口，“现在不喜欢了，爱好都是会变的。”

这的确是她之前喜欢的风格，沈明雀突然憋出来一句：“他和他的白月光去结婚吧，不要出来祸害别人了！”

小宇宙的突然爆发使车里有些安静，陆尧作为男人，此刻瑟瑟发抖不敢发言。

沈明雀又想起什么，提醒道：“今天摄影棚里发生的事可能会被传出去，到时候……”

“没事。”林初萤毫不在意，“等你经历多了就习惯了。”

“有你们老板在，还用担心这儿担心那儿？”陆尧也跟着说，“不如担心晚上吃什么吧。”

他肯定是要跟着蹭饭的。

提到吃饭，沈明雀还真饿了，报了一串菜名。

吃过晚饭时间不早了，林初萤回到华庭水岸已经是晚上八点多，天已经黑透了。

客厅里没开灯，林初萤把高跟鞋一脱就往里走。灯亮着，她看到站在厨房外的陆燕临，他手里端着一杯冰水。

他穿着浴袍，眼神平静，唇角微弯，身材挺拔修长，浴袍的带子松散地系着。灯光的阴影落在脸上，衬得他五官十分立体，比之商场上的不近人情，此刻反而显得有些柔和。

林初萤觉得这个男人好看起来是真好看。

陆燕临有没有白月光她不知道，但肯定有不少人把他当白月光。

林初萤这么想着，一时间出了神，直到陆燕临走到她面前，熟悉的气息包围住她。

陆燕临低头看着她。

林初萤的皮肤白皙细嫩，似乎还能看到一些小绒毛，近乎透明着。这人搁在别人家里也许会当成一个精致的花瓶，在他这里，这个花瓶不仅活了，还成精了，偶尔还会透出点仙气，就是这仙气总是在开口说话的下一刻变成妖气。

陆燕临问："在想什么？"

这都能走神。

林初萤看着他，不知道想到什么，笑起来，眼梢跟着扬起，透着一丝狡黠。

她还能想谁啊？

她这么想着，说出来的话却有点大胆："在想……野男人。"

6

陆燕临的神色略有些复杂，倒不是他真信了林初萤说的这句话，只是看她这么淡定地说着，一点也没有骗人的样子。

林初萤眨了眨眼："骗你的。"

她刚好渴了，走过去拿他手里的杯子，陆燕临却没有松手。

"让我喝一口。"林初萤抱怨，"你怎么这么小气，不会一杯水都舍不得给我喝吧？"

她不满的表情，显得有些娇嗔。

面前的男人面无表情，冷淡地吐出一句话："野男人连水都没给你喝？"

真没有情趣，难道此时不应该温柔或者霸道地来一下"调戏"的戏码吗？林初萤抬头看他，目露不满。

陆燕临和她对视半天，才喝了一口水，然后在她眼巴巴的目光下将杯子递到她嘴边。

这还差不多。

林初萤就着他的手喝了几口，嘴唇被浸得十分水润，在灯光下反着光，摄人心魂。

陆燕临眼神一暗。

两个人一起往楼上走去，他低声说："今天摄影棚那边的事陆尧跟我说了。"

林初萤不觉得意外，陆尧就是一个典型的热衷于打小报告的话痨。

“那你觉得我做得好还是不好？”

“你喜欢就好。”陆燕临说。

“说来说去就这句话。”林初萤瞪他一眼，“这句话听起来真有点敷衍啊！”

“非常好。”陆燕临看着她，满足了她的意愿，“没有比这更好的做法了。”

这听起来好像更假了。算了，想从二叔嘴里听几句漂亮话是不用想了，还是微博上的那些粉丝会哄人。

林初萤吸了吸鼻子，闻到了自己身上的烤肉味。他们今晚本想去吃火锅的，结果陆尧和沈明雀都想吃烤肉。于是就去了烤肉店大快朵颐。

陆燕临不会都闻到了吧？

林初萤又闻了闻，感觉更糟糕了。对着一身烤肉味的老婆，他居然还能这么淡定。她赶紧卸妆泡澡，一个多小时后她才从浴室出来，房间里的灯还亮着，陆燕临在床上看书。

她凑过去看了一眼，不是她爱看的。

扑面而来的清甜香气进入陆燕临的鼻子里，他抬了抬眼皮，问：“好了？”

“好了。”林初萤钻进被子，她的脚不小心碰到了陆燕临的腿，她忍不住笑出声来。

一不做二不休，她干脆缠上去。

“别看书了，睡觉。”林初萤伸手拿走陆燕临手里的英文书，放在床头柜上。

“你确定？”陆燕临偏过头。

“明天我要按时上班。”林初萤对他说，“所以我要早起，要不我给你做早餐吧？”

“你不一定起得来。”

“你这是看不起我的厨艺吗？还是怕我毒死你？”

陆燕临伸手关了灯，摸了摸她的头，他并不想和叽叽喳喳的女人纠结厨艺好不好的问题。

林初萤感觉自己像是一个被长辈安抚的小女孩，虽然觉得有些幼稚，但姑且还是接受了。

过了一会儿，她忍不住开口询问：“刚回来的时候，你闻到我身上的味道了吗？”

“如果你指的是烤肉味的话。”陆燕临闭着眼，平静地回答，“闻到了。”

林初萤有点羞愤，翻身到他身上，逼问：“那你刚刚怎么不提醒我？”

感觉身上有重量压下，陆燕临睁开眼。

“毕竟你当时在说野男人。”

这个梗过不去了吗？林初萤觉得话题再进行下去对自己没好处，刚准备躺回去，腰却被搂住。

她耳畔是陆燕临喑哑的嗓音：“作为丈夫，生气是应该的。”

窗外月光洒落，林初萤没有开口的机会了。

次日一早，林初萤醒了，她下意识地看向旁边，陆燕临人又不在了，她的生物钟好像被他固定了。

林初萤感觉有点绵软无力，也许是为了惩罚她，也许是为了兑现“生气”这个词，陆燕临昨晚上翻来覆去地折腾了她好几次，一直到临近清晨她才睡去。

林初萤觉得这样不行，这才结婚多少天，半个月吧，他们也太不节制了。

林初萤躺着想了半天，她伸手压了压眼角，酝酿好情绪后才下了床，拖着疲倦的身体进洗手间洗漱。

一打开房门，熟悉的香味传来。

林初萤摸了摸鼻子，十分不想回忆自己昨晚上信誓旦旦的下厨宣言。

不过等她到楼下时，她并没有看见陆燕临，只有桌上留了张字条。

林初萤唉声叹气了好一会儿，这都是陆燕临的错，他吃不上老婆做的饭也是他自己一手造成的。

乔果已经摸准了自己老板的作息。

“老板，早上好。”

“早上好。”林初萤百无聊赖地玩手机，想起了什么，问，“昨天摄影棚的事怎么样了？”

乔果说：“程氏那边重新安排了，过两天等沈小姐休息好了再拍，这次不会再发生上次那样的事情。”

林初萤点点头，都是合作关系，程铭城当然不可能打他们的脸。

她到公司时，陆尧已经在工作。刚开始上班的头两天总是满是激情，等经历了磨炼之后就会颓废了。

陆尧等了半天，虽然有吃有喝，却也忍不住说：“你怎么来得这么迟？你这个老板真的任性。”

“再说辞了你。”林初萤随口说。

陆尧瞬间安静，隔了几秒，他想起来：“你都和二叔结婚了，我还没见二叔迟到过。”

林初萤用手轻抚了一下侧脸，压低声音道：“这就要问问你二叔，为什么每天都让我起不了早床。”

陆尧一脸震惊。

林初萤见陆尧一副受打击的模样，她嘴角上扬，踩着高跟鞋，身姿娉婷地进了办公室。

陆尧没进去，问：“所以我今天做什么？”

乔果问：“您想看艺人资料吗？”

陆尧想了想：“看一下。”

很快，他就收到了一大堆文件。

按照他的猜测，可能是一大堆女明星的美丽写真，结果文字介绍占了大部分，照片只有几张。

他看得眼睛都快瞎了，到底他是为什么要选择这份工作？

等陆尧再次找到乔果时，乔果早有预料，一本正经说：“陆少，您可以看看最近有什么新闻，有没有不利于老板的消息。”

陆尧说：“这个可以！”

乔果和他说了几个通常最容易出新闻的地方，然后又让公关部那边把一些文件发过来。

陆尧回了自己的位子，拍了张照片，然后发到微博上：“上班第二天。”

底下的评论都在询问他怎么了，更多的猜测是他要继承家业了。

陆尧刷新微博，直到他点进其中一个热搜后，才感觉好像哪里不对。

陆尧下一刻就把链接发给了林初萤，林初萤一开始还以为他又要叨叨什么，结果发现是个微博链接，于是她径直点开。

投稿内容是个截图：“首先请厚码谢谢！昨天我找了份兼职，本来日结工资还挺高的，结果隔壁发生了一件事情。一盆水直接泼到人身上，受害者还是一个最近有点红的歌手，穿着湿衣服被逼拍摄，冻得都瑟瑟发抖了。感觉娱乐圈水好深，劝大家还是不要想得太美好了。”

评论里也非常震惊——

“天哪，这也太欺负人了吧！”

“直接解码是谁吧，这种人有什么不好曝光的？”

林初萤：“啊？”

怎么这种事都还能被投稿？最近真是多事之秋。对方只是一个树洞，林初萤看了一眼，没有解码的迹象，也就不准备管了。

陆尧问：“要不，让他们删了？”

林初萤说：“不用管。”

这个投稿直接被传到其他论坛上，有人隐隐约约透露——

“我好像听人说，昨天盛城那个摄影棚里有人闹得不愉快，其中一个是赵晨。”

顺着这么往下一扒，昨天进过摄影棚的人都被找了出来。

下午的时候，有人放出了一个小视频，视频是用手机拍摄的，时间不长，只有十几秒。视频记录了林初萤走到赵晨身后，然后拯救小可怜沈明雀的所有过程。

视频里林初萤怒怼赵晨的样子，简直就像一个侠女！

微博树洞里的爆料对上了视频，评论区迅速热闹起来——

“没想到事情居然是真的！”

“这是 lcy 我没认错吧？”

“都什么时候了还要缩写，直接放大名：林初萤！”

“看视频我都觉得生气，一盆水就这么泼上去，你怎么这么能耐呢？”

没过多久，“林初萤泼水”就直接空降了热搜第一。

陆尧第一时间就转发微博直接反驳：“视频掐头去尾，还没声音，就开始黑人了？”

结果不知道谁把他的微博截图发到了评论里，然后他就被网友们评论了一番。

“不是我说，你是不是挖他们祖坟了？”陆尧真是不理解，“居然还有人说我就是你背后的人……不行我要删了微博，不然被二叔看见了我得倒霉。”

“我得去告诉二叔，让他给你出头。我要去给他看看，别人是怎么说他的，他才是你背后的男人，我不要背锅。”

“你删了微博只会更糟糕，不要说我没提醒你。”林初萤本来还挺气的，又被他逗笑了。

“你说迟了，我已经删了。”陆尧平常不掺和这种事，不懂其中的套路。

他才删了微博，下一刻论坛里就多了一个新帖子——陆尧删微博了，肯定心虚了！

陆尧：……

他还没有打小报告，通知栏里就跳出来一条新消息，林初萤刚刚发了新微博。

他点进去，新的内容映入眼帘。

“lcy：没有啊，我老公说没有比这更好的做法了。@// 不瘦十斤不改名：我感觉她背后的人也不可能接受这么过分的行为吧。”

还配了一张表情包。

网友们：啊？您这也太直接了吧。

第七章
交杯酒

1

网友们想过无数种可能，林初萤无非是死不认错和委屈道歉。没想到她居然转发了网友的评论，还说这样的话！

而且这条微博的信息量不是一般的大，守在微博上的网友迅速评论，林初萤的微博瞬间变得乌烟瘴气。

陆尧抱怨道：“我和二叔说了，他说会处理的，怎么半天还没有结果？不至于这么没效率吧？”

林初萤说：“你以为华盛事很少？”

再说了，天艺是娱乐公司，对这种事早已习以为常。网友们的记性比谁都“金鱼”，说不定明天又是安然无恙。

“程氏那边已经送来了完整视频。”乔果进入办公室。

“一个是监控视频，还有一个是当时别人拍的。”乔果将视频播放。

这视频一看就是隔壁摄影棚的工作人员拍的，距离很近，拍得也比之前的视频都要高清，唯一可惜的是说话的声音听不太清楚。

陆尧也凑过来：“好啊，让他们骂我心虚，我们赶紧发出去。我总算明白那些男频小说为什么总喜欢写打脸的桥段了。”

陆尧可委屈了，自己删个微博就成了心虚的表现，这些人也是真能猜。

沈明雀唉声叹气：“怎么这么多事啊？”

完整的视频还没有发出去，就有人发声了。

赵晨一开始是打算把这件事往肚子里吞的，算自己倒霉，结果第二天就看到了热搜上的事。

自己上热搜了？而且还是受害者，直接涨了几万粉。这运气也太好了吧！

赵晨打算发声暗示一下这件事是真的，但是经纪人比较理智："能这么对你下手，明显是后面有人的，我们先观望一下。"

然后她就观望到了林初萤的新微博，原来人家不是有老板，只是有老公而已。不过这么大的事，老公想包庇也得看看风向吧。

赵晨当即发了一条微博："谢谢大家的关心，我只是有一点感冒，没有其他的事啦，可能是我哪里没有做好吧。"

这条微博一发出去，评论迅速过千条。

看着上涨的评论量，赵晨兴奋极了。一直看了十几分钟，她才缓过劲来，感觉红起来真好，说起来还多亏了昨天被泼水。

她正想着，突然接到经纪人的电话："赵晨，赶紧把微博删了！现在就删！"

"不删！"赵晨直接拒绝，"你没看到我的评论吗？大家都在心疼我，我不利用一下都对不起这热搜。"

"还心疼你？你自己好好看看热搜吧！"经纪人冷笑一声，直接挂断电话。

赵晨不明所以，心里开始打鼓，她打开微博，看到一个热门视频，封面是沈明雀，还有她。

视频时间长达一分钟，赵晨的脸瞬间白了。

天艺娱乐，总裁办公室。

"哎，我们还没有放视频出去。"陆尧看着新出现的视频，"难道是二叔动手了？"

视频是一个摄影博主公开的。

麦子黄了："实在看不过去了，今天起得迟，一觉醒来没想到居然有人颠倒黑白，真以为只有你一个人拍了视频吗？既然你看到了，那就应该说清楚事实真相，而不是给个似是而非误导大众的视频。"

这个博主本身就有几千个粉丝，视频带上了"泼水"的话题，发布后马上空降热搜第一，网友们不想看都不行。

视频不长，很快就能看完。

一开始沈明雀在那儿安静地补妆，赵晨突然出现在镜头里，面带嫉讽地说了几句话。然后用手沾水往沈明雀脸上恶狠狠甩去，还把沈明雀的新衣服弄湿了。

随后是林初萤的出现，她站出来怒怼赵晨的行为，仿佛一个行侠仗义的剑客！

看视频的网友们：脸疼！脸都被打烂了！就冲着视频里赵晨趾高气扬的模样，这种事要是搁他们身上，准会被气哭。

这视频比之前那个几秒钟的视频真实多了，网上的风向几乎瞬间就变了——

"果然一出事不能马上站队，现在反转的视频还少吗？"

"这么说……赵晨新发的微博看起来阴阳怪气的，还在委屈呢？"

"爱了爱了！沈明雀有这么个朋友真的是好幸福。呜呜呜——我也想和林初萤当朋友！"

"我嗑了！"

"视频掐头去尾，赵晨还发微博哭诉，现在反转了，出来澄清了吗？"

沈明雀转发了这个完整视频："我好幸福。"

陆尧刷着微博感慨："果然总有这样的评论，哈哈哈！这个评论好好玩。"

有一条评论说的是两个视频的对比——

"原来赵晨冻得瑟瑟发抖是假的，我看了几遍，十分确定这是被气得发抖吧？！"

这个评论得到不少网友的赞同。

“反正说的又不是真的，让他们酸去吧。”林初萤没有发微博，“估计这两天会有活动找上小沈了。”

“有工作好啊！”沈明雀很开心，“我喜欢工作，我会努力给公司赚钱的，老板你放心！”

此事一出，赵晨的微博账号直接被经纪人拿走了，然后发了一条道歉申明。

经纪人也脸色难看地接到了不少合作方的解约通知，她询问了半天，才有关系好的朋友告诉她——赵晨得罪了程氏和华盛集团。

“沈明雀和程铭城不是分手了吗？”赵晨不敢相信地问，“这和华盛又有什么关系？”

“我怎么知道，这就要问你了！”

“那我的新专辑怎么办？”赵晨惶恐。

“还新专辑？你就死心吧。”经纪人已经没心思和她说话了，只想赶紧脱身，“好自为之吧。”

赵晨脸色惨白地看着门被关上，她不过就是想教训一下沈明雀而已。她以前也这样欺负过新人，怎么这次就出问题了呢？

最近陆尧和沈明雀总喜欢窝在总裁办公室里闲聊，这两个人就有点得寸进尺，仗着受宠，坐在里面聊天。

沈明雀惊讶地道：“赵晨私信我了。”

她把截图发到群里。

前两天，陆尧、沈明雀，还有乔果和林初萤建了个微信群，名字叫“快乐星球”。

截图里，赵晨向沈明雀道歉，想让她发微博尽早结束此次纷争。

沈明雀眼巴巴地看着林初萤：“老板，我怎么回？”

林初萤挑眉：“你想怎么回就怎么回。”

沈明雀一听这语气，决定不回赵晨的私信。她才不是包子，昨天若是没有林总出手相助，她恐怕就不只是衣服湿了，搞不好她的脸都会被赵晨抓花。

一时间，关于赵晨没红时抱人大腿、红了就欺负新人的爆料层出不穷。

“你们娱乐圈真可怕。”陆尧说。

接着，他也转发了这条微博，配上“我不心虚（微笑）”的嘲讽言语。

“你现在不是娱乐圈的吗？”沈明雀表示疑惑。

“我们的目标是赚钱。”林初萤随口说了一句，“行了，下班了，都别赖在我办公室。

她是一个上班不准时，下班特准时的老板。

陆燕临来接林初萤下班，陆尧刚好跟着林初萤一起下去，他看着陈特助打开车门，便兴冲冲地就往车里走，不忘夸道：“二叔真好。”

然后，车门就在他面前关上了。

陆尧：“啊？”

陈特助笑着说：“陆尧少爷，先生和太太要去约会，您坐另一辆车行吗？”

陆尧心说：不行。

“我怎么不知道我们要去约会？”林初萤转过头问陆燕临，“你安排的？”

“一起吃晚餐不是约会吗？”陆燕临十分淡定地回答。

“行吧，你说是就是，一起吃烛光晚餐也是约会。”林初萤降下车窗，“别逗他了，上车吧。”

陆尧屁颠屁颠地上了车，瞬间感觉自己格格不入。

陈特助向他投去安抚的目光，陆尧从那眼神里看出了“一个灯泡心慌，两个灯泡也心慌”的意思。

林初萤靠近陆燕临，问：“真去约会？”

“你不是要去吃烛光晚餐吗？”陆燕临目光落在她脸上，又问，“要不要加点玫瑰花？”

她应道："好啊！"

陆燕临："大束的。"

无语，林初萤怀疑他在内涵自己上次送的花。她正要说什么，手机突然振动了两下，那个"快乐星球"群里多了两张截图，是沈明雀发的。

沈明雀："老板快看！"

林初萤点开原图，本以为是什么爆料，没想到是关于她的。华盛集团的官博刚刚点赞了一条微博，正是她那条牛气冲天的微博。

沈明雀："天哪！老板你要和华盛一起原地出道了！"

沈明雀："微博崩了！"

2

沈明雀大惊小怪的，连林初萤对这件事都好奇了起来。不过是点个赞，事态怎么就变成这样了？

她瞥了一眼陆燕临，就直接登录了微博。

说微博崩了，其实夸张了。

林初萤想了想，去了华盛集团的官博，第一眼就看到了她的微博不久前确实被华盛点赞了，然后出现在他们官博的首页上。

华盛集团官博日常大多都跟公司事务相关，这是唯一一次点赞私人微博。

林初萤的微博后台此时一片红，全是评论和私信在——

"我想起来了，之前陆总不是和林初萤一起看了秀吗？"

"官博可能是手滑了？"

"我只想知道，官博点赞这么一条微博是什么意思？觉得林初萤说得对？"

"我仿佛脑补了一出豪门狗血大戏。"

"这就不关林初萤的事了吧？明明是华盛官博点赞的，怎么就是林初萤有问题了？"

"难道她老公是陆总？"

“说这话的把陆太太放在哪里了？”

“二叔，这官博一个赞可是又把我送上热搜了。”林初萤偏过头调侃，“我又被‘鞭尸’了。”

“说的什么话？”陆燕临神色平淡。

“这可不是真的吗？热度好不容易才下去。”林初萤手托下巴，做出苦恼的模样，“这可怎么办？”

她身侧的男人脱了西装，白色的衬衫毫无褶皱，袖口被简单地挽起来，手腕白皙如玉，骨节尽显。

没等陆燕临回答，林初萤又问：“这个赞是谁点的？”

陆燕临对上她含笑的眸子，里面倒映着他的身影，他问：“你想听什么答案？”

林初萤笑笑：“二叔明知故问。”

陆燕临嘴角微弯，声音有些轻：“我。”

林初萤眼睛一亮，像晶莹透亮的琥珀。

“满意了吗？”陆燕临问。

“自然是满意的。”林初萤望着他笑。

他都这么说了，她还有什么不满意的。

车突然停了下来。

“喀喀。”陆尧终于开口说话了，脸色还有点红，“二叔，我先回去了，明天见。”

他一下车就跑了。

林初萤吐槽了一句：“跑那么快干什么？”

陈特助心想：陆少爷能忍到现在已经算“忍功十级”了，作为亲侄子，看到自己往日不假辞色的二叔和太太亲昵，当然会震惊了。

林初萤的手机又振动了一下，陆尧在群里发了一条新消息。

陆尧：“从明天开始，我要自己开车上班，自力更生，做一个好员工。”

林初萤狐疑地看向一旁，问："你是不是吓唬陆尧了？"

陆燕临眉毛微动："我吓唬他什么？"

"他跑得跟兔子似的，还说明天要自己开车上班。"林初萤随口说了一句，"说起来他是真的怕你，以前也是。"

"你以前好像不怕我？"陆燕临忽然说。

听他这么一说，林初萤愣怔了一下，她好像没怕过什么人。

"你说说我为什么怕你？"她挑了一下眉，有点好笑，"二叔难道还能吃了我不成？"

林初萤想起自己说的话，蓦地笑出声来，暗示道："二叔难道不怕我别有所图吗？"

她突然想起之前网上很火的一句俏皮话。

陆燕临见她莫名地笑起来，问："笑什么？"

林初萤有意逗他："我在想我图你什么，是图你年纪大还是图你不洗澡？"

"这你不是最清楚？"陆燕临轻描淡写地反问，然后又说，"要是不记得，今晚可以看看。"

真是让人防不胜防。

这顿烛光晚餐林初萤吃得心满意足，如果没有那么大束的玫瑰花就好了。

偏偏陆燕临还不帮忙，就那么看着她把花放到车上，到了华庭水岸后又看着她凭借一己之力把花抱回家。

男人太小心眼了。

林初萤咬牙切齿地想，今天要让陆燕临独守空房……不，还是睡书房。

然而她想岔了。

陆燕临严格做到了他在车里说的话，让她看一看，他到底洗不洗澡。而那大束玫瑰花的花瓣也成了浴池里的装点。

林初萤沉醉在水里，轻喘着气说："你也太小心眼了吧，二叔！"

最后两个字，她已经有点撒娇的口吻了。

陆燕临目光晦暗，说出来的话却让人脸红心跳："你刚刚不是挺喜欢的？"

一提起这件事，林初萤就来气。之前她没有注意，这浴室里的镜子居然防雾气，什么都能看到。

她之前还奇怪为什么陆燕临同意在浴室里装这么多镜子呢？还以为是体贴她，没想到是为自己谋福利。

"现在知道了？"陆燕临的手指在她锁骨上动了动，红色花瓣和白皙的肤色相互映衬，似乎是在引诱他留下痕迹。

林初萤见他眼神幽幽，感觉到一点危险，说："知道了，以后再也不拿你打趣了，行了吧？我想睡觉了。"

怕他不同意，她又娇着声叫："老公。"

林初萤真正叫老公的次数屈指可数，她每次这样叫都挺管用的，这次也不例外。

网上的事持续了好几天，热度终于降了下去。

林初萤和陆燕临的关系被猜测了好一通，最后有人找了个理由——陆尧转发了微博，也许华盛是在给自家孩子撑腰。

当然，这话也有人反驳——华盛怎么不点赞陆尧的微博，反而去点赞林初萤的?

沈明雀休息了几天，照片也重拍了。

公司里最近没什么大事，就是有一个选秀综艺要上，送了几个练习生过去试镜。

沈明雀也接到了一个国内的秀，她到后台彩排的时候，那里已经坐了不少模特，大部分模特都在忙自己的事情，只有一位最特殊。这位沈明雀认识，是目前国内比较火的模特。

时尚圈的竞争比起演艺圈有过之而无不及，那位模特一抬头看到沈明雀，顿了顿就笑起来："原来这次的秀还请了你啊？"

旁边人附和：“谁啊？”

“这可是拿了度假村代言的人。”

“哦……程氏总裁的前女友啊，想起来了。”

议论声三两下就将沈明雀的底子给翻了出来。

围在中间的那个模特听着很满意，忽然开口：“话也不能这么说，程氏非常满意她。”

“非常满意？”

旁边的两个人对视一眼，都听出了她的话外之音。

“也许是两个人复合了呢。程氏总裁给女朋友一个代言，这不是随手的事情嘛。”

“就算没复合，可能还有点余情未了呢？”

被簇拥的模特终于化好妆，她穿着一袭夸张的秀场礼服，慢慢走到沈明雀身前：“你和你的那个朋友……”

旁边的人见她卡住了，赶紧提醒：“林初萤？”

女人微笑的脸上带着讽刺：“怪我记性不好，忘了名字，我只是觉得你俩都挺有手段的。”

沈明雀早就习惯了有人把她和程铭城联系在一起，她当初顶着“程总女友”的标签过了一年，现在也很难撕下来。

但听到有人这样说自己的老板，她就不能忍了。

周围的模特都竖着耳朵，并不想蹚浑水。然后，她们就听见了沈明雀嘲讽的声音：“你配吗？”

这三个字沈明雀说得有些慢，大概是怕她们没听清。

几个挑事的人都没想到她会这么回答，反应过来后脸色青白交加，瞪着她道：“你说什么？！”

“耳朵聋了吗？”沈明雀说。

她似乎都懒得看面前的女人，就往自己的位子走，丢下一句话：“我说你不配。”

她在心里补充：你不配说林总。

沈明雀坐到镜子前，看到自己的表情，又凑近看了看，嘀咕道："不行，还要再练练。"

她也不看身后那几个模特难看的脸色，迫不及待地在微信群里邀功。

林初萤开完会出来看到沈明雀激动的话，忍不住笑出声来："她也不怕自己被打。"

乔果说："那谁敢啊！"

陆尧："女人真可怕。"

然后，他看到林初萤夸奖沈明雀的新回复，赶紧转了风向："我是说你做得好。"

沈明雀："我刚才认真地想了想，她们提起程铭城的时候，我应该高贵冷艳地嘲讽一句'程总眼瞎'。"

林初萤这次是真忍不住了，这话要是传到程铭城耳朵里，他还指不定是什么反应呢。

婚纱开始制作了，林初萤对于婚纱的设计图很满意，特地去巴黎那边看了一下，又逛了好几天才回国。

回国后，她时差还没倒过来，晚上睡不着，她干脆把腿搭在陆燕临身上，像得了多动症一样安静不下来。

"我去看了婚纱，很漂亮，到时候去试婚纱让你看。"

"嗯。"

"你怎么就一个字？"

"你觉得漂亮就可以了。"

"二叔你聊天怎么这么不行？怪不得陆尧经常说他说好几句，你才回几个字。"

"他话太多。"

听陆燕临这么评价陆尧，林初萤"扑哧"一声笑了："还有一件事……我觉得浴室里的镜子有点多，二叔你觉得呢？"

"是吗？我不觉得。"

林初萤腹诽：你当然不觉得了。

她转了话题："你看过《聊斋》吗？"

"看过。"

"咱们浴室里挂着的那面宫廷镜子，要是哪天晚上从里面冒出来一个漂亮女鬼，像这样……"

林初萤说着，手指在他的胸膛上乱摸，圆润的指甲让陆燕临起了些酥酥麻麻的痒意，无异于在点火。

陆燕临隐藏在黑暗中，皱了皱眉。

林初萤故意问："你怎么办？"

陆燕临不知道她今天晚上为什么这么兴奋，有些无可奈何："家里已经有一个妖精了。"

再来一个他可受不起。

"二叔的肉也像唐僧肉一样好吃吗？"林初萤轻笑出声，接着他的话调侃起来。

"你还想不想睡了？"陆燕临声音低哑，抓住她不安分的手指，"不想睡可以说。"

"二叔！"林初萤非常不满地叫了一声，感觉自己被兜头泼了一盆冷水。

陆燕临一点也不给面子，这才几点就要睡了。

她去挠他的手心，被陆燕临直接抓住，压根挣脱不开。

手被抓了不要紧，人能动就行。林初萤这次变本加厉，直接趴到他身上，绵软地贴着他的胸膛。

她凑到他耳朵边，轻柔地说："二叔知不知道，那些精怪小说里的女鬼啊，都是以……"

话未说完，她整个人天旋地转，然后对上陆燕临那双翻滚着情欲的漆黑双眸。

林初萤粲然一笑，还不忘补上刚刚没说完的几个字："以男人为食。"

3

大抵是林初萤最后一句话营造出一种莫名的气氛。

这场亲密戏还没有结束她就开始昏昏沉沉。

她整个人软在他旁边，胳膊也搭在他身上，毫无顾忌。

陆燕临抱她去简单清理了一下，林初萤整个人都挂在他身上，偶尔还冒出来几句梦话，虽然听不懂她说的是什么。

外面天光大亮，林初萤睁开眼，盯着天花板看了一会儿，有点不平静，她做了个梦。

她梦到自己第一次去瑞士的情境，那时她才十几岁，和陆尧还有其他朋友一起。去的时候天气还有些冷，但她们这些大小姐一点也没有冷的感觉，衣服穿得一个比一个少，就要争奇斗艳。

在雪山滑雪的时候，陆尧还被她们捉弄了一顿，他气得红着脸放话："林初萤你过分了啊，当心我让我二叔找你算账！"

"你以为我像你啊！"林初萤笑成月牙眼，大声回他，"我才不怕你二叔呢。"

陆尧拨了陆燕临的视频通话哭诉："二叔，林初萤捉弄我，还说不怕你。"

视频镜头转向林初萤，她对着视频里的男人笑了笑，一点也不害怕："陆二叔，你不会管我们小孩子玩闹吧？"

十几岁的年纪，张扬又放肆。

后来的事林初萤不太记得了，只记得陆燕临说了几句话，就挂了视频通话，这是她记忆里的一段。

梦境的后半段，林初萤一个人站在瑞士首都的街道上，周围空荡荡的，一个人也没有。她心里有些慌，旁边的建筑有些高，挂着的钟表发出"嘀嗒嘀嗒"的声音。

那一瞬间，她心里跳出了陆燕临的名字。

接着，场景发生了变化，像拍杂志广告一样，镜头分离又重新组合，颜色也逐渐开始艳丽，最终定格在了一个新的场景中。

林初萤出现在了巴黎街头，街头的大屏幕上放着几个月前的广告。然后，空间快速转换，她又跳到了一场盛大的晚宴上。

奢靡的宴会厅里，她看到了陆燕临的身影。他手里端着酒杯，穿着一身私人定制的高级西装，被人群簇拥着。

他没看见她，她穿过人群，把他的酒杯抢过来，一口气喝光杯中的酒，然后冲着他笑了笑。

之后的画面就开始破碎起来，间或跳出一些令人面红耳赤的画面。

林初萤呼出一口气，"噌"的一下坐起来，被子开始往下滑落，阳光洒在她的胳膊上，闪烁着明艳的光芒。

"二叔？"没人应。

"陆燕临？"也没人应。

"老公？"还是没人应。

林初萤这才放下心，她做了个勉强算是春梦的梦，这个梦还是自己一个人知道比较好。

她刚这么想，衣帽间和卧室相连的那扇门就被推开了。身形挺拔修长的男人从里面走出来，骨节分明的手指穿过领带，他抬头看向床上。

"醒了？"

林初萤顺着他的视线低头，看到了自己，耳朵一下子红了，飞快地把被子挪到胸口上。

她语气紧张地问："你怎么还在家？"

和她的气急败坏不同，陆燕临十分淡定，他看了眼腕表上的时间，道："还早。"

末了，他又说："你今天早醒了十分钟。"

"我没说什么梦话吧？"她谨慎地问。

"没有。"陆燕临睁眼说瞎话，反正昨晚她说的他也没听懂，"如果刚刚的也算，那就说了。"

"刚刚不算！"林初萤否认。

见陆燕临动作稍顿，林初萤一下子反应过来，"啊"了一声："还是算吧。”

“嗯。”陆燕临应了声。

他又想起自己刚刚在衣帽间，听到她接连三次叫他，嗓音有些绵软，也许是昨晚太过了。

这么一想，脑海中就跳出了林初萤撩人的模样，陆燕临喉结一滚。

陆燕临转身又进了衣帽间。

林初萤看着他进去也没觉得哪里有问题，等她穿好睡衣，衣帽间的门再度打开，穿上西装的陆燕临从里面走出来。

林初萤吓了一跳：“我还以为你走了。”

“楼下有早餐。”陆燕临看她一眼，随后就离开了房间。

这段时间以来，林初萤早已习惯自己的作息和他的不契合，赖床都赖得理所当然，反正有人做早餐。

林初萤丝毫意识不到自己在恃宠而骄。

那档选秀综艺正在热播，天艺娱乐最近忙得很。

“老板，沈小姐的经纪人来了。”乔果汇报完公司的事又说，“是因为上次综艺的事情。”

“综艺？”林初萤忽然想起来，“恋爱综艺？”

乔果点点头：“对。”

林初萤说：“让她进来吧。”

进来的不只经纪人，还有沈明雀。

经纪人：“林总。”

沈明雀：“老板。”

“林总，《恋爱30天》那个综艺节目换了。”经纪人皱着眉头，“我这边有消息说导演有意把恋爱综艺换成别的类型。”

“这还能临时换的？”林初萤问。

“本身这个节目就还在筹备阶段，没有备案。”经纪人说，“不过我也觉得奇怪，因为拟邀的另外两对嘉宾都已经找好了，按理说不会突然变。”

办公室里一时安静下来，林初萤眯了眯眼，也感到奇怪。

沈明雀打破了沉默：“唉，其实我也不想去谈恋爱，不拍了也行。”

林初萤直接无视她的话：“行了，这件事我知道了。”

等经纪人离开后，沈明雀还巴巴地留在办公室里：“老板，我觉得不拍挺好的！”

“我觉得不好。”林初萤睨她一眼。

“老板说不好那就不好。”沈明雀连忙说。

“你这都是跟谁学的？”林初萤有些无奈，“怎么突然就这么殷勤了？”

沈明雀毫不留情地出卖队友：“陆尧。”

林初萤挑了挑眉：“看来他还挺忙的。”

等沈明雀离开后，她让乔果去问这个综艺究竟是怎么一回事，明显不像是正常变动。

答案来得也很快，乔果进了办公室，压低声音说：“老板，问到了，是程氏那边插手，现在有意改成推理综艺的类型。”

林初萤皱眉：“程铭城？”

“应该是的。”乔果点头，猜测道，“我觉得可能是恋爱综艺让程总不满意？”

“他有什么立场不满意？”林初萤反问，嘲讽意味十足。

“这都开始干涉沈明雀的事业了。”林初萤冷笑一声，“要是不知道的，会以为他们还是男女朋友呢！”

乔果十分安静，她知道自家老板要发火了。

林初萤问：“沈明雀知道这件事吗？”

乔果说：“应该不知道。”

林初萤点了点手指，她没想到程铭城会插手沈明雀的事情，难道是恋爱综艺戳了他的肺管子？前女友谈个新恋爱，他有什么资格不允许？这是哪门子道理？

林初萤在群里发消息：“你的综艺被程铭城截和了。”

沈明雀大概是第一时间看到了。

沈明雀：“我就知道是这个坏男人！”

沈明雀：“果然是他！”

沈明雀还在回公寓的路上，气得脸都红了。她知道程铭城性格内敛，但骨子里十分强势。

沈明雀：“气死我了！”

沈明雀：“我改主意了，我要去谈恋爱！”

一直没有出现的陆尧突然冒泡：“谈恋爱？要不要我给你介绍？我兄弟都不错的。”

沈明雀：“不要公子哥。”

陆尧：“还有呢？”

沈明雀：“不要比我有钱的。”

陆尧剩下的话全死在聊天框里，他是个公子哥，认识的男生除了公子哥就是公子哥，就算是个最穷的，都比沈明雀有钱。

林初萤看着聊天记录，忍不住笑了，说：“打个电话去程氏。”

乔果点头出去，过一会儿又进来：“他们说程总在外面视察，下午两点半在华盛集团有个会。”

林初萤点点头：“那正好，送上门了。”

乔果知道自家老板恐怕要干大事，也有点兴奋。

华盛集团和程氏的会议结束时是下午四点。

结束后，陆燕临和程铭城握手告别。一起离开时，陆燕临的手机突然振动了一下，是林初萤发来了消息。

林初萤：“程铭城还在华盛？”

陆燕临不动声色地看了一眼正在和自己助理说话的男人，收回视线，回复：“在。”

林初萤又回：“OK。”

看到这两个字母，陆燕临的眉头拧了一下。

没等他做什么，这句话又被撤回，然后新消息发过来：“知道啦！”

陆燕临眉梢一挑，偏头对陈特助说：“太太一会儿过来，你去楼下接。”

陈特助惊了一下：“好。”

此时，林初萤正坐在去华盛的车里，看着聊天界面的撤回提醒，心想：他应该没看到吧？

她一不小心发了这样的消息，“修养极好”的名媛标签可不能突然就毁了。

几分钟后，林初萤到了华盛集团。

她戴了墨镜，径直往里面走，前台愣了一下，站起来连忙去追：“这位小姐您有预约吗？小姐，那边您不能过去！保安呢！”

“不用拦。”陈特助下来得及时，赶紧朝前台挥挥手，然后迎上去，低声叫道，“太太。”

林初萤看他一脸正经，忍不住说：“我又不是来看你们先生的，不用这么紧张。”

陈特助说：“我是太激动了。”

林初萤问：“程铭城还在？”

陈特助说：“程总还在。”

林初萤冷哼一声，进了专用电梯，直奔顶楼而去，给前台留下一个完美的背影。

前台这时才回过神来，等她回去后，有人凑过来问：“刚刚那个人是谁，预约了吗？凭什么走专用通道？”

前台看了一眼表情愤恨的女人，回道：“她凭什么我不知道，但我只知道是陈特助亲自来接的。”

她怀疑那位可能是传说中的太太。

女人悻悻地离开了。

“陆太太”来公司的消息很快就传遍了整个公司，只可惜没拍到照片。

“陈特助很恭敬的样子，肯定是陆太太了。”

“我听说身材很好，陆太太肯定是大家闺秀。”

“有人拍到照片了吗？”

终于有一张照片传来，一众员工十分激动地点开，然后便开始吐槽：“你这手机是十几年前的诺基亚吗？”

这么模糊，连穿的衣服是什么花纹都看不出来，只能看到“陆太太”是个挺瘦挺美的女人，差评。

电梯的数字定格在顶楼，陈特助率先出去，边领路边道：“这边是秘书办公室……这边是总裁办公室……”

他非常恭敬地推开门，林初萤直接走进去，和陆燕临对视一眼，气势十足地坐在里面的沙发上，和程铭城面对面。

陆燕临坐在办公桌后，大概知道她来的目的，出声介绍：“程氏的程总，这位是我太太。”

林初萤并没有回答，而是打量了一下陆燕临的办公室，才开口：“没注意，程总也在啊？”

程铭城觉得这话有深意，微微点头：“陆太太。”

林初萤看他还戴了眼镜，一副斯文败类的模样，从鼻子里冷哼出声，算是回应了。

程铭城：“……”

陆燕临看着林初萤抬高下巴、一副趾高气扬的样子，感觉她像极了一只骄傲的孔雀，连带着自己的办公室都明艳了起来。

陆燕临说：“离下班还有段时间。”

林初萤“嗯”了一声，对着他眨了眨眼：“知道啦！”

然后，她转头看程铭城时又是一副冷淡的表情：“程总，我记得程氏的产业不包括传媒吧？”

她是兴师问罪的语气。

程铭城恍然，大概知道她的目的了，语气平静地答复：“不包括不代表不能投资。”

“然后你就刚好投资了我家艺人的综艺？”林初萤似笑非笑，“好巧啊，程总。”

“不巧。”程铭城干脆利落地承认，“我需要提醒一下，如今恋爱综艺已经泛滥成灾。”

“泛滥怎么了？”林初萤毫不在意，“我的艺人单身，就接个综艺让她去谈恋爱，结果变成了推理综艺，是去玩‘谁是凶手’的游戏吗？”

“程总怎么不改成科普节目，让我的艺人走近科学，那多正义？程总既然这么厉害，怎么不干脆改成野外求生综艺呢？还更刺激。”林初萤吐槽起来都不带停的，红唇开开合合，声音清脆悦耳，在办公室内回响。

“说起来，程总这样半路插手，不厚道吧？”林初萤瞥了一眼对面的男人。

程铭城终于有机会开口：“陆总以为呢？”

陆燕临屈指敲了敲桌面，嗓音微凉：“我同意我太太的想法。”

4

林初萤非常满意陆燕临的回答，对他抛了个媚眼，一时间，办公室里气氛诡异。

程铭城看到陆燕临上扬的唇线，对这对夫妻有了大概的了解：“既然如此，程氏会补偿的。”

林初萤“哦”了一声：“补偿什么？”

“要看天艺娱乐需要什么了。”不等林初萤回答，程铭城起身理了理西装，“陆总，我还有事。陆太太，下次见。”

他就这么离开了？林初萤瞪大眼，看着程铭城关上门。

等办公室里重新安静下来，她才说：“他什么意思？想拿钱收买我吗？我缺这点钱吗？”

“不缺。”陆燕临回答。就算陆太太没钱了，他还有钱。

“他反正说了会补偿，我就多要一点。”林初萤一点也不客气，一双眼亮晶晶的，她可不是做慈善的。

“你说他干什么要截和这个综艺呢？”林初萤有点疑惑，“他们都分手了，他还吃醋？不至于吧？”

要真是吃醋，就说明他还喜欢沈明雀，那他就重新去追啊，干吗在后面做这样的事情？林初萤不喜欢这种处理方式。

陆燕临扯了扯领口，深深地看她一眼，问：“你想一直讨论他？”

林初萤眨了眨眼：“当然不。”

她看向陆燕临微微张开的衬衫领口，感觉这样有点勾引人，于是站起来走到他桌前，然后倾身向前。

林初萤今天穿了一套职业套装，身体曲线被完美地勾勒出来，一步裙在膝盖上方岔开，露出白皙修长的大腿，在办公室显得有些暧昧。

林初萤嘴角一勾，道：“二叔上班，我来看看。”

离得近了，她身上清淡的香水味若有似无地钻入陆燕临的鼻子里。

“是吗？”他说。

“当然是啊！”林初萤再次凑近，在他还没有反应过来的时候，突然在他的嘴唇上亲了一下，“奖励你的。”

林初萤居高临下，她用鼻尖蹭了蹭陆燕临，陆燕临的眼神一暗。

林初萤看到他嘴唇上沾的口红，有点想笑。她从包里拿出自己的小圆镜对着他，问：“好看吗？”

陆燕临垂眸，看到镜子里自己的唇珠上有点红，无端多了些轻佻感。他压住上扬的唇线，道：“现在是上班时间。”

“做都做过了。”林初萤收回镜子，还不忘吐槽他，“二叔你这是假正经。”

陆燕临一向克制，此刻也是。

陆燕临不置可否：“今天晚上有个宴会。”

林初萤皱了皱眉：“是吗？”

“是度假村的合作人办的。”陆燕临简要地说了一句，“你可以和我一起去，如果不想去，也可以。”

“既然二叔都邀请我了，”林初萤改变主意，“那我当然要去看看了。”

她将视线落在陆燕临脸上，递过去纸巾，道：“擦了吧。”

陆燕临挑眉：“我以为这样可以省得再化妆。”

他接过她的纸巾擦了嘴唇。

还有一段时间才下班，林初萤就在陆燕临的办公室待着，她玩了会儿手机，还不忘告诉沈明雀自己今天做了什么。

林初萤将这件事发到群里。

沈明雀：“呜呜呜——老板你真好！”

沈明雀：“啊啊啊——老板我爱你！”

沈明雀：“哈哈哈——怼死！”

沈明雀发的消息又是哭又是笑的，林初萤被她逗笑了，顺带询问：“你和程铭城当初是直接说了分手吗？”

沈明雀：“对，我直接说分手了。”

知道白月光的事情后，程铭城不在家，她就收拾了自己的东西，坐在客厅里等着。程铭城回来后，她直接把照片扔了过去。

她酝酿了几个小时，本想毫不留情地离开，却还是忍不住吵了起来。说是吵，其实是她单方面指责程铭城。

大概是长期以来各种情绪的积压，这段恋爱，从一开始她就是弱势的一方。即使程铭城对她很好，她也觉得心累。

幸好她还是维护了自己的尊严，最后高傲地丢下一句“程铭城，我们完了，分手吧”便离开了。

坐在公寓里的沈明雀吸了吸鼻子，她看着屏幕上的消息，赶紧回道：“现在我和他没有任何关系了。”

对于这两个人的事，林初萤并不清楚实际情况。不过现在是程铭城主动出手，她要求赔偿也是合理的。

和沈明雀聊了一会儿，林初萤又去逛了逛微博，最后还去论坛看了看。

她正要离开论坛，突然，一个帖子吸引了她的注意力——“华盛集团陆太太曝光了！”

帖子标题还加了好几个感叹号，林初萤顺手点开。

“大家还记得这位陆太太吗？前段时间投票，她成了全网最受欢迎的女人。是这样的，我有个表姐在华盛工作，今天她发了条朋友圈，说有个漂亮女人去公司，是陈特助亲自下来接的，走的是总裁专用通道，我猜就是陆太太本人。我表姐说她超漂亮，不是那种小明星比得上的，一看就是大家闺秀，真正的名媛，太美了！”

底下的回复林初萤翻了两三页——

“没图没真相。”

“我还以为有图才进来的！”

“带着激动进来，带着愤怒离开。”

“无语，人家开局好歹有张图，你这是开局一张嘴，过程全靠说？”

“你说美就美？”

“不管美不美，反正有钱是真的。我比较相信其中的几句话，陆太太肯定是名媛了。”

“反正我是羡慕了。”

“如果她真的美，那和陆总还是很配的。”

“配不配又不是你们说的，人家既然能和陆总结婚，家世肯定不是一般的好。”

“其实我有个疑问……陆总好像没提过陆太太吧，确定他们不是商业联姻、毫无感情吗？”

“楼上说的也是我的想法。”

林初萤看到后面，风向就开始变了。网友们一开始还在讨论“陆太太”到底美不美，后面就开始讨论她和陆燕临是有感情还是没感情了。

林初萤粗略地看了看，大多数网友都觉得他们是商业联姻的夫妻。

她鼓了鼓嘴，抬头看向办公桌后认真工作的男人，落日余晖从落地窗外洒进来，给他披上了一层柔和的滤镜。

林初萤不知不觉看呆了。

回过神后，她继续往下看帖子，然后就愣住了。有人放了一张照片，不过非常模糊，跟打了马赛克似的，而且还是人物的背影照，只能勉强看清身形轮廓。

下面的回复也激动起来——

“我的天！真的有图，层主良心！”

“就这模糊到眼睛疼的照片，我都能看到陆太太是大波浪卷的长发。”

“楼上是显微镜女孩了。”

“是我不行了，我只能看出来陆太太身材很好，看这个完美比例！”

“这种身材我上次看到还是林初萤，她那张在画展被拍的图和这个有点像。”

“楼上是来搞笑的吗？”

“陆太太也是你可以碰瓷的？回去看看卡里的钱，清醒清醒。”

“说起陆太太，你们感觉会是谁？”

“陆总之前常年在国外，陆太太会不会是住在国外的大小姐？说不定还是个外国美女。”

网友们就这样讨论起来，林初萤本人看着还觉得挺有趣的，有种“只有我知道陆太太是我自己”的感觉。

看着看着，林初萤就笑出了声，然后，她突然意识到自己在陆燕临的办公室，赶紧抬头看了一眼陆燕临。

“看到好玩的了？”陆燕临低声问。

“是啊！”林初萤也没想着隐瞒，“之前网友们投票，说陆太太是全网最羡慕的女人，现在他们改变思路了，开始猜你的陆太太是不是外国美女。”

陆燕临面色平静：“我的陆太太是谁，你不是最清楚吗？”

他这话虽然是反问句，语气却是陈述。

林初萤的耳朵莫名红起来，她伸手捏了捏，最后将罪魁祸首定在陆燕临那句“我的陆太太”上面。

林初萤捏耳朵的可爱动作让陆燕临有些移不开眼，空气中有种说不出的暧昧感觉。

林初萤轻咳一声，放下手机，撩了一下耳侧的头发。

她对这样的暧昧气氛得心应手，状似无意地询问：“你在看什么？”

“看全网最羡慕的女人。”陆燕临声音平稳低沉，像是在说公事，出口的话却满含戏谑。

5

林初萤是真的被噎住了，半分钟都没说出一个字来回应这句像是恭维却又含着一丝嘲讽意味的话。

她知道陆燕临是不太可能嘲讽的，但是这句话用来恭维自己是真的尴尬，还有种莫名的羞耻感。

“怎么？”陆燕临问。

“没事。”林初萤稳住心神。

两个人对视半晌，她终于开口转移了话题：“什么时间了？我要去做造型了。”虽然她自己有手机，但为了转移话题故意问陆燕临。

“四点半。”陆燕临低声说，“你先去吧，我晚上会去接你。”

“好吧。”林初萤点点头。

她几乎没有停留，直接离开了办公室。

林初萤做造型的地方是以前常去的，造型师非常懂她的喜好。

她和陆燕临一起去这样的宴会，也算是公开林家和陆家联姻的消息。

公开这样的消息，她当然要好好打扮一番了。

林初萤到的时候，姜以娴还在楼上看剧，一听她到了，赶紧扔下平板下了楼。

姜以娴：“我还以为你要等会儿才过来。”

林初萤：“迟了你会比较赶。”

林初萤看了一眼妩媚的姜以娴，她还穿着家居服，一看就是在里面偷懒，不过谁让这家会所是她的呢。

姜以娴开始给林初萤护理头发，林初萤闭着眼，一不小心就睡了过去。

等她醒过来时，头发已经护理好了，造型也做到了最后一步。

“看这样合心意不？”姜以娴问。

“可以。”

林初萤睁开眼，镜中的女人明艳大方，发间缀着的碎钻若隐若现，在灯光下格外娇艳。

“你一打电话过来，我就把礼服准备好了。”姜以娴笑眯眯地说，“保管你今晚秒杀全场。”

“那其他人岂不是没活路了？”林初萤和她打趣，又问，“你最近没去聚会？”

“我最近可烦了。”姜以娴回答。

姜家这一辈只有她这个女儿，但她母亲去世后，姜父就领了个女人和女儿回来，那个女儿还比她大几个月，她硬生生从大小姐变成了二小姐。

她和林初萤以前只是点头之交，后来在米兰看秀时认识了，就多说了几句话。之后在一次宴会上，她的礼服临时出了错，又不想让那个继姐在众人面前春风得意，只得咬牙向林初萤借了一件礼服，与林初萤也因此成了好友。

姜以娴冲会所前面的一个位子抬了抬下巴，有些无奈：“看到没？坐那儿的那个。”

林初萤顺着她的视线看过去，一挑眉：“周启淮怎么在这儿？你们俩很熟？”

大概是两个人的目光太灼热，那边的男人似乎有所察觉，朝这边看过来，眉眼一笑，风流味十足。

姜以娴别过脸：“才不熟。”

林初萤“哦”了一声，明显不信：“我前段时间听说，周启淮因为一个女人开始洗心革面了，原来是因为你。”

盛城这个圈子里，谁都知道周启淮桃花运旺，绯闻一箩筐，但是真正成他女朋友的还没有一个。

“说什么呢？”姜以娴脸一红，“连你也打趣我，我不过就是和他相了一次亲。我本来都和他说了是做戏给我爸看的，让他说看不上我，结果他跟我爸说了相反的。”

和林家不同，姜氏属于新贵，姜总就想着把女儿嫁入老牌豪门，而周家就是他选中的豪门。

“算了，不说他了。”姜以娴推着林初萤，“快去换礼服，不然待会儿你老公过来要等你了。”

林初萤今天的礼服是品牌明年的春夏款，当别人还在排队的时候，她就已经拿到了最新款。白色的抹胸长裙一直垂到地面，裙摆非常优雅。

“配这条项链吧。”姜以娴边说边给她戴上，林初萤修长的天鹅颈让人移不开眼，在项链的衬托下，锁骨显得更加漂亮。

两人正说着，门突然被推开了。

陈特助站在门边，陆燕临走进来，西装革履，和往常的装扮并没有什么不同。

“你老公来了。”姜以娴推了推林初萤。

“什么？”林初萤说着从镜子前转过身来，完美曲线呈现在陆燕临眼前。

就像是电影里的慢镜头，眼前的一切都成了模糊的背景，只有中间的人无比清晰。

林初萤缓缓转身，脸上先是惊讶，然后是微笑。这一切如盛开的花，一帧帧绽放在陆燕临面前。

她问：“你怎么来得这么早？”

陆燕临眼中的惊艳被压下去，他道：“刚好。”

林初萤“嗯”了一声，转头和姜以娴说了什么，然后才拎着裙摆，一步步走向前方的男人。

她挽住他的手臂，回头说：“以娴，我先走了，今晚谢谢你了。”

姜以娴点头，还不忘夸奖：“陆总今晚也很帅。”

“谢谢。”陆燕临对她点头示意，然后不经意地看到了周启淮。

姜以娴看着两个人离开，又转头：“你什么时候走？再不走我让人赶你走了。”

周启淮笑得像狐狸："等你下班啊！"

看姜以娴气呼呼地离开，他才轻笑了一声。

会所外，天已经黑透，夜幕挂上星河。

林初萤问："我今晚的造型怎么样？"

陆燕临十分配合地回答："很漂亮。"

林初萤眉眼一弯，吐槽道："得二叔三个字可真不容易。"

这话虽然是吐槽，却隐藏着欢喜。

林初萤正自恋的时候，又听到陆燕临压低的嗓音："我觉得这件礼服没有以前的好看。"

林初萤一脸蒙，那她刚刚看见的惊艳是骗鬼的？

果然，男人的嘴，骗人的鬼。

晚宴在柏际酒店举行，此时才刚开场，优雅的音乐声在大厅里回响。

看到那么多人都往门口去，有人小声问："谁啊，迟到了还这么多人等着？"

"除了陆总还能有谁？"

"陆总今晚会一个人来吗？"

细碎的议论声在那两人出现在门口时戛然而止。

林初萤挽着陆燕临的胳膊，她姣好的身材被白色礼服尽数勾勒出来，和旁边的男人相得益彰。

"陆总。"有人迎上去。

"谁啊？"

"陆总有生之年竟然会带女伴？"

"不是之前就说他订婚了吗？"

众人讨论了一会儿，来参加宴会的几个女明星都有些八卦，这要是有媒体记者进来，明天热搜恐怕会爆炸了。

"不是，那个是林大小姐。"终于有人认出了林初萤。

"林大小姐不奇怪，之前慈善夜的时候，陆总不还高价拍了她的项链嘛！”

“他们两家是世交，正常。”议论又转了风向。

虽然这么说，但林初萤和陆燕临好像不是一般的亲密，而且这次的宴会和林家也没关系，林初萤来不来都无所谓。

“虽然两家关系好，但好到这种程度了吗？”

“林太太去世得早，当初我可是见过的。现在看她女儿也看出来了，母女俩都漂亮得不像话。”

林初萤跟着陆燕临认识了一些华盛的股东。别人不知道，但股东知道他们两个结了婚，因为华盛的股份也有林初萤的。

反正林初萤都是“叔叔伯伯”地叫人。

“初萤都长这么大了，以前看你还是个小女孩。”有位董事调侃着，“没想到你居然和陆总结婚了。”

“你们很配啊，今天一进来我都惊呆了。”

林初萤除了笑就是笑，一派优雅大方。她年纪小，各位董事对她印象好，也不会刁难她。喝了点酒后，她才离开包围圈。

有人在和陆燕临讨论度假村合作的事情，林初萤就一个人在大厅里逛，一分钟不到就被人围住了。

“林大小姐今天的礼服真漂亮。”

“像婚纱一样。”

几个女明星讨好着她，林初萤嘴角微弯，礼貌地点点头，没有回答。

女明星们怕她无聊，转而聊起了新话题。

“最近那个恋爱综艺，就是还没拍的那个，我听了小道消息，说其中一个拟邀歌手要出事了。”

“这么严重？那岂不是完了？”

林初萤越听越熟悉，这不是沈明雀接到邀请又被截和的那个综艺吗？

“你们说的……”林初萤眯了眯眼，冷冷地出声，“那个综艺是不是叫《恋爱30天》？”

“好像是吧。”其中一个人回忆了一下。

“就是这个。”

林初萤举了一下酒杯，离开了。

宴会结束时，林初萤喝了不少酒，靠在窗边吹风。

大厅里人来人往，觥筹交错。

见陆燕临环视周围，陈特助连忙看向窗边，说：“太太在那里透气。”

陆燕临看过去，窗边没有什么人，林初萤一个人倚在那里，身形窈窕，曲线极美。她半眯着眼看向大厅，嘴唇微张，手里还有一个空酒杯，好像一幅油画。

林初萤的视线聚焦又涣散，看到一个模糊的身影朝自己走来，像是开了虚拟的滤镜，那人一步步靠近，面目逐渐清晰。

林初萤眯着眼微倾过去，脖子上的项链往下一沉，没入抹胸裙内的沟壑中，更显妩媚。

陆燕临站在她面前，见林初萤美色动人，脸上有一丝浅红。

他低声询问：“醉了？”

“你才醉了。”林初萤不承认。

大概是保持这个姿势有点难，她整个人往他身上歪了过去，然后被拦腰搂住，软在男人怀里。

“二叔，我要投资一个综艺。你觉得什么样的比较好？美食的、推理的、生活的、旅游的、恋爱的、亲情的？”

林初萤虽然脑袋迷糊着，但逻辑相当清晰。她趴在他的胸膛上，一仰头就对上陆燕临性感的下颌线。

“要不弄个婚恋的？我们两个人一起去秀恩爱。你要是不宠我，观众们就骂你。”说着，林初萤笑了起来。

她磨磨蹭蹭地把手里的空酒杯往陆燕临嘴边送，小声说：“送你的，交杯酒喝不喝？”

6

陆燕临低头看着怀中的女人，蓬松的大波浪鬈发披在背上，遮住了一小半脸。醉酒的林初萤比平时多了几分妩媚，一脸茫然又无辜的表情，配上水润的眼睛，格外漂亮。

“你醉了。”陆燕临说。

“我没有。”林初萤很快否认，“你才醉了，你为什么不跟我喝交杯酒？”

“你是不是不想和我结婚？”她质问。

“没有。”陆燕临极有耐心地回答了她的问题，提醒，“是我先向你家提亲的。”

“是吗？”林初萤闭着眼。

陆燕临一只手将她下滑的身体固定，一只手把空酒杯拿走放在旁边的台子上，然后将她拦腰抱起来。

她柔软的腰肢盈盈一握，整个人在他怀里，柔若无骨。

“哎呀。”一下子凌空，林初萤惊呼一声，下意识地搂紧他的脖子不松手。

大厅里的众人只看到交叉在陆燕临背后的细白胳膊，纤长莹白的双手和暗色西装形成鲜明对比。

原本众人还在怀疑两个人太过亲密，这样的公主抱一出来，议论声就密集了起来。

“他们的关系这么好吗？”有人出声问。

“没听说陆总和林大小姐很熟啊，难道是因为两个人之前都在国外，所以我们不知道？”

“之前我只是怀疑，现在看来……他们怕是关系要更进一步了吧。”

“我之前还好奇，陆、林两家关系这么好，陆尧和林大小姐又都这么大了，一直没有订婚，原来还有这一层关系。”

“他们除了辈分不同，倒也挺般配的。”

“这么说，陆总之前戴的订婚戒指恐怕和林大小姐是一对吧？”

细碎的议论声在男女主角离开后达到了高潮。

柏际酒店是华盛旗下的，陈特助跟在陆燕临后面，问："太太需要醒酒茶吗？"

"要酒！"迷糊中的林初萤忽然将头从陆燕临的臂弯里抬起来，叫了一声。

陈特助心道：这话我可不敢接。

"端一杯醒酒茶过来。"陆燕临压低声音，抱着林初萤从铺着地毯的走廊上穿过，走进一间豪华套房。

柔和的光线笼罩整个房间，陆燕临将林初萤放在床上。她整个人陷进柔软的被窝里，长发散在被子上，有些凌乱。如果再铺上一层新鲜的玫瑰花瓣，这个画面就是一张漂亮的杂志封面照，唯美、性感又艳丽。

陈特助端了醒酒茶过来，放在床头柜上，然后又默默地离开了房间。

寂静的房间里，林初萤也安静下来，陆燕临站在床边看着她。

十分钟后，在门外的陈特助看了几次手表，终于等到门打开，陆燕临从里面出来。

他有些狐疑，怎么自家总裁在里面待了这么长时间？可十分钟什么也做不了啊？

当然，这个问题他可不敢问。

晚上九点，宴会结束。该离开的人都离开了，还不忘在自己的圈子里偷偷传消息，说华盛陆总的订婚对象是林氏大小姐。

陆燕临今晚也没回华庭水岸，他伸手扯掉领带，揉了揉额角，微微启唇轻叹了一声。

等一切弄好后，已是深夜十点多，他将林初萤重新放到床上，等他躺下时，林初萤无意识地往他身边靠近。

"二叔……"虽然醉了，但她还是认出了身旁的人是谁。

"我要洗澡。"林初萤的眼睛睁开一条缝，小声撒娇，"你为什么不带我一起洗澡？"

陆燕临低声回答："你洗过了。"

如果不帮她洗澡，她明天可能会有起床气。作为一个洗澡后都要照几遍镜子的名媛，她肯定忍受不了穿着礼服入睡。

林初萤闭着眼蹭过去，又问：“是吗？”

她伸手摸了摸自己身上的衣服，确定是睡衣而不是礼服，才应了一声。然后将头抵在陆燕临肩上，温热的呼吸洒在他的脖子上。

早上八点，林初萤醒了。她嘤咛了两声，感觉有点头疼，对着有些陌生的天花板发了一会儿呆，才反应过来自己是在柏际酒店顶楼。

窗帘没有拉开，房间里有些暗。

林初萤坐起来，头发凌乱地散在肩膀上，她回忆了一下昨晚自己的行为，半晌只发出一声：“啊。”

昨晚为什么那样？！那是撒娇还是作？！她竟然在大厅里做出那样的事，陆燕临肯定在心里嘲笑她……

林初萤伸手打开灯，发出一串悲催的声音，又泄愤似的揉了揉自己的头发，最后还是乔果打来的电话拯救了她。

“老板，您今天来公司吗？”乔果问。

“等会儿吧。”林初萤回答。

她又想起什么，叮嘱道：“我上次提的投资一个新综艺，让他们准备好方案，上午开个小会。”

乔果应道：“好。”

林初萤又好奇起来：“你知道现在有多少个方案了吗？”

作为助理，乔果对这些事了如指掌，她不假思索地说了出来：“目前有几个大众的想法，比如生活类的，去乡下体验田园生活就很火，国内这样的综艺还是比较少的。”

林初萤想了想，感觉这个也还可以。

“最常见的还是恋爱类的，今年很流行将几个素人放到一栋别墅内生活一个月，看最后哪些人能成为情侣。”

乔果一连说了好几个综艺，甚至还包括一个答题综艺，都进行了简要的介绍。

天艺娱乐之前对综艺并不上心，专注于拍电影、电视剧，签约的艺人也是演员和歌手比较多。

但是近两年，随着年轻人都倾向于用手机看视频，影视剧市场比较冷。再加上综艺大行其道，在网上十分火热，天艺娱乐算是落后一步了。

林初萤对这次的项目很上心，叮嘱道："今天要是谁没来，下次就让他别来了。"

乔果说："好，我会传达的。"

挂断电话后，林初萤又看了看微信群，沈明雀和陆尧在群里聊了不少。陆尧本就知道了沈明雀的综艺被截和的事，现在又知道了那个综艺的拟邀男嘉宾要出事的消息。

陆尧："@小麻雀，看来你没拍成那个综艺是好的，程铭城这个男人竟然还做了一件好事。"

沈明雀发了一个"川（ Δ ）川"。

陆尧："你这是什么表情？"

沈明雀："颜表情啊，陆大少爷没用过吗？"

陆尧："以前有个女人给我发这个'QAQ（哭）'，我把她拉黑了。不好好说话，发什么字母？"

沈明雀："……"

沈明雀："我说句实话，你不要骂我。要不是因为你有钱有脸，可能没人会跟你谈恋爱。"

陆尧："我怎么了！"

陆尧："QAQ（哭）。"

然后，对话又是以沈明雀的一串"哈哈哈"结尾。

林初萤感觉陆尧的傻气都能溢出屏幕了，她是真不懂，陆家明明出了陆燕临这样的高智商怪物，剩下的陆尧怎么能这样幼稚？难道是智商都给了陆燕临？

林初萤揉了揉头发，越想越觉得有可能，最后竟被这个想法逗笑了。

随后她一抬头，发现陆燕临正站在不远处看着她。

林初萤放下手，优雅地捋了捋头发，露出一个完美的微笑：“二叔，你没去公司吗？”

陆燕临语气冷淡：“等会儿。”

林初萤“哦”了一声，又听见他微凉的嗓音：“你头顶有头发翘起来了。”

林初萤伸手按住头发，面无表情。

她坐在床上，被子堆在腿上，看着男人换衬衫、打领带等一系列流畅的动作，真是赏心悦目。

林初萤又看看自己身上的睡衣，再看看被挂在旁边的那套礼服，轻咳一声，问：“你帮我换的睡衣？”

陆燕临反问：“不然呢？”

林初萤本有点心虚，但很快又挺起胸膛：“二叔这是什么语气？老公给老婆换衣服怎么了？”

她十分理直气壮，陆燕临也赞同地点头：“如果你没有挂在我身上乱动的话，那的确是挺美好的回忆。”

老婆乱动怎么啦？你把持不住吗？林初萤心里瞬间冒出几句反问。

“谁让我把持不住呢？”她干脆把这话安在自己身上，“都怪二叔身材太好了。”

“这算是夸奖吗？”陆燕临看着她。

“对啊，夸你。”林初萤点点头。

“谢谢陆太太的赞美。”陆燕临系好衬衫的扣子，嗓音低沉温柔，“你也很好。”

虽然是很平常的一句话，但林初萤知道他是在说她的身材。她下意识地低头看自己，对呀，她身材当然很好。

“你如果有什么想吃的，可以让下面送上来。”陆燕临叮嘱了一句，转身朝门口走去，又突然停住，“对了……”

“什么？”林初萤的心漏跳了一拍。

“如果你想办婚恋综艺，可以先做好方案。”陆燕临仿佛没看到她僵住的脸色。

他嘴角微扬：“我会做参考的。”

林初萤回忆了一下昨晚自己把空酒杯往陆燕临嘴边送的愚蠢行为，觉得更加不行了。

她还不如做那个新颖的答题综艺呢！

“不了吧。”林初萤眨着眼，耳根开始发热。

“既然是陆太太的想法，为什么不？”陆燕临看着她，微微笑道，“我自当奉陪。”

第八章

他亦是欢喜

1

自当奉陪。

奉陪自己在婚恋综艺里秀恩爱吗？林初萤想象了一下这个画面。

从古至今，女人就喜欢为难女人，恐怕节目上她无论让陆燕临干什么，弹幕都是吐槽她矫情做作的。

林初萤坐在床上想了半天，才去洗漱。

乔果已经到了酒店，她把衣服带了过来："老板，我已经通知下去了。"

林初萤"嗯"了一声，穿上职业装，她又变成了敬业的老板。

酒店送了早餐过来，她刚吃完，门就被敲响了，是陆尧。

一行人一起下去，乔果去开车。

"你怎么来这儿了？"林初萤问。

"我听说你在这儿，过来蹭车的。"陆尧一点也没有隐瞒，"现在油费可贵了。"

"你已经穷到这种地步了吗？"林初萤有些狐疑。

"别提了，我爸又扣我钱了，说我不务正业。"陆尧一想到这个就烦，"我明明在你这儿上班啊！"

虽然他上班也没干什么正事，都是在看新闻，但好歹也是上班啊！

"陆叔叔想让你回他的公司去。"林初萤随口点出真相，"你一天不回去，零花钱就会受控。”

“可我回去不如在你这儿待着舒服。”陆尧看得明白，他回家肯定会被压着学这学那，那他会不胜其烦。

他们边说边走到了大厅，已经上午九点多了，大厅里人不算少。

“陆少。”才走到一半，有人突然叫了一声。

一个穿着小礼服裙的女人扭着腰肢走过来，她不动声色地看了一眼林初萤，问：“陆少昨晚也在这儿休息吗？”

陆尧不记得这个人是谁，随口“嗯”了一声。

女人听到回应，眼睛一亮，从包里拿出一张卡片，眼含暧昧：“陆少，我也在这里住呢……”

林初萤一眼就看出那是张房卡。

陆尧看也不看，皱着眉头催促林初萤：“赶紧走，不然要迟到了。”

“陆少，这人是谁啊？”女人又问。

“你惹不起的。”

“陆少您说笑了。”女人明显不信，笑得花枝乱颤，“这酒店是您家的，能和陆少一起出现在这儿的，身份还不清楚吗？”

她猜测这是陆尧的新欢，说话就不那么客气了，尤其这位看起来连房卡都没有。

陆尧可不想自己成为二叔的眼中钉，不耐烦地回复：“关你屁事。”

看着面前这位女人得意扬扬的样子，林初萤似笑非笑。她勾起嘴唇，语气淡淡的：“我钱太多用不完，住酒店花花。”

陆尧：“……”

他也想拥有这种烦恼。

“走了。”林初萤说。

“等等我啊！”陆尧追上去，“你可不要跟我二叔说，不然我就看不到明天的太阳了。”

被甩在原地的女人一愣，她当然知道陆尧的二叔是谁，难道这个女人是陆总的新欢？不是说陆总已经订婚了吗？

天艺娱乐这个会开得不长，十几个方案摆在桌上，每个人都上台阐述了几分钟，撞方案的就有好几个。

当然，这也不是抄袭，只是现如今综艺的类型就这么些，创意相似也是正常的。

可林初萤不想让自己公司沾染上雷同的方案，以前她不管，现在天艺娱乐在她手上，她的要求就必须做到。

“老板，主要是现在恋爱综艺很火啊！”某经理站在上方，抹了抹额头上的汗，“不管是讨论度还是别的什么，都碾压其他综艺。”

观众都是有窥私欲的，陌生人的恋爱生活对他们而言比电视剧要来得真实有趣，这也是素人恋爱综艺热度突然压过明星恋爱综艺的原因。

“不做恋爱综艺。”林初萤说。

阐述人一脸失望地回到自己的座位上。

下一个经理的方案是生活类综艺，也算旅行类，主题是去不同的地方过田园生活。林初萤对体验农家乐毫无兴趣，但是经理和乔果都说这个有前途，于是暂留了。

最后一个上台的阐述人咽了口口水，再看看自己手里的方案，只觉希望渺茫。

“我……我的方案是答题综艺。”他虽然觉得没什么希望，但这是林总吩咐下来的，还是要认真做。

“答题综艺几年前大火过，而且男女老少皆宜。虽然现在不算新鲜，但市场还是有的。

“而且我们可以和平台合作，不管是素人来当嘉宾，还是明星来当嘉宾，都是话题。当然，明星的话题会更多。”

毕竟明星的学历很多人都关注，学霸人设在娱乐圈非常吃香。

林初萤今天早上还腹诽过这个答题综艺，她靠在椅子上，也没直接说不可以，而是笑着说：“你继续说。”

上面的人眼睛一亮，赶紧说了起来，策划书一页页地翻着。

“奖励目前我还没有想好，但模式可以参考一些成功的综艺。还可以设置嘉宾求助环节，这个看点比较大。”

林初萤听起来感觉还不错，想了想，道：“要不就这个吧，你再做个更详细的方案发给我。”

“林总，这个收视率明显超不过我们。”

“林总，我感觉做这个网播量也不行。”

“林总，您再看看这个旅行综艺？”

林初萤一拍板，其他方案的阐述人全急了，几千万的投资可就这样跑了！一个普普通通的答题综艺现在还能火什么啊？！

林初萤淡淡地笑了笑，道：“急什么。”

“既然你们觉得自己的方案也不错的话，”林初萤又点了几个人，抛下重磅炸弹，“那就一起做。”

会议室里一下子沸腾起来。

“林总，真的假的？”

“这样会不会太多了？”

林初萤惊讶地看着他们：“怕什么？又不是一起办。公司缺钱吗？不缺吧。当然，浪费是不应该的。”

有人问：“那应该先开哪个呢？”

人人都想当第一个。

林初萤眨眨眼：“我看就那个答题综艺吧，别人做的不是素人版吗？咱们公司没有学识高的艺人吗？”

林初萤笑眯眯地说：“我听说娱乐圈里有一些明星发微博或者采访的时候不小心出错，还顶着文盲的名头是不是？”

“是啊，有时候一些无聊的网友会用这个来作为谈资。”

“那就邀请他们来啊！”林初萤大手一挥，“这不是现成的秀才艺的机会吗？难道这么多明星就没几个愿意的？”

“林总决定就好！”答题综艺方案的阐述人一下子叫出声，“我相信林总的决定！”

答题综艺就这么确定了下来。

林初萤坐在办公室里，看着那个被留下来的方案，联系沈明雀：“你当初是学霸吗？”

沈明雀正在拍杂志内页，连忙退到一旁，问：“学霸？”

“你以前成绩怎么样？”林初萤皱了皱眉，“不要告诉我你成绩倒数啊！”

“那当然不是。”沈明雀直接否认，“应该说我以前算学霸吧，但是我都毕业这么久了，学的全丢给老师了。”

林初萤说：“给你几个月闭关时间，你去图书馆待着，务必做到古今通览。”

沈明雀快哭了：“老板，你这不是为难我吗？”她要是有这种本事，岂不是现在都可以去考博士了？

“我正准备办个答题综艺。”林初萤简要地说了一下，“直播形式的，你不好好干，难道要我提前给你答案？”

“我可以不上吗？”沈明雀小心翼翼地问。

“不行。”

“那我……我要不去当个评委？”沈明雀又战战兢兢地提出自己的方案，“就只要说对和错就可以。”

“这个综艺没有评委。”林初萤直接戳破她的幻想，“算了，你还是别上了，省得又被黑。”

“谢谢老板！”沈明雀开心地挂断电话。

竟然敢挂老板的电话？林初萤觉得沈明雀真是得寸进尺，可谁让她对员工宽容呢？她真是一个好老板。

答题综艺确定后，方案也很快做了出来。半个月后，导演组就开始筹备了，对于拟邀嘉宾也都发去了邀请，但拒绝邀约的就有一大半。

原因就是——这个综艺是直播的。

那些嘉宾的经纪人问的第一个问题全都是比赛有没有剧本，又或者是能不能提前知晓答案。

如果真是这样，那这个综艺还有什么看头？导演组又发愁了。

林初萤暂时还不知道导演组遇到了这个问题，她这段时间比较闲，还带着沈明雀去国外看了秀，生活过得美滋滋。

她们从国外回来乘坐的是陆燕临的私人飞机，沈明雀在飞机上犹犹豫豫地开口："那个推理综艺，我想了想，还是接了。"

林初萤丝毫不觉得奇怪："剧本好的话，你就接。"

沈明雀松了一口气："我看了他们的剧本，还有其他几个嘉宾，都是圈里名气比较大的。"

她反而是其中名气最小的，不过这个综艺里女艺人很少，而且一期一个剧本，她如果表现出色，就会给观众留下很深的印象。

林初萤将眼罩推上去，说："你自己想好了就行，有我在，还能让这个综艺吃了你不成？"

虽然程铭城在处理感情上不怎么样，但对于投资还是非常有眼光的，不会办一档平庸的综艺来打自己的脸。再者，按照林初萤的想法，有程氏投资，沈明雀多少也能被照拂一点，除非程铭城想自己的名声再坏点。

回到华庭水岸，林初萤先是睡了个天昏地暗，醒过来时天已经黑透了。她摸出手机给陆燕临打电话，毕竟这几天购物都是刷他的卡，好歹要慰问一下。

"二叔，你什么时候回来啊？"林初萤给自己找了个借口，"我饿了，想吃炸鸡。"

"还有十分钟。"他说得很精准。

果不其然，十分钟后，陆燕临准时推开了门。

"你怎么没有给我带炸鸡？"林初萤从楼梯上下来，摸摸肚子，走到他旁边，"空手回来的？早知道我点外卖了。"

"不健康。"陆燕临言简意赅。

他脱了外套，翻折起衬衫袖口，然后走进厨房，俨然一副要下厨的模样。

“偶尔吃一次嘛。”林初萤据理力争。

“难道我做的你不喜欢？”陆燕临抬头看她，嗓音压低，显得有些危险。

“我说不喜欢，你会给我下毒吗？”林初萤笑了笑，转眼又甜滋滋地道，“你给我做的，我怎么会不喜欢？”

陆燕临点点头：“嗯。”

林初萤突然想起什么，又道：“对了，我已经决定办答题类型的综艺了。”

“哦？”陆燕临眉毛一挑，问，“不是婚恋综艺吗？”

“婚恋综艺烂大街了。”林初萤找了这样的借口，“而且天艺娱乐没几对结婚的夫妻。”

“我以为……”

“你以为什么？”

“我以为你不想和我……”陆燕临声线略低，含着一丝笑意，“是我想多了。”

对，就是你想多了。林初萤才不肯承认是自己的原因。

过了几秒，陆燕临忽然开口：“围裙。”

林初萤回过神，从旁边拿来围裙，还不忘吐槽这围裙颜色冷淡，还真是陆燕临的风格。

“我需要你帮忙。”陆燕临面色不改。

“帮二叔是应该的。”

林初萤嘴角微翘，走到他面前，踮起脚给他穿上围裙，睡裙下的小腿笔直纤细。

他为她下厨，当然要给点奖励了。

快一周没见面，虽然有视频，但林初萤还是挺想念他的。她顺势搂住他的脖子，她的脸碰到他的下颌，有轻微的摩擦感。

她问：“我不在，你是不是没好好刮胡子？”

没等陆燕临回答，林初萤就否定了这个问题。

“你不是这样的人。”她胡思乱想了一会儿，猜测道，“难道你是故意想让我心疼？”

两个人离得极近，陆燕临忽然低头亲吻她的嘴角。

陆燕临平时看上去清冷矜持的眼神此刻沾染了不明的情绪，他道：“所以，我现在达到目的了吗？”

2

达到目的了吗？

听见这句话，林初萤笑了起来，又摸了摸陆燕临冒了点胡楂的下巴。

“你说呢？”她反问。

“去坐一会儿。”陆燕临温声说。

“好。”林初萤罕见地听话，还不忘说，“明天我要给你刮胡子，你不准自己刮。”

“好。”陆燕临点点头，他求之不得。

林初萤去楼上梳理了一下，她把头发扎起来，又好好地洗了个脸才下去。毕竟睡了将近一整天，她还有点迷糊。

陆燕临下了一碗面，里面放了她爱吃的配菜。她看了一会儿，又刷起手机来。

自从上次发了微博之后，她就没怎么运营了，一来是忘了，二来是不知道该发什么。

这会儿，林初萤拍了面的照片，发到微博上。

经历过之前的事，现在关注她的人不少。有时候她怀疑自己到底有没有粉丝，后来想想，喜欢她颜值的粉丝也是粉丝嘛！

“这面好好看啊！”

“看得我都想吃了，太罪恶了。”

“就吃这样的面，还大家闺秀呢？地摊上都能买到。”

“吃碗面都这么花里胡哨，无语。”

林初萤发完微博就有人评论了，她随意看了一眼，挑了热评第一的“这面好好看啊”回复：“你的赞美我会传达给我老公的。”

“二叔，你以前都是自己做饭吗？”退出微博后，林初萤一边吃饭一边问，“这么有空？”

“不是。”陆燕临在她对面坐下，倒了杯水推过去。

“啊！”林初萤讶异了一下，掩着嘴唇，“这么说，岂不是婚后才这样？那是我的福气咯！”

“应该的。”陆燕临回答。

他对婚姻的态度很认真，林初萤的出现是个意外。对于曾经的他而言，她不过是世交家族里的一个小辈，点头之交而已。后来他们在巴黎，阴差阳错之下发生的事情促成了他们现在的夫妻缘分。

林初萤吃了个饱，摸了摸肚子。

陆燕临大概看到了她的动作，出声提醒：“你吃得有点多，需要消食。”

“没有吃多。”林初萤假装听不出他在说自己肚子鼓起来的事情。

“听话。”陆燕临严肃起来。

“消食消食。”林初萤撇了撇嘴。

当然，她的消食方法和普通人有点不一样，趁着陆燕临收拾的时候，她就在客厅里来回走动。

林初萤又抱怨：“你刚刚应该少煮一点的，我不吃完就会浪费，如果吃完就会吃多了，都怪你。”

陆燕临直接承认：“是我的问题。”

这么一来，反倒是林初萤有点不好意思了。好歹是他做饭给自己吃，自己居然这么矫情地撒起娇来，完全不符合她的总裁人设。

林初萤将撒娇归根于两人一周没见面。

过了一会儿，她想起什么，走到水池边上，说：“婚纱已经准备好了，我们可以拍婚纱照了。”

林初萤表示非常期待。

“摄影师已经找好了。”陆燕临看了她一眼，问，“你想哪天去拍？”

“看你的时间吧。”林初萤为自己的善解人意点了个赞，“你什么时候能空出时间来？”

“明天给你答案。”陆燕临低声说。

他身后是一个庞大的商业集团，近期又正在开发度假村项目，自然不能肆意妄为。

但这次，他会尽量满足林初萤，因为这是他们俩的婚纱照。

“好。”林初萤嘴角上扬，又趁机开口，“我走了好几分钟了，消好食了。”

“不可以。”陆燕临坚定地否决，打量了一下她，说，“如果你现在停下来，可能明天起床后会胖一斤，也可能在几天之后腰围粗一厘米。”

他为什么这么懂？

林初萤目瞪口呆地看着他说了一长串，偏偏还是一本正经的模样。她十分羞愧，自己的身材管理居然还要老公提醒。

可她真的不想再走路了，林初萤在体重上升、腰围变粗和休息一晚上之间来回摇摆了三十秒，然后叹了口气。

她比谁都清楚，应该去健身房消食，别墅里倒是有健身器材，但是做健身运动比走路还累呢！

这期间，陈特助发来视频，陆燕临要去处理一个工作，半小时后才能回来处理碗筷。他脱下围裙，擦干净手，然后上楼了。

陆燕临处理完工作，看到林初萤还待在厨房里，这是半开放式厨房，距离客厅不远。

眼见他的表情越来越严肃，林初萤忽然搂住他，说：“二叔，别这么严肃，我刚刚想到了一个好方法。”

她凑到他的耳边，柔声问：“你想不想我啊？”

明明是简单的一句话，被她这样一说，好像就染上了不一般的意思。

林初萤又耳语了一句，陆燕临定定地看着她。

随后，林初萤被陆燕临抱了起来，放在料理台上。她的脚悬空，整个人比陆燕临高了半个头，要低头才能和他对视。

料理台是大理石的，那种冰凉透过她的睡衣传到身上，让她整个人都有点紧绷，她脚趾蜷曲，如玉的脚背弓起来。

林初萤眯着眼，陆燕临的吻，让她忍不住轻轻颤抖了一下。

她第一次有这种体验，感觉刺激又放纵，好像还有点奇怪。

林初萤将下巴抵在陆燕临额头上，偶尔碰到他柔软的黑发，终于想到了，这男人自己的衣服还好好地穿着，倒是她的睡衣都凌乱了。

林初萤咬着嘴唇，周围空荡荡的，让她有种放空感。

她垂眸，看到陆燕临一副斯文败类的模样，他的眉眼不可避免地沾染了一丝风流。

也只有在这个时候，他才会脱下一本正经的外衣，显得生龙活虎起来。

林初萤甚至怀疑他爱的是不是自己的身体，还想问问他为什么要和自己结婚。

林初萤想着想着，她的心神跟着陆燕临一起迷离起来，最后也不知道自己是怎么回的房间。

第二天醒来后，林初萤已经忘了昨晚的问题，不过还记着要给陆燕临刮胡子的事情。

闹钟很管用，她起来的时候，陆燕临刚洗漱好。

林初萤坐在床上招了招手："二叔，你过来。"

陆燕临穿着睡衣，走过去说："今天不用醒这么早。"

林初萤摸了摸他的下巴，笑眯眯地说："还好你没有自己刮胡子。"

陆燕临和她对视："我记性不差。"

林初萤"哦"了一声，立马掀开被子跳下床："等我刷完牙、洗完脸就来给你刮。"

陆燕临看着她咋咋呼呼的行为，心想还好地上铺了地毯，不然现在她可能要抱怨自己的脚踩疼了。

他轻轻一笑，家里有这么活泼的妻子，很好，起码比他一个人好。

陆燕临整理好被子，坐在床上等着林初萤刷牙洗脸，这一等就是十几分钟。

林初萤戴着咖啡色的洗脸束发带，头顶两只猫耳朵，她一边手上抹着护肤品，一边招呼他："二叔你进来。"

其实林初萤给人刮过一次胡子，在初高中的年纪，仅有那么一次，给林存刮过胡子。

时间隔得太久她已经忘记怎么刮了，所以她这次非常小心，小心到老半天才刮了一点点。

林初萤看着陆燕临满下巴的泡沫，再看看成果，有点不好意思，她小声说："二叔，你别动啊。"

"一直是你在动。"陆燕临戳破她。

陆燕临垂目，眼前的林初萤全部心神都在他的下巴上，长长的睫毛像蝴蝶的翅膀一样扑闪扑闪，像是在他的心尖颤动。

她的脸有种婴儿皮肤的娇嫩感，连细小的绒毛都能看见。

林初萤的手指在他脸侧滑动，有点痒，又有点酥。她小心翼翼地将泡沫冲洗掉，又给他擦干净，抬头就撞上他漆黑的双眸。

"看着我干什么？"她一双眼睛都弯了起来。

陆燕临喉结滚动了一下，他低沉的声音夹杂着流水声，传到林初萤的耳朵里："我很高兴。"

这一高兴，林初萤就又迟到了。她已经习惯了，反正她一个月十天有八天会迟到，只要业绩摆在那里，迟到也不算什么。

然而，乔果却一副欲言又止的表情。

陆尧姗姗来迟，有些大惊小怪："林初萤，你嘴唇被蚊子咬了？怎么肿了？"

林初萤白了他一眼。

陆尧大概是觉得稀奇，在群里发了一遍，毫无意外又被沈明雀撴了一句："没有谈过恋爱的你不懂。"

陆尧这才回过神来，尴尬得脸红了。

林初萤一回公司，很多文件都送了过来，她忙了将近一整天才忙完。

这还只是一个公司的工作量，她都不知道陆燕临是怎么工作的。华盛集团旗下有各个产业，光分公司就有好几个，他每天都有各种大大小小的会议，还要去分公司视察工作。

陆燕临果然是工作狂，林初萤同意之前陆尧的结论了。

公司群今天很是热闹——

“你们看到今天的林总了吗？”

“我看到了！嘴唇肿了！”

“肯定是亲肿的啦！”

“陆总明面上一本正经，没想到私底下这么忍不住！”

“你怎么不说是我们林总魅力太大啊？”

员工们止不住地在胡思乱想，毕竟不敢去问本人，就只能靠自己的八卦想象来嗑糖了。

华盛这边，视察完度假村的进程后，陆燕临回了公司，陈特助还在继续汇报下午的行程。

眼见着快进办公室了，陈特助才说完：“今天就这些了。”

陆燕临声音平稳：“空一个月行程出来。”

“一个月？”陈特助有些疑惑，主要是这个时间有点长，“先生是有什么事吗？”

陆燕临“嗯”了一声：“拍婚纱照。”

原来是要拍婚纱照！陈特助激动地点头：“好！我会传达下去的，一定会空出一个月的时间来！”

这还空不出来，他就辞职算了。

连陈特助都想知道自家总裁拍婚纱照是什么样子。

陈特助执行度很强，下午就确定了陆燕临休假的时间。当然，他只和一些股东提了拍婚纱照的事，至于其他人，全都糊弄过去了。

陆燕临将时间表发给了林初萤。

林初萤：“完全 OK。”

林初萤回得很快，还附带一张卖萌的表情包。

陆燕临下意识地想到她上次回的“OK”，他对自己妻子的网瘾程度有着绝对的了解。

如此一来，拍婚纱照的时间就确定下来了。说是拍婚纱照，其实相当于一次新婚旅行，摄影团队也全程都会跟着。

本来这件事是私密的，林初萤想的是等婚纱照拍好后就公开。至于婚礼，陆林两家自然不可能办得简单，必然是一场世纪婚礼。结果没想到他们还没出发，拍婚纱照的消息不知怎么就泄露了出去。

3

消息泄露的时候，姜以娴打电话过来，林初萤还在收拾东西。

“忙着呢？”姜以娴问。

“是啊。”林初萤看着行李箱里的东西，拍婚纱照期间，她不容许自己的身材或脸蛋出现任何糟糕的情况，务必要从第一天美到最后一天，这是一条长达一个月的战线。

“还好这次我不是你的造型师，不然要被你烦死。”姜以娴忍不住笑起来，“你那个婚纱我看到图了，真的很漂亮。”

昨天林初萤给她发了一张照片。

“是我自己参与设计的。”林初萤坐在床边，“如果你想加入造型师团队，我随时欢迎。”

“我可不想看你和陆总秀恩爱。”姜以娴不客气地吐槽，“对了，我今天找你是有事情。”

“嗯，你说。”

“你能不能和周启淮说说，别老守在我的会所了？这两天前台跟我说每天都有不少女人过来。”

姜以娴一吐槽就停不下来：“我头疼。”

“你要么和他撕破脸。”林初萤给她想办法，“周启淮这个人，虽然看着挺容易说话的，但其实很固执。”

“还有别的办法吗？”

“要么就找个人假装你男朋友。”林初萤笑意盈盈地给出第二个方法，“不过这个有风险啊！”

“行吧，我考虑考虑。”

姜以娴皱着眉头，她性格有点优柔寡断。

如果和周家撕破脸，她爸恐怕会骂死她。至于找个人装她男朋友，姜以娴熟悉的男人没几个，要是实在不行，她就去花钱请一个。

挂断电话，林初萤坐下休息，“快乐星球”群里冒出了新消息。

沈明雀：“老板！”

沈明雀：“你要和陆总去拍婚纱照了？”

林初萤有些惊讶：“你怎么知道？这消息我们还没放出去，是陆尧跟你说的？”

她想来想去，也只有这种可能了。

沈明雀：“原来是真的。不是陆尧说的，是外面都传开了，我看到了新闻，不知道是谁泄露的。”

沈明雀：“不会有事吧？”

林初萤虽然不知道发生了什么事，但还是回复：“没事。”

她退出微信，直接去微博上搜。

果不其然，她很快就搜到了，是一个自媒体发的投稿截图，里面直接点出了华盛的名字：“今天听到一个消息，华盛的陆总请了一个月的假去拍婚纱照，不知道陆太太到底长什么样。”

底下评论很多——

“到底什么时候公开啊？！”

“我就想看看到底什么样的女人能嫁给陆燕临！”

“有一说一，到现在都没有公开陆太太的照片，我感觉可能是她没有那么漂亮（非贬义）。”

“又不是明星，要那么漂亮干什么？”

“照片之前不是都泄露出来了，身材很好，气质也好，还是女强人，和陆总不是很配吗？”

“难道你们想要一个像林初萤那样的花瓶？”

“我们 lcy 的脸抵过一切啊！”

“楼上给我看笑了，陆太太不用说也是知名学府毕业，海外留学，履历优秀，是 lcy 能碰瓷的？”

林初萤冷哼一声，心道：你们才是花瓶，等公开以后，打肿你们的脸。

她是真喜欢这种反转的剧情。

陆燕临回来后，看到她坐在床边盘着腿，看手机看得津津有味。床上摆了一排衣服，地上也是。

听到动静，林初萤回头：“你回来了？”

陆燕临“嗯”了一声，将床尾垂到地上的一条裙子拿起来抖了抖，说：“不用带那么多衣服。”

林初萤说：“不行。”

陆燕临看着她，问：“为什么？”

林初萤转过身，跪坐在床上，说出来的话理直气壮：“一个月有三十天，穿过的衣服不能再入镜。

“人家一看，哇，你昨天拍照是这身衣服，今天居然还是，林初萤你竟然穷到没钱买新衣服了吗？”

这是她的原则。

陆燕临一时有些沉默，半晌才点头：“你喜欢就好。”

林初萤得到赞同，更觉得没有问题了。她看着陆燕临把衣服一件件收拾好，竟然产生一丝羞愧。

于是，她赶紧把衣服一骨碌卷起来，抱在怀里，说：“我自己来。”

第二天早上，陈特助和其他人过来拿行李。

他昨晚调查了婚纱照一事泄露的原因，趁着现在两个人都在，他悄声说：“是王董不小心泄露的。”

有个酒会上，王董喝多了，就提了这件事。酒会人多嘴杂，后来就传了出去。

林初萤说："王叔叔这酒品不好啊！"

陆燕临垂目，把衬衫的袖口翻折起来，说："转告王董，在我回来之前让他戒酒，我不想哪天听见华盛的内部消息也被泄露出去了。"

陈特助心头一凛："好。"

林初萤问："这是不是太为难了？王叔叔喝了将近二十年的酒吧？这哪儿戒得掉啊！"

陆燕临转头看着她，没说话，直到把林初萤看得后背发凉，才启唇道："你叫他王叔叔？"

这不是叫了二十多年吗？林初萤脑子转得飞快，很快就明白了陆燕临的诉求是什么。

"二叔，有话直说。"

"我很老吗？"陆燕临问。

"你很年轻呀！"林初萤眨了眨眼，"再说了，现在的男人都是年纪越大越有魅力，你不知道小说男主角都是老男人吗？"

"所以我是老男人？"陆燕临眯了眯眼。

这是个危险问题。

林初萤转了转眼珠子，语重心长地道："你已经是个成熟男人了。"

陆燕临抿着嘴唇，也不知道是开心还是不开心。

"好了好了，叫你老公。"林初萤终于忍不住笑起来，"行了吧！"

"嗯。"陆燕临这才放过她。

他们乘私人飞机去了北欧，入住的酒店是柏际酒店旗下的高端连锁品牌。酒店临海，海风吹起垂地的白色纱帘，连带着这个房间都变得仙气飘飘。

总裁和太太要来，酒店自然要把一切都准备完美。

他们房间的床上用花瓣摆了爱心，还有各种各样的小装饰，很有度蜜月的感觉。

林初萤第一次和陆燕临一起视察酒店，一群高大帅气的外国帅哥站在她面前，十分赏心悦目，她还趁机偷拍了几张照片。

“陆总好！太太好！”

他们的中文说得很流畅。

林初萤笑眯眯地摆了摆手，感觉自己很有领导的天赋。她再看看陆燕临，只见他板着一张脸，下一秒就有可能指出错误。

眼睛突然被捂住，林初萤扒住陆燕临放在自己眼睛上的手，有些纳闷地说：“你干什么？我都要看不见路了。”

她眼睛眨动间，眼睫从男人的手心划过。

“别看了，回去休息。”陆燕临的声音响在耳畔。

“我已经休息够了。”林初萤把他的手抓下来，“我就多看几眼，又不会吃了他们。”

陆燕临眼睛微眯。

“这种醋也吃？”林初萤觉得好笑，偷偷撒娇，“老公，你就让我看看你工作的样子。”

陆燕临沉吟片刻，终于点了点头。

还是撒娇管用，林初萤就知道。

趁着陆燕临没太注意，林初萤把刚才偷拍的几张照片发到了“快乐星球”群里。

“舔屏”虽然迟到，但从来不会缺席。

沈明雀：“啊啊啊——好帅啊！”

沈明雀：“你这个陆太太竟然还有这种福利，呜呜呜！”

她看到了这群帅哥身上穿的制服，一下就猜到肯定是华盛的员工。

陆尧：“有我帅吗？”

沈明雀：“你也很帅。”沈明雀竟然哄了一句。

沈明雀：“可是他们更帅！”

陆尧：“谢谢，下面这句可以不用说，我这边已经删除了。”

然后，他单独截图了上一句话，发朋友圈：“今天也是收到了赞美的一天。”

没多久就有人点赞，是程铭城。

视察完已是饭点。

林初萤本以为挺好玩的，结果后来累得不行。但是为了留下陆太太关心员工的好印象，她一路硬扛着，早知道她出门就不穿高跟鞋了。

做陆总真难！林初萤由衷地感慨。

林初萤正胡思乱想着，和总经理说完话的陆燕临突然朝她走过来，然后蹲在她面前。

“怎么了？”林初萤吓了一跳。

“说了让你回去。”陆燕临语气有些重，伸手将她的脚踝抓住，“难受吗？”

林初萤看到周围一圈外国人，眼睛瞅着这边一眨不眨的，她的耳朵尖都红了。

银色高跟鞋被脱下，莹白如玉的脚被陆燕临放在掌心。

他的手上有薄茧，再加上揉捏的动作，让林初萤觉得又痒又酥。

她抿着嘴唇小声说：“我没事。”

才刚说完，她整个人就悬空了，发出一声短促的惊呼声：“啊！”

陆燕临将她抱起来，直接往电梯走去。至于那只脱下来的银色高跟鞋，被他拎在手里。

她一只脚穿鞋，另一只脚光着。

林初萤顿时脑补了一个新编童话——灰姑娘参加舞会后不小心掉了水晶鞋，被王子追上来公主抱。

这样竟然还有点甜蜜？

林初萤搂着陆燕临，把头埋在他的肩膀上。

“你马上就要背上不务正业的名头了。”她说。

“不会。”陆燕临否定。

“那就是为了美人连江山都不要了？”林初萤又换了一种说法，“你是昏君，早朝上到一半就跑了。”

陆燕临略加思索，道：“你是美人。”

林初萤以为他在思考自己究竟是不是昏君，没想到他竟然是在思考她是不是美人！

真是迷惑行为大赏，她是美人这种事还需要思考吗？

4

回楼上的路上，林初萤一直在纠结这个问题。

“二叔，你有没有觉得自己哪里做得不对？”她准备和往常一样先暗示一下。

“哪里？”陆燕临十分配合地问。

“就刚刚，我是美人这种事难道还需要思考吗？”林初萤忍不住问。

她的鼻尖能闻到陆燕临身上的味道，清清淡淡的，不是香水，他很少喷香水。这个味道很普通，但怪好闻的。

科学家在研究人身上有没有信息素，林初萤觉得有，但她目前只将陆燕临的味道归功于洗衣液。

“如果你现在想要弥补一下，还来得及。”她趴在他肩窝上强调。

“你很美。”陆燕临垂眸看她，“我刚才并不是在思考这个问题，你不用担心。”

林初萤心里的小雀跃冒出来，她红唇一动，眨了眨眼，说：“这次就原谅你了。”

“谢谢陆太太。”陆燕临十分配合地恭维道。

陆太太十分满意。

回房间后，陆燕临对她嘱咐了几句后便又离开了房间。

房间里很安静，唯有窗外的海浪声。林初萤坐在床上，手捂着发热的脸，想起自己之前的话，成熟男人的魅力竟然如此迷人。

陆燕临是妖精才对。

她打开手机，准备转移自己的注意力，然后就看到了一分钟前沈明雀发的消息。

沈明雀："老板，你真厉害，在国外都能引起腥风血雨，ins 上的新闻都被搬运到微博上了。"

沈明雀发了链接，标题是"惊！华盛陆总为一女人揉脚，夫妻感情甚好"。

林初萤觉得沈明雀不是一般的八卦，甚至怀疑她每天都活跃在各种八卦论坛上。

林初萤点进链接，见内容是一张来自 ins 的截图。有个人拍了今天陆燕临帮她揉脚的照片，发在了 ins 上，被国内媒体看到了。

林初萤估摸着应该是哪个员工拍的。

下面有不少评论——

"上次谁说他们感情不好来着？打脸了，人家夫妻感情好着呢。"

"他们天生一对，哪里轮得到'妖魔鬼怪'来管。"

"虽然看不到陆太太的脸，但我知道肯定是个大美人！"

"这都上了多少次热搜了？"

林初萤只是笑了笑，她向来不会被一些乱七八糟的言论影响，她想做的，或是她喜欢的，没人能阻挠。

就像陆燕临，她也得到了。

酒店临海，这次用来拍摄婚纱照的婚纱总共有几十套，还不包括其他礼服。

就拿林初萤身上这套定制的纯手工制作婚纱来说，当年可是威名赫赫，拿下了好几项国际设计大奖。设计师出身于设计婚纱的世家，这套婚纱一直被他自己收藏，之前很多人想出高价购买都没成功。

有些东西要历经时间才能成为经典，现在，这套经典的婚纱穿到了林初萤身上。

婚纱并不是纯白色的，但第一眼看上去颜色很舒服，层层叠叠的纱被刺绣连接在内衬上，衬得林初萤的肌肤更白了，看起来像是站在云端的仙女。

原先披在身后的浓密长发今天也被盘了起来，小装饰在头纱和发间小心地点缀着。

林初萤穿上后忍不住让人用手机多拍了几张照片，都说新娘是最美的，她围着镜子转圈，觉得还挺对的。

这时，陆尧的视频电话打了过来，林初萤伸手挂断，回了一条消息：“拍婚纱照中，请勿打扰，否则扣工资。”

陆尧：“啊！”然后他就安静了。

造型师的助理在后面提着婚纱裙摆，提醒道：“陆太太，已经好了，可以出去了。”

“好，谢谢。”林初萤呼出一口气。

有人把门打开，她刚一出去，就看到了坐在大厅背对她的陆燕临，脊背笔挺。

听到动静，男人转过身看向林初萤。

婚纱是他当初送来图册让她挑选的，他设想过她穿上会很美，但不知道会这么美。

陆燕临起身走到她面前，目光灼灼，低声开口：“很美。”

然后，他伸手就要把林初萤的头纱揭开。

林初萤往后一躲，问：“你想这么便宜就看到我？”

陆燕临停下动作，眉眼柔和，道：“也是。”

“骗你的。”林初萤自己掀起头纱，仰头在他的嘴唇上啄了一下，有点像偷吃鱼的小花猫。

旁边的人脸都红了。

陆燕临伸手搂住她的腰，将她往自己身上狠狠一带，加深了这个偷吻，比夏天还灼热。

他刚一退开，化妆师就赶紧围过来，给林初萤补上口红。

林初萤差点憋不住笑：“二叔，你嘴唇上有口红。”

陆燕临“嗯”了一声，非常淡定。

摄影团队曾经为很多知名人物拍摄过杂志大片，对于今天的两位主角，他们非常了解，毕竟两个人都和模特一样美，随手一拍就是大片。

摄影师开拍，有些惊讶他们两个人在镜头前居然没有一点尴尬感，唯一的问题就是他们是第一次拍摄婚纱照，对于如何摆姿势没有那么多想法。

摄影师比画道：“再亲密一点，陆总您的表情可以再柔和一些，不然太太会以为您在工作。”

旁边的小年轻助理憋着笑。

林初萤也忍俊不禁：“二叔，你要是不好好拍，就扣你工资，我可不想之后婚纱照放出去，人家说你看起来很委屈。”

陆燕临点头：“我会注意的。”说罢，他加重了搂着林初萤腰身的力道。

接下来的拍摄中，两个人在漫无边际的碧海蓝天下亲吻，在蓝白色的小镇街道旁拥抱……

趁着太阳落山，摄影师又拍了一组落日风格的婚纱照。

林初萤坐在一块石头上吹风，头纱被风吹起来。陆燕临在摄影师那边看照片，林初萤朝他招了招手：“二叔，你过来，我有话和你说。”

她的月牙眼在夕阳下格外漂亮。

陆燕临依言过去，问：“怎么了？累了？”

林初萤摇摇头，耳垂上的钻石耳环随着摆动反射出耀眼的光芒，她伸手往前，陆燕临倾身，可能是没想到林初萤会突然将他扯过来，陆燕临整个人跌在她漂亮的婚纱裙摆上。

“我想亲你。”她说。

于是，陷在裙摆里的陆燕临得到仙女的一个吻。

远处有位副摄影师负责拍花絮视频，刚刚这一幕就被他抓拍了下来。

画面里是两个人的侧脸，海风很大，林初萤的头纱被风吹动，遮住了她一半脸，在温柔的夕阳下有一股朦胧美。

摄影师以前还好奇陆燕临为什么会娶一个小辈，现在看到这个场面，心都快跳出胸腔了。

林大小姐不仅胆大，还肆意妄为。

陆总也挺宠溺她的，今天一整天下来，全都是林大小姐在挑剔，陆总的回复每次都是——“由她决定就好、她喜欢就好”。

也是，这样的美人谁能不动心?

他们回到酒店时天都快黑了。

林初萤让摄像师传些原片给自己，她迫不及待选了几张发到群里，问：“哪张好看？”

沈明雀永远是最积极的：“老板最好看！都好看！”

陆尧：“二婶好看！我也觉得都好看！”

很少冒泡的乔果也突然出现，选了几张照片，说：“老板，我觉得这几张好看！”

林初萤一看，她发了四张，乔果全选了。

沈明雀：“乔助理说得对。”

陆尧：“做助理真难，讨好老板都要与众不同。我就不一样了，说都好看就完了。”

沈明雀：“我最喜欢这张！老板，这张的意境真的太美了！”

她选中的正是最后偷拍的那张。

林初萤也很喜欢，她点开那张照片，见头纱遮住了她的下半张脸，但是露出了眼睛和鼻梁，连睫毛都数得清。

这张照片有种犹抱琵琶半遮面的感觉。

正巧陆燕临进来，她把平板递过去，说：“他们都说这张最好看，你觉得呢？”

“很好。”陆燕临赞道。

“我怎么这么好看。”林初萤捧着脸趴在床上，自恋地夸着，“二叔你也很帅。”

陆燕临有些不置可否。

手机振动了两声，他这边也收到了摄影师传过来的照片。

陈特助选了几张照片，问：“先生，这几张照片可以发出去吗？”

陆燕临给了个同意的回复，不过又很快否定："再等等。"

陈特助在自己房间里等了半天，心想是不是自家总裁觉得老婆太美了，每张照片都难以取舍。

直到陈特助见证了后面的发展。

国内时间此刻正是中午，很多人都在一边吃饭一边无聊地刷着社交软件。

有人发现华盛集团的官博突然转发了一条新微博，他们点进去一看，眼珠子都快惊掉了。

从来没有公布过社交账号的陆燕临不仅创建了一个新的微博号，还发了一张婚纱照，疑似认证之前的传言。

第九章
甜言蜜语

1

陆燕临这个账号点进去就只有一条微博，账号创建日期是今天，至于真假……

有网友出声质疑就被其他人吐槽了。

认证简介“华盛集团 CEO”可是已经摆在那里了。再说了，华盛官博会转发一个高仿号的微博吗？不影射一下就不错了，怎么可能会转发？

这个连会员都没买的账号发的唯一一条微博就是婚纱照，闪瞎了一众网友的眼睛。

之前有网友要求陆总公开社交账号，最后被华盛官博以陆总没有账号为由拒绝了。现在陆燕临的社交账号一公开，就是这么劲爆的消息。

陆燕临去拍婚纱照的事情已经传了出去，ins 那张图还在热搜上呢，现在又来了新的，还是正主发出来的。

照片中，被头纱掩住半边脸的女人眉眼精致，隔着一层纱都能看到她惊艳的妆容。她眼尾微微上挑，点缀着一些闪闪发光的金片，卷翘的睫毛上仿佛站了一只蝴蝶。

在她对面，是一身黑色礼服的陆燕临。头纱落在他的耳垂下，飘逸又唯美，令他冷峻的眉眼此刻显得有些温柔。

橙红色的夕阳余晖落在两人身上，像是一层天然的滤镜。

所有人都能看清他们两个人在亲吻，评论一下子炸了——

“这是陆太太吗？”

“陆总终于忍不住要秀自己老婆了吗？”

“陆太太也太好看了吧！真是让人惊艳！这叫不好看？这叫不敢露面？”

“看到那身材曲线了吗？我酸了，今天吃了三只炸鸡腿的我不配嫉妒。”

“这种朦胧感也太美了吧！”

“我总算知道为什么每次小说里写美人出现都是蒙面的了，我现在就想扯下那层纱！”

“呜呜呜——陆总陆太太真是天作之合！”

“之前不是传陆太太是女强人吗？呜呜呜——这明明是小仙女！传说中可盐可甜的小仙女！”

“陆太太是名副其实的大家闺秀，羡慕了。”

“陆太太太太太好看了！盛世美颜！”

“这婚纱照拍得……吊打一群明星的审美。以后我的婚纱照要是有这三分之一的美貌就好了，啊啊啊！”

这条微博直接空降热搜第一。

沈明雀看到热搜时还有点吃惊，她以为老板问哪张照片好看是想自己发微博，没想到居然是陆总。天哪，她感觉自己比网友都要激动！

沈明雀赶紧转了这条微博，又发了截图给林初萤。

沈明雀：“老板，你看这些都是夸你的。”

沈明雀：“你是全网最漂亮的新娘！”

林初萤还不知道这件事，她在翻看今天拍的照片，准备找一张自己发微博来着，然后就看到了沈明雀发的截图。

她忍不住笑了，笑完又反应过来，这是陆燕临的账号？

林初萤一下子从床上坐起来，看着正在处理文件的陆燕临，惊道：“二叔！你怎么突然开微博了？”

陆燕临转过身，手指敲了敲桌面，说：“毕竟要名副其实。”

林初萤没听懂：“什么名副其实？”

陆燕临嘴角微扬：“名副其实，全网最受羡慕……”

林初萤眼皮一跳，打断他的话：“好了，我知道了，后面的话你不用说了。”

这头衔她一听他说就头皮发麻。

林初萤下床走到他旁边，实话实说：“我是真没想到你会发微博。”

她眨巴着眼道：“我给你点个赞吧。”

林初萤点完赞又在微博逛了逛，看着上万条评论都在夸她漂亮，心情格外舒畅。

她又去论坛看了一下，不出意料，论坛里也在讨论这件事，比微博还要夸张——

“你们看到热搜第一了吗？”

“陆太太美颜盛世！”

“陆太太甩现在的小花十条街，我真情实感地说，看她这眉眼，绝对是个大美人。”

“之前有人信誓旦旦地说陆太太不曝光是因为长得丑，空有家世，我真是笑死了。”

“陆太太是大家闺秀，陆总还这么宠，这真是我梦想中的婚姻了。”

“陆总之前把老婆保护得这么好，现在终于肯发半遮面的婚纱照，已经算好的了。”

“这套婚纱是二〇一六年出来的，之前有人出大价钱没买到，不知道陆总是花了多少钱买的。”

林初萤手托着脸叹气。凭什么陆燕临发微博评论里全是赞美，她一发微博，网友们就各种不相信！

林初萤不服气。

这时，服务员送来水果，林初萤走过去接下果盘，放在桌上。

“哎哟。”林初萤趁机假摔。

陆燕临一只手将她捞住，林初萤顺势坐在他腿上不肯离开，她撒娇道：“现在还看什么文件？”

她抬头看过去，是这边酒店的汇报文件，各种数据密密麻麻。

陆燕临微仰头，目光落在她脸上，问：“忍不住了？”

林初萤耳垂一红：“什么忍不住？”

她凑过去反亲一口，然后一把推开陆燕临，退离他的禁锢，然后明媚地一笑：“二叔你还是工作吧。”

陆燕临轻笑，嘴角上扬。

最后一天拍摄的是一套桃杏色婚纱，是露背的深V设计，纱裙上点缀着精致的手工刺绣，是花朵和叶片。

前面的裙摆层层叠叠，只到大腿下面一点，腰后是长长的裙尾，衬得林初萤一双腿更加白皙修长。

林初萤挺喜欢这套婚纱，性感与仙气并存。不过陆燕临好像对这套婚纱不是太满意，她怀疑是有点性感的缘故。

当然，他不满意也没用。

林初萤今天还抽空自拍了一下，纪念一下自己新婚蜜月的最后时光。

她现在更加期待婚礼那天了。婚礼上那套婚纱承载了她所有的少女梦想，比身上这套更让她喜欢，目前还没有几个人知道，像是一个秘密。

摄影师看了最近的照片，找到陆燕临，问：“陆总，您要不要拍一下求婚的姿势？”

陆燕临看了一眼沉浸在美美自拍中的林初萤，微微点头：“好。”

林初萤自拍完，她提着长裙摆问：“是不是快拍完了？”

“嗯。”陆燕临又说，“还有最后一张。”

“好吧。”林初萤点点头。

她今天没有戴头纱，大概是因为被风吹了，长鬈发有种蓬松的凌乱美，衬出她白皙修长的天鹅颈。

有人递过来一束花，林初萤以为是要拍照了，扭头将手机给助理，等她转头过来就看到男人在她面前单膝跪地。

她微微睁大眼。

见她惊讶，陆燕临向她伸出手。

“二叔，你这是在求婚吗？”林初萤还处在震惊中。

陆燕临薄唇微张，手指上的婚戒格外显眼。

“嫁给我。”陆燕临并没有用疑问的语气，而是不容置疑的口吻。

“我现在逃婚来得及吗？”林初萤问，她忍不住笑起来。

陆燕临说：“来不及了。”

林初萤眨眨眼，俏皮地道：“那我就只好勉强嫁给你了。”

林初萤伸出手，像是一位骄傲的公主。

陆燕临垂目，温柔地吻了吻她的手，近乎虔诚。

林初萤蓦地笑了，在阳光下，明艳不可方物，不远处的摄影师非常满意。

他们拍完婚纱照并没有马上回去，而是在这边玩了两天才准备回国。

他们回国的那天晚上，有路人在微博放了一个视频。

视频不算高清，但勉强可以看出是求婚的场景，女方蓬松的婚纱裙摆被风吹起。

博主：“偶然遇到的，有一对颜值好高的情侣在拍婚纱照，可惜不能靠近，只拍了一点。”

这个博主虽然粉丝少，但网友们神通广大。没多久，一大波网友迅速占领这条微博的评论区，讨论度很高。

“绝对是陆总了，我看了博主旅游的地方，是北欧没错，陆总也在北欧拍婚纱照。”

“我现在去还来得及偶遇吗？”

“陆太太这条腿简直绝了，又长又直，还细。”

“别说腿了，看到腰了吗？”

“哇！这都一个月过去了，他们居然还在拍婚纱照，是有多少套婚纱换着拍啊？”

“这套婚纱也不便宜啊，赶得上几套房了。”

“难道只有我一个人觉得一点也不好看吗？”

“是的，就你一个人。”

“人家要钱有钱，要颜值有颜值，要家世有家世，就说这不是人生赢家是什么？”

不出意外，林初萤又刷了一波存在感。

论坛里又有人将她之前的微博拉出来“鞭尸”一顿，借此夸赞陆太太温柔大方，不愿意和小虾米计较。

小虾米还不知道网上的事情。

林初萤从前两天的自拍照里选了一张，随手发到自己的微博上，也忘了自己的定位没有关。

她发完就关了手机，戴上眼罩睡觉。

陆燕临处理完文件回来休息，林初萤在迷糊中窝进他怀里，眼罩都被蹭开了一点。经历一个月的蜜月期，两个人的关系比之前更亲密，原本的一些小隔阂也消失了。

陆燕临将她的眼罩整理好，然后拥着她一起入眠。

林初萤这次回国全程窝在他怀里，一觉睡得天昏地暗，回到国内都还迷糊着。

她是被陆燕临抱回房间的，再次睁眼时手机里全是消息，微信的、微博的，通知栏都刷新了很多条。

林初萤一打开微博就看到了一片红色的通知，私信都刷屏了，她回国前发的那条微博炸了。

最近几条私信的内容一下子映入眼帘——

不爱吃黄桃罐头：“要点脸好吗？”

一个小仙女：“你真是我见过最会蹭热度的……”

她心里有个猜测，点开评论和转发，果不其然，和她猜想的一样。

林初萤皱了皱眉头。

2

林初萤没想过自己随便发个自拍都能上热搜，这得是多奇葩的上热搜方式啊？

热搜榜单页面，“林初萤”这个单人话题排在前三。

林初萤呼出一口气，点开自己的微博主页看评论——

“今天也是吹爆萤宝的一天！”

“这个脸真的好看！”

“希望每天多放一点这样的照片，谢谢。”

这些评论还算友善，但剩下的就一言难尽了——

“你是准备搭着华盛炒作一辈子吗？”

“别人度蜜月拍婚纱照你也跟着过去，还拍这样的照片，什么意思？”

“真是没见过这样蹭热度的，连人家夫妻拍婚纱照的热度也要蹭，绝了。”

林初萤差点被气笑。

“快乐星球”微信群里，沈明雀和陆尧一唱一和，怀疑有人在暗中推波助澜，就连姜以娴都发消息过来问是怎么回事。

林初萤了解了一下事情的经过，总算知道是怎么回事了。她发的微博没问题，定位也没问题，问题是她穿的纱裙的颜色。

论坛里本来就有人关注她，她这一发微博，就被人截图借用了。

“这明显是对照着婚纱照来拍的吧。”

“时间上要比之前的偶遇视频还要迟，晚了两三天，一看她就是故意飞过去拍的。”

“蹭热度实锤了吧。”

“这不是硌硬人家夫妻吗？”

“你们还记得前段时间她说的老公吗？”

诸如此类的评论和转发充斥了微博。

林初萤觉得这群人的脑回路不是一般的奇怪，正常人难道不应该猜测“原来她是陆太太”吗？

对于私聊她的消息，林初萤都简单地回复了。她能够在盛城名媛圈排第一，可不是一丁点网络暴力就能够打倒的。

随后，她给陆燕临打电话，是陈特助接的。

“太太，先生在开会。”陈特助压低声音说。

“好吧。”林初萤还算平静，“等他开完会，跟他说，他老婆被人骂了。”

陈特助等到电话挂断才反应过来——太太被骂了？

陈特助哪里还坐得住，他推门进了会议室，在陆燕临耳边说了几句。

随后，会议室的众人就看到陆燕临的表情冷了下来，正在做报告的经理还以为自己哪里讲错了。

陆燕临说：“今天的会议先到这里，明天继续。”

他不等众人回答就率先离开了会议室，他还没来得及给林初萤打电话，岳父林存的电话就打了过来。

林存：“燕临，网上的事你知道吗？”

“我刚知道。”陆燕临拧着眉，“我会处理的。”

“那就好。”话虽然是这么说，但林存的语气并不怎么好，“你要是处理不好，就让林家来处理。”

“不会的。”陆燕临保证。

林初萤是他的妻子，如果他处理不好这样的事，那她有什么必要和他结婚呢？

陈特助从会议室出来，快步走过去说了一下事情的经过：“本来这件事其实也没什么，就是太太发的自拍，有人发现衣服颜色和婚纱照一样，定位也是在拍婚纱照的地方，于是就开始了胡乱猜测。”

“热搜我已经在解决了。”陈特助战战兢兢地补充，“这件事是从一个八卦论坛发酵的。”

太太被骂了，他这个助理居然是等太太打电话过来才知道。

这……他现在哭还来得及吗？

“论坛。”陆燕临眯着眼重复了两个字。

他之前听过这个地方，林初萤偶尔在他耳边念一些啼笑皆非的猜测。

听他这么一说，陈特助就知道麻烦了。

果不其然，自家总裁的下一句话就是：“联系这个论坛的管理者，你知道该怎么做。”

“是。”陈特助应道。

陆燕临没有在公司多待，直接回了华庭水岸。

他在路上看了一些评论，有些真是不堪入目。

他的眉头就没松开过，为此他还带了一条最新的项链回去，准备以作安慰。

只是，事情往往出乎人的意料。

他打开门，正准备用礼物好好安慰一下自己受伤的妻子，可他看到的却是——家里放着劲爆的音乐，他以为正难过的妻子此刻居然在蹦迪？

林初萤的确挺生气的，尤其是她被骂的时候陆燕临还在开会，她老公还不知道这件事，让她有点难受。

但她不是那种自怨自艾的女人，她看了一会儿微博，每当她刷到一条不友善的评论，自己也会跟着回击一条。怼了一会儿后，她的心情就舒畅多了。

林初萤今天不打算去公司，反正陆燕临不在家，她可以随意嗨。她把沈明雀、陆尧、姜以娴几个人叫了过来，硬生生开了一场聚会。

门口的声音没人听到，等一阵“啊啊啊”的高音过去，陆尧准备去倒酒，看到陆燕临，整个人都惊呆了：“二……二叔？”

这一声也引起了其他人的注意，他们这些小辈除了林初萤就没一个不怕陆燕临的，此刻全都安静下来，战战兢兢地放下手中的酒杯。

陆燕临问：“你怎么在这儿？”

陆尧下意识要跑路：“二叔你回来了啊，那二婶就交给你了，我们先走了，哈哈哈！”

他对着其他人招招手，然后一伙人麻溜地离开了。

陆燕临关了音乐，林初萤靠在沙发上，问：“为什么关音乐啊？”

她扭过头，看到陆燕临站在背后，又问：“你怎么回来了？”

四目相对，林初萤有点想哭。

本来她今天还气势很足地邀请小姐妹过来参加派对，现在四周都安静下来，她的情绪就上来了，又想到了自己被骂的事。

看她抿着嘴唇，眼尾下压，陆燕临低声说：“没事了。”

林初萤看他走到自己面前，突然矫情起来：“有人敢骂你老婆。”说到这儿，她气势又张扬起来，“陆燕临你要是不处理好，就睡书……”

最后一个字在她看到面前的礼物时没能说出口，盒中的项链熠熠生辉，光彩夺目。

林初萤明知故问：“这是什么？”

陆燕临说：“礼物。”

林初萤“哦”了一声，眨了眨眼：“好吧，看在你送礼物的分上，我就不让你睡书房了。”

“多谢陆太太宽容。”陆燕临十分配合。

他伸手给林初萤戴上项链，林初萤的心情一下就明媚了。

“我会处理好的。”陆燕临漆黑的眼睛看着她，眼中含着不容置疑的肯定。

“我自己处理。”林初萤蹭了一下，咬牙切齿，“你不要剥夺我打脸的乐趣。”

“你也不准发微博！”她补充道，“你也不准透露消息！”

陆燕临沉吟片刻，道：“好。”

一切的讨论终结于论坛被封，说被封也不对，算是临时关闭了，具体再开的时间得等通知。

于是，网友们转战微博，又讨论开了——

“你们还不知道吗？论坛被起诉了，再过不久就能收到法院的传票了。”

“说真的，我觉得奇怪的是，华盛都没追究，之前还点赞，明显他们就是认识的啊。”

“人家也许正好去旅游呢。”

“正好在他们拍婚纱照的地方旅游？”

“衣服还不准有同款吗？这颜色烂大街了吧？”

“都被人扒出来那衣服是高仿的了，陆太太那套婚纱是私人定制的，唯一一套，哪来的同款？”

当初那个博主偶遇的视频发出来后，就有网友发了那套桃杏色婚纱的链接，不仅价格高昂，还是全球唯一定制。

这也是网友们认为林初萤穿高仿蹭热度的原因，毕竟人家陆太太都穿上了，林初萤这件难道是原版不成？

至于有人提出“林初萤可能就是陆太太本人”的猜测，被人反驳了几百条——

“她要是陆太太的话，会一直不澄清，被大家吐槽上热搜？”

网上偷偷摸摸讨论的时候，林初萤已经去了公司。她既然说要处理这件事，就一定会处理。

林初萤觉得这也算是一个锻炼自己的机会。

半小时后，网上有知情人透露，华盛集团要起诉几个小明星。

林初萤虽然说不准陆燕临发微博，但没说不准华盛官博发。

她才到公司，华盛官博就公开要起诉别人的消息，网上直接炸了，一圈人都不明白怎么这么突然。

一条十分接近真相的评论被淹没在了最底下——“我怎么觉得华盛是在给 lcy 撑腰呢？”

这条评论虽然不算太起眼，但还是被其他人反驳了几句——

“陆太太没给她发律师函就算好的了。”

“也不看看自己几斤几两，还给她撑腰呢！”

“lcy 整天活在自己的幻想里吧！陆太太又美又飒，甩你一百八十条街！”

天艺娱乐，公关部还在忙这件事。

答题综艺的导演正在纠结第一期的问题，就听到大家的议论——

“林总今天应该要发火。”

“我看热搜都气，还和人家理论了。”

“你们在说什么？”导演问。

“导演，你去微博搜林总的名字就知道了。”

被这么一提醒，导演脑瓜子一转，嗅觉敏锐的他想到了一种让节目大火的可能性。

他问旁边的副导演：“你觉得我让林总来参加这个节目怎么样？够刺激吗？”

副导演一脸蒙：“啊？”

一脸兴奋的导演得知林总来了公司，便马不停蹄地跑到办公室：“林总，我有个提议。”

林初萤才刚坐下，就看见导演一脸激动的表情，问：“什么提议？”

“我们之前不是说节目缺少话题吗？”导演临到开口又有点紧张。

“有话直说。”

“林总，”导演一咬牙，豁出去说，“今天您上热搜的事情已经传开了，我觉得话题度非常高。”

他“叽里呱啦”说了一通，中间都不停顿。

乔果作为助理一下子就听懂了，提醒道：“王导，你知道你现在是在哪儿吗？”

一个导演，居然让自己老板去当节目的流量话题，这是吃饱了给自己找骂吧。

导演从激动中回过神，吓了一跳。他额头冒出冷汗，觉得自己提出这件事也是脑子有坑，自家公司的总裁去参加节目，这不是开玩笑吗？

还好，最后一句话他没说出来。

林初萤当然知道导演在说什么，她其实觉得这个提议可行性还挺强的。

这个综艺天艺娱乐投资不小，节目类型其实她还挺看好的，还是最刺激的直播形式。她挑了挑眉，实在没想到公司还有这样胆大的导演，她就喜欢敢想敢做的。

导演听着林总敲击桌面的声音，再偷偷瞄到她高深莫测的表情，心虚极了。

终于，他听到了林总的声音："节目我记得是直播形式吧？"

"是的，林总，之前我给你的方案里提过这件事，直播更有话题度……"

"你想让我当第一期的嘉宾？"

"林总，我不清醒，您就当什么也没听见。我怎么可能让您上节目呢？是我想得不好……"

"好。"

"林总我错了……"

导演下意识地道歉，突然回过神，狐疑地问旁边的乔果："乔助理，林总刚刚说了什么？"

乔果说："王导，梦想照进现实了。"

3

王导一脸傻笑地离开了办公室。

乔果这才问林初萤："老板，你真的要参加吗？"

林初萤摸了摸下巴，说："他不说我还没想到这个办法，我觉得参加也还不错，一来可以增加节目话题度，二来还可以直接打脸。"

一举两得，乔果自然是支持自家老板的一切行为。

答题综艺的全名叫"全能题王"，虽然名字土了点，但胜在内容一目了然。

宣传片已经拍好了，发在官博上，关注的人并不多。天艺娱乐想宣传也没啥好办法，一个答题综艺总不能搞恋爱综艺那种绯闻热搜吧？

好在现在有了新的方案。

虽然林初萤参加节目可以提升话题度，但节目组也不敢乱来，这可是自家老板。

林初萤从公司回华庭水岸时已是傍晚了。

她本打算今天就回应那些微博言论的，没想到王导会有这样大胆的提议，那干脆一不做二不休，让火烧得更旺一点好了。

回卧室十分钟后，她在微博发了一张照片。

网友们兴冲冲地点进来，以为又是一张蹭热度的照片，点开后惊呆了。

和他们猜测的不一样。

照片上是那套她穿过的桃杏色婚纱，她纤细修长的手上握了一张法文的手写卡片，落款的是婚纱设计师的印泥。

设计师恭贺她是穿上这套婚纱最美的新娘，并且为自己的设计作品能够被她选择而感到荣幸。

不到几分钟，评论区爆炸——

“能不能来个懂法文的，上面写了什么东西？”

“卡片上是设计师夸她美之类的话，而且说了这套衣服就是给她准备的，酸了！这简直是完美打脸！”

“所以说不是高仿了？”

“之前是谁那么信誓旦旦地说是高仿？这是人家设计师送的，还写信夸她！”

“这裙子都没拍全，设计师同颜色同系列的产品撞了也很正常，她还是在蹭热度啊！”

“简直胡说八道，这位设计师这种颜色的婚纱就只设计了一条！不知道的自己去搜！”

“不是，你们还没有理清楚关系吗？”

“这套婚纱是陆太太拍婚纱照穿的，设计师就设计了一条，现在在林初萤手里，所以……林初萤等于陆太太？”

“我仔细对比了一下，照片其实挺像的……只不过之前没把这两个人联系到一起……”

“我还是不敢相信……”

“陆太太拍完婚纱照衣服可能就还回去了，你们现在不正是落入了林初萤的套路里了吗？”

虽然有些人还在顽固抵抗，但讨论的风向已经转了。

不少网友都开始寻找“林初萤就是陆太太”的蛛丝马迹，越看越觉得这件事好像是真的……

微博动荡之时，林初萤正在房间泡澡，过几天她要上直播节目，面对三百六十度无死角的镜头，她不容许自己有任何失误。

陆燕临回来时，看到正敷着面膜的林初萤。她一条腿踩在被子上，正在抹身体乳，睡衣被撩起来，美腿若隐若现。

“哈哈哈。”林初萤笑了起来，陆燕临在她脸上落下了一个吻。

林初萤脸上敷的是美容泥，她觉得陆燕临对着这一张绿色的脸还能亲下去也是本事大。如果此时陆燕临脸上是绿色的美容泥，她可是亲不下去的。

“味道不错。”陆燕临夸道。

“我先去把脸洗了。”林初萤用手指把他嘴唇上沾到的泥擦掉，转身去了洗手间。

洗完脸，她感觉一脸清爽。

等陆燕临洗完澡出来，林初萤手里拿着身体乳，调侃道：“要不要我给你抹啊？”

“心情很好？”陆燕临问。

“对呀。”林初萤抱着他，想起了在巴黎的时候。

那时候的陆燕临，容貌冷峻，对外人说话言简意赅，只有在她面前会多说几个字。那时别人以为他们关系不一般，其实他只不过是对世交长辈的女儿稍微多关心两句而已。

当然，这种关心最后成了现实。

“我要上节目，你要支持我。”林初萤蹭了蹭他的下巴，“我可不想成为一个扑街节目的嘉宾。”

“好。”陆燕临嘴角微扬。

她身上清淡身体乳的味道很好闻，配合她撒娇的模样，有点诱人。

“初萤。”

林初萤听到他喑哑的声音，抬头看去，只见男人此刻垂眸，眼睛一眨不眨地看着她。

他说：“是我没做好。”

林初萤过去认识的陆燕临从没有道歉的时刻，她干脆踮起脚亲他，说：“道什么歉。”

林初萤顺势往他身上蹦，陆燕临一把抱住，两条细白修长的腿环住他精瘦有力的腰。

她问：“怎么样？我重了还是轻了？”

这是一个危险的问题，陆燕临思索几秒，道：“轻了。”

林初萤被他认真的模样逗笑：“又不是工作，这么正经干什么？二叔，你一点都不懂甜言蜜语。”

自从昨天华盛集团言辞凿凿的官博发出来后，被点名的几个小明星就慌了。

他们其实没多少名气，不过就是看不惯林初萤天天上热搜，比他们混得还风生水起。他们没想到会惹祸上身，居然还要被起诉，而且还是被华盛起诉。

小明星们联系不上华盛，只能在微博发道歉长文。

她们道歉的同时，“怜爱林初萤”这个话题也上了热搜，沈明雀给林初萤发去微信消息。

沈明雀：“老板，你好可怜，呜呜呜！”

沈明雀："我想当您的妈妈粉！"

林初萤："啊？"

沈明雀："如果妈妈粉不行，女儿粉也可以！"

林初萤："可以，但没必要。"

沈明雀："老板，听说你要上节目了是吗？"

林初萤："是啊，你的综艺还没开始拍吗？"

沈明雀："哪有这么快？还在搭棚子，估计要实景拍摄，再等一个月吧。"

林初萤这么一对比，《全能题王》办得还真是快。

导演那边已经将嘉宾都协调好了，然后又从乔果那里拿到一张林初萤的照片，用来做宣传预告。

第三天晚上，官博的宣传就发了出去，配图九张，全是海报。

全能题王："谁才能成为全能题王，本周五晚上八点，全程直播，让我们拭目以待 @张清 @林旭……还有重磅嘉宾来袭 @lcy……"

官博一下子炸了，林初萤怎么在里面？

前两天还在怜爱林初萤的群众坐不住了，开始新一轮讨论——

"这个综艺邀请的都是明星，所以林初萤出道了？"

"不是，直播答题，她就不怕自己到时候卡在那个位置，尴尬得下不来台吗？"

"反正我是不敢上这个节目的。"

"真的，她还不如就在微博当个网红，去参加这个节目干什么？"

"万一林初萤站到了最后呢？"

"以前那么多答题综艺，走到最后的赢家哪个不是知识储备丰富的，你觉得林初萤够资格吗？"

"等个反转，没反转就当我没说。"

沈明雀在家刷到《全能题王》发的宣传微博后就迫不及待地转发："冲啊！我不管，我先选择宝贝初萤了！"

第二天，林初萤一到公司，就被陆尧和沈明雀堵在办公室：“老板，确定不录播吗？”

“直播。”林初萤说。

沈明雀给她出主意：“要不您从现在开始不要来公司了，在家看书吧。”

陆尧在一旁插嘴：“导演他们没给你题目吗？虽然我知道你很厉害，但直播是实时的，你可是老板啊。”

等他们你一言我一语地把主意说完，才看到林初萤坐在那儿优哉游哉地喝着茶。

林初萤眉眼一弯，说：“我会做没把握的事情吗？”

要说现在最急的，反而还是网友们。

颜粉们担心林初萤出丑，好事者在等着她出丑，网友们则是在讨论这件事的可行性。

这种极度考验智商和反应能力的答题节目居然还直播，林初萤也真敢参加，稍微几个题目答不上来，当晚的“文盲”头衔就会落在她头上。

《全能题王》的官博被大家刷了无数遍，官博似乎非常了解怎么吊人胃口，单人海报一张接一张发出去，还在底下标注该明星的履历。

官博每隔半小时就发一张海报，轮到林初萤时却卡住了，网友们议论纷纷。

“官博在干吗？”

“怎么还不放，lcy 是没学历还是怎么的？”

“放不放啊！不放就别指望我看直播了！”

“官博再不放我要吐槽了。”

半个小时后，万千网友最关注的林初萤的单人海报终于发布了。

只不过这条微博有点特殊，前面几个嘉宾的单人宣传只用了一张图和几行字就搞定了。

轮到林初萤，官博硬生生摆了九张图，第九张上还写着大大的几个字——“未完待续。”

网友们：“啊！”

他们可从没想过放履历居然也能放成八点档电视连续剧，这是不是有点太夸张了？

几分钟后，微博果断崩了。

4

很多网友刷新微博，显示无法访问。等微博后台扩容后，《全能题王》官博发的最新一条微博已经被评论淹没。

“我的眼睛好像瞎了……”

“这九张图上写的是认真的吗？”

“我点第一张图，发出一声鸡叫，以为已经很厉害了，直到我点开第二张图……第三张图……”

“lcy 也太厉害了吧！”

“妈呀！这个节目我蹲了！”

“绝了，你们看没看到第三张图上的获奖经历？天哪，她家里奖杯放得下吗？”

“我关心的是……呜呜呜——这不是学霸，这是学神，学神要制霸娱乐圈了吗？”

“我刚刚发图片给我导师看了，她激动半天，差点晕过去，问我这人是谁！”

“不要问，问就是未完待续！”

在绝对的实力面前，反驳也没有用。

当然，也不乏怀疑林初萤履历真实性的人，有人冒出来说：“我记得某学院当年就一位获奖的，啧啧啧。”

然后，他的评论就被人回复了。那人直接甩上了那个学院官网的截图，图片中，拿着花的正是林初萤。

经历了这一茬，惊呆了的网友们迅速行动起来。

既然这个节目敢放出这些信息，就不怕他们去确认真假。

网友们的神通广大在此刻显露无遗，有速度快的媒体甚至做出了一个视频，解释 lcy 每一个奖项的真假，播放量瞬间上升。

天艺娱乐动作更快，不仅成立了林初萤的后援会，还迅速转发了《全能题王》的官博。

虽然林总不出道，但后援会必不可缺。

毕竟林总一飞，他们也要跟着飞。

华庭水岸，林初萤的手机也要炸了。

“啊啊啊！”沈明雀的语音消息听起来很是激动，“老板你怎么这么厉害！冠军非你莫属！”

“你这条微博发出去，这个节目不火天理难容。”陆尧也跟着拍起了马屁。

他们俩在微信群你一句我一句地吹了半天，林初萤才回复。

“你们现在就受不了了，周五怎么办？”她的声音很轻松，还带着一丝笑意。

沈明雀：“我明天一定蹲守！”

陆尧：“要是有不会的就求助我，我给你搜答案！”

沈明雀：“老板，你放心，我明天一定洗干净手，绝对会给你蒙一个正确答案。”

林初萤笑了笑，真求助他们两个，恐怕会手忙脚乱，还不如自己随便蒙一个答案。

这次节目组设定的求助有三种方式：一种是求助现场观众，观众有可能不知道答案；一种是求助弹幕，让她选择；第三种就是求助场外人士。

节目组看着不断上升的热度，笑开了花。还好导演机灵，想出了这么个主意，现在可算未播先火了。

导演看着微博上的图片，神情复杂。虽然他是节目总导演，但他并不能和老板单独联系。这次要发海报时，他联系了乔果。

乔果问他需要什么。

导演还挺紧张的，说：“就学历证明，如果不够可以加上一些获奖经历，总而言之要能堆资格的。”

那时他觉得老板和大部分富家小姐一样，出国留学只是混日子，混够了就回来继承家产。

等乔果发来文档后，他惊呆了。

别的富家小姐和公子哥出国是混日子，他们林总出国是认真学习啊？

节目组都震惊了，更何况网友们。

一直到周五下午，网上的风波仍没有停止，林初萤的微博一下子涨到了几百万粉丝。

“泥菩萨也有脾气，之前吐槽她的人现在又跑过来评论什么？”

“说真的，人家这学历摆在这儿，还用得着攀附其他人吗？”

“我只是觉得……她随便分一个名头给我，我就可以在国内横着走了……”

“昨天晚上大家都沸腾了，BBS（网络论坛）全在讨论这件事。”

“林初萤随便哪条履历单拎出来也需要长年累月的努力，就拿那个设计师的专业奖来说，参赛的设计师都是专业的，林初萤拿奖全靠运气？”

“希望这个节目没有猫腻。”

“学得多不代表会答题，你们没看到之前那些答题综艺上，很多博士都失败了吗？”

网上讨论得热火朝天时，林初萤还在做SPA（美容护理）。

姜以娴和她一起做，说：“周启淮这两天来都被我赶走了，林大小姐，你的借口用着太方便了。”

林初萤闭着眼睛说：“小心以后。”

“以后的事以后再说。”姜以娴睁开眼，“还有几个小时就要上节目了，你有何感想？”

“没有感想。”

“你居然比我们还淡定。”姜以娴一骨碌坐起来，有些恨铁不成钢，“我现在都急死了！”

林初萤扭过头，媚眼如丝：“皇帝不急太监急，我老公都没急。”

“论淡定，谁比得过陆总。”姜以娴又道，“不过，我觉得陆总心里说不定也急，老婆参加节目，老公不操心？怎么可能。”

她虽然对陆总不熟悉，但总觉得就是这样。

“我还有一个疑问。”姜以娴露出八卦的目光，“你和陆总天天这么亲密，怎么还没怀孕？”

林初萤道：“我们才结婚半年不到，那么早怀孕干什么？”

二人世界还没过够呢！

不过她也有点好奇，陆燕临的孩子会是什么样，是像她一样活泼可爱？还是像陆燕临一样一本正经？

想到这里，她忍不住笑出声来。

旁边的姜以娴默默地翻白眼，她闻到了狗粮的味道。

林初萤在会所泡完澡后，时间接近下午四点，姜以娴临走前叮嘱：“记得待会儿去我那儿可别迟了。”

坐在回华庭水岸的车上，等红绿灯的时候，车子路过了一家童装店。看到橱窗里充满少女心的仙女裙，林初萤想起了小时候的芭比娃娃。

她转头问旁边的陆燕临：“那条裙子好看吗？”

陆燕临顺着她手指的方向看过去，看到了一条四五岁小孩穿的裙子，目光顿住。

他回答：“好看。”

“我也觉得。”林初萤的声音有点甜，“现在小孩的衣服比我们大人的花样还多，还挺漂亮。”

见她的视线依旧停留在那条裙子上面，陆燕临沉吟片刻，缓缓开口：“初萤。”

“嗯？”

半天没等到回答，林初萤扭头看他。

四目相对，陆燕临眼神幽深，声线低沉：“如果你喜欢，我可以按照你的尺寸定制同款。”

定制同款？她为什么要定制同款？

林初萤这才反应过来他是什么意思，有点儿郁闷，她这么大个人了还去定制几岁小孩的同款服装，这得被姐妹们笑死。

她今天是脑子抽了才会暗示陆燕临关于生孩子的事！

陆燕临感觉她好像有点生气，但没想明白为什么。

前排坐着的陈特助简直要憋死，自家老板也太不解风情了吧？居然卡在这里？！

车子开到了华庭水岸，林初萤一下车就踩着高跟鞋，毫不留恋地进了别墅。

陈特助看着陆燕临挺拔修长的身形，忍不住出声提醒：“先生，小孩子的衣服，小孩子！”

“小孩子”三个字他加重了语气。

陆燕临沉默几秒，明白了——她想要孩子了？

主要是他们结婚还没多久，平时夫妻生活也是做了措施的，所以他从没往这个方向想。

陆燕临眼神一暗。

林初萤一到家就开始收拾东西，她冲着外面嚷嚷道：“我早上的内衣还没找到吗？怎么感觉消失了？”

陆燕临走进房间，就看到床上乱糟糟的，再看站在床边爹毛的林初萤，说：“我来找。”

林初萤皱了皱眉头：“不见了就不见了吧。

“我今天穿什么衣服？

“不能太夸张，也不能太朴素。

“这个不行。”

陆燕临在衣帽间门口听她自言自语，挂着礼服的柜子被她打开又关上，关上又打开。

陆燕临沉声道：“你穿什么都很美。”

“二叔，你刚刚说的是甜言蜜语吗？”林初萤回头看他，十分惊奇，“那我就接受了。”

“是事实。”

林初萤从柜子里拿出一条小礼服裙，递到陆燕临面前，问：“这裙子怎么样？”

陆燕临感觉她下一秒就能把这裙子扔到他脸上，于是果断回答：“衬你。”

林初萤见他答得不假思索，有些忍俊不禁。

她换了裙子出来，看到陆燕临正在收拾床上的衣服。

她走到他身后，拍了一下他的肩膀，说：“二叔，我要上战场了，不给我一个送别吻吗？”

林初萤倾身过去，陆燕临掠过她诱人的红唇，垂目说：“等你回来。”

林初萤觉得这话很危险。

她径直偷袭，在陆燕临的嘴唇上啄了一下，拎着裙子就走了，还不忘回头炫耀：“晚上见。”

这背影，就像身着盛装从舞会上逃跑的公主。

看着那道身影消失在门口，陆燕临伸手碰了碰嘴唇，冰冰凉凉的，刚刚的柔软触感似乎还在。

等他收回手时，指腹上还残留着淡淡的胭脂色。

是林初萤的味道。

第十章
公开秀恩爱

1

林初萤先去了姜以娴那儿做造型。

姜以娴说：“今天别太夸张吧，我们要做到美中带点慵懒，不经意间让大家震撼，我们的初萤居然这么美！”

她激动得像是自己要去参加节目一样。

林初萤拨弄了一下头发，说：“你已经对着我说了十分钟了，再不开始做造型，我就要迟到了。”

姜以娴脸一红，道：“我太激动了，不好意思，哈哈哈！”

正化着妆，突然，姜以娴注意到美人的红唇有些不对劲，和嘴角相比，唇珠上的口红颜色淡了些。

“你的口红掉了？”她问。

“你这不是明知故问吗？”林初萤眨了眨眼，有点可爱，“老公给我鼓励了。”

姜以娴算是知道她嘴巴皮的厉害了，怪不得有些大小姐会被她撴得哑口无言。

姜以娴今天给林初萤化了个心机妆。

林初萤戴上一条项链，项链是简洁素雅的设计，点缀在锁骨中心，比起她往常公开亮相戴的首饰要低调不少。

她的肩圆润漂亮，精致的锁骨看起来十分性感，姜以娴的目光不自觉地顺着她的天鹅颈一路往上。

“真的，别人养不起你。”姜以娴感慨。

“我还用别人养吗？”林初萤随口答了一句，从镜子里看她，“再说了，你觉得我老公养不起我？”

“那还是绰绰有余的。”姜以娴想了想，又道，“陆总家财万贯，养得起一百个你。”

林初萤凑近镜子看了看，然后才转过身，嘴角一翘，说：“不，一个就够了。”

眼前这位大小姐从小娇生惯养，没什么看得上眼的，恐怕也就只有陆总才震得住她。

“我要向你学习。”姜以娴立下一个远大的目标，“学到十分之一，我爸就会乐了。”

“你还是把周启淮给搞定吧！”林初萤看她握紧拳头，出声打击，“加油。”

还能不能好好聊天了？姜以娴无奈。

林初萤到达节目现场已是晚上七点了。

此时距离节目直播开始还有一小时，现场工作人员来来往往，忙碌得不行。

导演的嗓子都快哑了：“灯光！那边反光了没看见吗？再加一个镜头上去，调试好……错了就换一个！”

“嘉宾都到了。”副导演从不远处跑过来，说，“林总还没来，这怎么办？”

“没事，林总会到的。”

导演的话才刚说完，门口就传来一阵骚动。

林初萤进来的时候，人全围了过来，工作人员一个接一个问好：“林总晚上好。”

她的头发披在肩上，诱人的锁骨若隐若现，精致的妆容显得五官更加立体，上挑的眼尾随意一勾简直就是千娇百媚。

她只是站在那里，就让人移不开眼。

导演挤开工作人员走过去，眼里闪过一丝惊艳，他出声询问："林总，要不要去休息一下？"

林初萤问："都准备好了？"

"好了，我们正在排查。"导演点头，又低声说，"林总，要不要给您题目？"

林初萤睨他一眼，道："我不希望这个节目有哪位嘉宾能提前看到题目，我不能，别人也不能。你明白吗？"

导演点头："知道了。"

此刻，后台的几位嘉宾还处于紧张的情绪之中。

直播他们都玩过，但直播答题还是第一次。这可是没有回头路的，一旦答错，也许就完了，但往前奋力一搏，也许还有出头的机会。

"你们说，这一期的冠军会是谁？"张清忍不住问，"还有一位嘉宾没来吧。"

"反正肯定不是我。"林旭咽了口口水，"你们没看到官博发的宣传海报吗？"

"我们今天恐怕都是衬托。"旁边的女歌手钱明月出声说，"反正只要不出丑，我们能答一道是一道。"

他们正说着，后台门被推开了。

大家齐刷刷地将目光投过去，发现是副导演，于是齐声打招呼："导演。"

"准备准备，快开始了。"副导演说。

"还有一位嘉宾不过来化妆吗？"钱明月忍不住问。

"她已经在现场了，待会儿记得听耳麦。"

晚上七点四十五分，直播间的观众已经高达几百万了。幸好天艺娱乐已经提前扩容了，后台完全可以支撑上千万的流量，不然非得崩了不可。

直播间目前还是黑屏状态，观众们全在聊天——

“还有十分钟就要开始了！”

“我现在好激动！”

“有些人不上镜，不知道林初萤今天上大屏幕脸会怎么样……”

“我只希望不要辜负我的期望。”

“lcy 冲啊！”

还有十分钟直播，林初萤提前来到现场，发现观众席上有刺眼的灯牌——“初萤勇敢飞”。

林初萤眯眼仔细看了看，发现坐在第一排的举着大大灯牌正和旁边男生说话的姑娘好像有点眼熟，等等……旁边的男生也有点眼熟。

她低头打开微信，发消息问：“沈明雀你在哪儿？”

果不其然，举灯牌的姑娘一边拿着灯牌，一边低头用手机回消息：“老板，我在看你的节目啊！”

陆尧在一旁开口：“让你给我一个灯牌你还不愿意。”

沈明雀说：“不行，这可是我自己找人做的，你把我的荧光棒拿过去还不够吗？”

两个人你一言我一语。

就在这时，一双银色高跟鞋出现在他们面前，熟悉的声音从头顶传来：“你们怎么来这里了？”

安静了半天，陆尧说：“我们来支持你。”

沈明雀小鸡啄米似的点头，晃了晃灯牌：“对对对，我们是来支持你的，老板你今天真漂亮。”

看这两个人傻兮兮的，林初萤也懒得管了。

没过多久，节目开始准时直播。

观众们全都激动起来，各种弹幕开始刷屏。

主持人是娱乐圈的名嘴，他三言两语就说完了广告，介绍了一下节目规则，便切入正题：“有请第一位嘉宾上场！”

第一个是林旭，他做好了心理准备。

直播间的观众虽然对他不太感兴趣，一直到他顺利答过五题后，弹幕刷新速度才上升了一点。

“双学位那位！”

“刚刚那道地质题，我是专业的都想了好长时间，他居然答对了，也太厉害了吧！”

“学霸小哥哥我爱了！”

前面挺顺利的，但林旭在一道物理题上顿住了。

第二位嘉宾和第三位嘉宾比他还要差一点，其中一位居然在第三道题就用了求助功能，结果求助的人还答错了。

“看这难度，我觉得林初萤也凶多吉少。”

“现在看题目，估计很多她都不一定知道，这么多偏门知识。”

“要是她只答出几道题……”

“那完了，她凉了。”

观众们在弹幕里“叽叽喳喳”地讨论着，对目前场上的钱明月的关注度就降低了许多。

一直等讨论完，他们发现钱明月居然答了二十多道题，是目前答题数最多的。最后，她止步于一道传统节日知识题。

观众们还在遗憾时，主持人邀请了下一位嘉宾上场。

林初萤穿了一条典雅的黑白色及膝小礼裙，她笔直细长的小腿露在外面，银色高跟鞋被灯光照着，整个人流光溢彩。

导演盯着镜头，喊道：“特写！特写！”

随着镜头转过去，林初萤已经上了台，她坐在椅子上，双腿修长，腰身细得惊人，看起来明艳大方，光彩照人。

视频的冲击力远远大于照片，正在看直播的观众忍不住倒吸一口冷气，半晌才回过神来。

“这个颜值绝了！”

“谁说动态会崩的？又被打脸了吧。”

“是活的小仙女了！太仙了！”

“我养你！跟我走吧好不好！”

弹幕爆炸的同时，主持人开口了：“说实话，我也才回过神来。美貌与才华并存的选手实在难得，介绍一下自己吧。”

“大家好，我是林初萤。”林初萤对着镜头笑了笑。

主持人赶紧接话：“前面五位嘉宾成绩最好的一位答对了快三十题，怎么样，你觉得自己能答多少题？”

“看情况吧。”林初萤嗓音清脆，眉眼弯弯，说得很谦虚。

镜头对准了林初萤的脸，她眼里仿佛盛着一汪泉水，慵懒的模样更是令人惊艳，整个人透出一股强烈的自信，似乎对最后的冠军势在必得。

话不多说，答题开始。

前面几道题都是一些常识，比如百家姓中的知识，还有关于化学的一些问答。从第十题开始就变得复杂多样，连游戏都涉及了，更别提一些隐藏在历史中的小细节。

观众们继续在弹幕里讨论——

“这道题我也会。”

“太简单了。”

“你现在能答出《孙子兵法》的题？”

“节目组故意的吗？”

“又到了弹幕人均博士的时候了。”

“谁敢说学历是假的！”

第二十个问题悄然到来，是问第二十七个英文字母，观众可就不会了。

“英文还有第二十七个字母？！”

“是我无知了，不仅不知道，还猜错了！”

“这都知道，服了！”

在主持人一声声“答对了”“正确”的惊呼声中，林初萤已经答了将近五十道题。

观众一：“我是谁？我在哪儿？这都知道？”

观众二：“啊！啊！不可思议！”

镜头中，林初萤抿嘴轻笑，卷翘的发尾随着动作落在锁骨上，洁白的皮肤似乎还发着光。

弹幕瞬间覆盖了一整个屏幕——

“谁也不要跟我抢！”

“全程没答错啊！”

“林初萤：还有谁？还有谁？！”

“我看到了知识的光辉在她背后闪耀！”

“瞎了瞎了，呜呜呜——林初萤也太美了吧！”

“无敌是多么寂寞！”

正在这时，现场安静下来。主持人念出一道题：“美国史上最大诈骗案的谋划者被判了多少年监禁？请回答！”

林初萤“嗯”了一声，没有马上回答。

直播间也炸了——

“这怎么知道？”

“谁会去关心一个搞诈骗的被关了多少年？”

“太冷门了，lcy 估计回答不出来吧。”

“好了，我百度到答案了！”

大概是发现林初萤迟疑了，不远处传来沈明雀的尖叫声：“冲啊！啊啊啊啊！”

观众们也注意到了。

“这是哪个小姐妹这么激动？”

“竟然有人敢跟我抢宝贝！”

“镜头转过去了……等等，这不是沈明雀吗？”

“我们雀雀的大型追星现场，哈哈哈！”

林初萤想了想，开口道：“求助吧。”

她纤细的手指在手机屏幕上滑了滑，最终停在备注为“老公”的联系人上。

主持人问：“是准备求助老公吗？”

林初萤眨眨眼，道：“对呀。”

弹幕刷得飞起——

“见证奇迹的时刻到了！”

“林初萤的老公到底是啤酒肚中年男还是陆总？”

“听声音就知道了！”

“我猜测！声音肯定很一般！”

“那当然了，又不是声优。”

电话拨出，林初萤也有点紧张。

华庭水岸，陆燕临正在准备晚餐，餐桌上的平板电脑直播着节目。

主持人说：“初萤的先生能不能回答出这个问题呢？让我们拭目以待。”

话音刚落，电话就被接通了，现场异常安静。

陆燕临刚去楼上换衣服，看直播的平板放在了楼下，他耳边是林初萤娇软的声音：“老公。”

难得听到这个称呼，陆燕临还以为节目结束了。

他“嗯”了一声，一只手拿着手机，一只手打开衣柜，被揉成一团的衬衫突然掉出来，性感的黑色内衣也跟着掉了出来。

怪不得林初萤没找到这件内衣，原来被揉进衬衫里了。

直播间的观众屏住呼吸，听到了电话那头的声音。男人声线低沉：“你早上没找到的衣服在我的衬衫下面。”

男人低哑的嗓音通过网络回荡在节目现场。

林初萤耳边环绕着陆燕临的声音，三百六十度，酥酥麻麻的，感觉他今天的声音好像……特别好听。

直播间的观众静默了几秒，之后迅速反应过来，几乎以挡也挡不住的速度刷屏——

“啊？！她老公的声音我酸了！”

“这就是你们说的不好听？”

“啊啊啊——这低音炮谁抵挡得住！”

“不行了，我呼吸不过来了，太好听了吧这声音！”

“林初萤也太幸福了吧！”

“其实低音炮大多是胖子……”

“薛定谔的胖子！”

“我不信！林初萤这么好看会嫁给一个胖子？！”

直播间被弹幕淹没，满屏的“啊啊啊”，刷新速度飞快，直接挡住了一些带着疑惑的评论：“只有我一个人觉得这声音好耳熟吗？”

2

节目现场的主持人也愣了一下。

他偷瞄了一下林初萤的表情，看起来很淡定。

其实林初萤的耳根都在发热，浅红色从后脖颈逐渐蔓延到耳后，只是被蓬松的长鬈发遮住了，她实在没想到陆燕临一开口就是这句话。

弹幕很是精彩——

“所以是什么衣服在衬衫下面？”

“裙子？上衣？裤子？”

“这不废话吗？肯定是内衣啊！”

“好了，马上禁播警告！”

主持人连忙出声：“请问是初萤的先生吗？我们这里是《全能题王》节目的直播现场。”

电话那头的人“嗯”了一声。

观众们又在议论——

“哈哈哈！好冷淡！”

“主持人等了半天也没听到下一句，哈哈哈！”

“主持人：这话我怎么接？”

“妈呀，这声‘嗯’也好好听！”

主持人当然不会停在那里，又开口：“初萤现在有一道题没有答上来，向您求助。”

陆燕临顿住，他才知道节目还在直播，于是一边往楼下走，一边低声问：“什么题目？”

林初萤清了清嗓子，对着屏幕念出来：“就是美国史上最大诈骗案的谋划者被判了多少年监禁？”

她摊手：“这我怎么知道？”

林初萤歪了歪头，一侧的头发随着动作落下，整个人显得俏皮可爱，瞬间击中了直播间的观众。

“果然长得漂亮做这样的动作都很好看……”

“她上次发的微博，老公看上去就是很宠她啊！”

“实不相瞒！我想听她老公哄人！”

“加一。”

“加身份证。”

“自从知道她的履历后，我就转……粉了。”

“前面的我也是，啊啊啊！我好佩服她啊，留学还能得这么多奖！”

“这简直就是学神滤镜！”

“就算她老公是胖子，我也认了。万一人家也是个学霸呢？不能只看外表！”

直播间的弹幕迅速转了风向，观众表示就算林初萤的老公是胖子，但只要答出这道题，他们就认了。

路人脸怎么了？人家有低音炮啊！鱼与熊掌不可兼得，有一个就很不错了。

陆燕临站在餐桌前，屏幕中的林初萤眨着眼，眼中透着一股信任。

“老公”这个备注十分显眼。

陆燕临瞥了一眼直播间的观众，已经破了八千万了。

男人嘴角微微上扬，声音清洌地回答：“一百五十年。”

主持人一锤定音：“恭喜，答对了！”

林初萤眉眼一弯，睫毛轻颤，嗓音轻快，又像在撒娇：“我老公真厉害，谢谢啦！”

弹幕刷得飞快——

“这不是答题节目，这是秀恩爱现场！”

“虽然她这么说有点矫情，但还是好美。啊啊啊！美人做什么都是对的！”

“夸自己老公怎么就作了？”

“呜呜呜——我也想被大美人这么夸！”

“老公是个幸福的胖子了……”

“不要歧视胖子啊！”

电话快要挂断之前，男人再度开口：“荣幸之至。”

几秒后，直播间再度炸了。

“啊啊啊！啊啊啊！我仰卧起坐！”

“我也荣幸之至！”

“这声音我太喜欢了！”

“简直是小说男主角台词！”

电话已经挂断，林初萤开始回答下一题了，她的耳朵全都红了。当众秀恩爱，她还有点羞涩呢！

林初萤在心里夸了陆燕临一百句，又回答出十道题。

别人发现不了，但陆燕临能看到，特写镜头经常放在林初萤身上，连她脸上的细微表情都能看清。

当最后一道题答题失败时，林初萤露出懊恼的神情。不过她数了数，自己答对了将近七十道题，这已经足够了，答多了恐怕会被人说有内幕。

林初萤虚假地懊恼了一下，秀眉微蹙，被主持人安慰了几句后又露出一个浅笑，道：“谢谢。”

直播间的一众观众眼前直冒星星。

“传说中的美颜暴击不是假的！”

“怪不得古代皇帝总是为了美女亡国，这要是换成我，我也要搏美人一笑啊！”

弹幕还在刷屏，林初萤已经下了台。

她走到后台时，沈明雀和陆尧也提前偷偷摸摸离场，结果被拍了个正着。沈明雀怀里的大灯牌照亮了两个人的脸，偏偏他们还一无所知。

林初萤准备回去，她今天还没吃晚饭，而且她现在就想回去亲亲陆燕临。

她忍不住了！

“老板，等等我啊！”沈明雀从后面追上来，气喘吁吁，“老板你太厉害啦！”

“先把这玩意儿给灭了。”林初萤说。

“哦哦。”沈明雀这才想起来自己怀里抱着灯牌，赶紧把电源关了，“陆总也好厉害！”

陆尧还在震惊二叔居然会说出“荣幸之至”这样的话，再看看林初萤……他以前还猜过联姻的事儿呢！

“二婶，你现在去哪儿啊？”陆尧问。

“你们别跟着我啊！”林初萤让他们打住，“我要回去吃晚饭了，你们要是没吃就自己去找地方吃。”

“好吧。”沈明雀一副小委屈的模样。

等林初萤坐车离开后，陆尧才开口：“二婶肯定是和我二叔去吃烛光晚餐了。”

沈明雀一双星星眼：“陆总好帅！”

她以前看过很多明星秀恩爱，但怎么都比不上今晚听到的这句情话。

一个成功的男人在几千万观众面前说出“荣幸之至”这种话，简直让无数少女内心酥麻。

“哎，对了，让你拍的照片拍了吗？”沈明雀忽然想起什么，狐疑地看着陆尧，“不要告诉我你什么也没有拍啊？”

陆尧说：“拍了，拍了很多张。”

节目第一期临近结尾，“林初萤老公”这个话题一眨眼就上了微博热搜。

有博主在直播时录屏了那段对话，做成视频，还配上各种表情包，俨然一部偶像剧。视频播放量过千万不说，评论、点赞、转发也都爆了，天艺娱乐简直要乐开花。

微博上正讨论得热火朝天时，论坛也解封了。

吃瓜群众迅速回到自己的大本营，首页已经刷屏了——

“你们看了今晚的《全能题王》直播吗？”

“《全能题王》的直播，lcy 她老公出现了！”

“lcy 她老公的声音爆好听啊！”

“强烈要求林初萤和她老公一起参加节目！我要看看这对心灵美的夫妻！”

“我更好奇她老公，啊啊啊！他声音超好听，不比现在的声优差吧？”

“之前说她老公是啤酒肚中年男人，我觉得她应该没这么蠢吧，这样的精英女性难道会缺钱？”

“楼上的你说服我了！”

“我之前都是看照片，今天看直播，动态的林初萤好漂亮，一颦一笑简直了！我妈都问我这是谁！”

“她会出道吗？”

“腹有诗书气自华，看得出来她修养很高，而且很有礼貌，说话的时候让我觉得好温柔！”

“她肯定出自书香世家！”

“说大小姐都有点俗了，lcy 完全在更高的层次好吗？”

《全能题王》第一期大火特火，林初萤坐在回华庭水岸的车上，看着网上各种各样的发言，觉得很好笑。

乔果今天是在现场看的节目，要不是有职业素养要求，她也会控制不住和沈明雀一起尖叫了。

“老板，要不要订个餐厅？”她询问。

乔果猜都能猜到自家老板和陆总今晚肯定要好好温存一番，情到浓时水到渠成，想着想着她就激动起来。

“不用了。”林初萤想了想，既然陆燕临没说要出去吃，那肯定是有安排，说不准她回家就有烛光晚餐。

当然，也可能是她想多了。

林初萤这么一想，赶紧发微信消息问：“今晚吃什么？”

很快，回复来了：“你想吃什么？”

林初萤想了想，自己今天很辛苦，于是报出一串菜名：“我想吃牛排、炸鸡，还想喝奶茶！”

过了几秒，聊天框里出现了新的回复。

陆燕临：“没有炸鸡。”

陆燕临：“也没有奶茶。”

面对对方一本正经的拒绝，林初萤靠在车窗上，叹了一口气。

没等到回复，陆燕临皱了皱眉。

客厅里安安静静的，灯只开了一盏，一半光明一半黑暗，让他挺拔的身形显得有些孤寂。

半晌，新消息跳出来：“我脚崴了，你出来接我。”

林初萤还发了一张可怜兮兮的表情包。

陆燕临当即放下手机。

到了华庭水岸，乔果打开了车门，见老板坐在里面不动，提醒道：“老板，到了，到家了。”

林初萤隔着院门看到陆燕临走来的身影，这才慢吞吞地下车，又催促道：“你快回去。”

老板过河拆桥，作为助理除了满足还能怎么办呢？乔果职业素养非常高，点头的同时钻进车里，果断地让司机开车。

陆燕临出来时只看到消失的车尾灯，林初萤站在那里，稳稳当当的，一点也没有崴脚的迹象，眼神透着狡黠。

“假的？”陆燕临沉声问。

“快过来。”林初萤像暗夜里勾人的妖精。

没等陆燕临过去，她就快步往他那边跳，细长的高跟鞋在路灯下闪着耀眼的光。

怕她真崴了，陆燕临眉头一皱。

林初萤撞进他怀里，他用力接住她，后退一步才站稳。

“二叔你接住我了。”怀中的林初萤没有一点愧疚感，反而笑嘻嘻地伸手捧住男人的脸，凑上去亲。

她好像越发爱撒娇了。

陆燕临放纵了她的亲吻，任由她浅尝，两人唇齿交融。

路灯暖黄，一双影子交叠在一起，又被拉长。

天艺娱乐今天晚上非常忙碌。

直播已经结束一小时了，某网友开了新帖子，洋洋洒洒发了一篇小论文：“以前以为林初萤是营销的网红，热搜上个不停，还蹭陆总热度，我就跟风吐槽。在此为我以前的言论道歉，林初萤你很好，希望未来更好，祝福你们。”

然而，下面的评论却歪了楼——

“她老公不是胖子实锤了吗？”

凌晨，有人发了一个新帖子——“搜‘华盛陆燕临金融论坛发言’的视频，有惊喜”。

现在才半夜，正是上网冲浪的时候，激动劲还没过去的姐妹们看到这个帖子，又惊了。

“什么惊喜？”

“听完回来了……这是陆总本人吧？”

“什么？你们到底在说什么！”

“我是睡一觉缺课了吗？”

“回楼上：友情提示，这个金融会议视频配合今晚《全能题王》直播 lcy 场外求助那段，味道更佳！”

这几乎是明示了。

3

网友们戴上耳机，兴致勃勃地看起了视频。

视频里，男人的说话声沉稳有力，流利地道的英文发音让网友们耳朵酥麻起来。

这个声音怎么这么耳熟？！

众网友当即重新打开《全能题王》，观看直播回放，直接快进到林初萤场外求助那段。

再度听到那句“荣幸之至”，反应过来的网友们回到论坛，那个帖子已经挂上了一个“hot（热）”的标签，多了几百条回复，点进去一看全是感叹号和“啊啊啊”。

“听完了！我的天！我已经说不出什么话了，震撼！”

“所以林初萤真的是陆太太？！”

“我的妈呀，这声音说不是一个人我都不信！”

“就是陆总本人！”

“我把视频反复一听，我妈都说这肯定是同一个人，林初萤老公肯定就是陆总！”

“啊啊啊！这是什么神奇的发展？”

“我不信我不信！”

不过，帖子里还是有不一样的声音。毕竟场地和设备不同，《全能题王》的设备更接近演唱会的，自带修音。

大家在激动过后就开始分析——

“其实仔细听还是不一样。”

“感觉像又不像，我的耳朵已经没有辨别能力了。陆总的声音太好听了，呜呜呜！”

“陆太太真的好幸福！”

“我今晚注定无眠了……”

“为什么让我在睡觉前看到这个帖子！”

“有人能找到陆总的中文发言视频吗？”

“没有中文发言视频吧！”

“陆总之前都在国外，视频大多是二手传播的，能有现在这个视频就不错了。”

“我表弟在华盛工作，明天我去问问这是不是陆总的声音！”

“楼上的姐妹记得明天回来透露情况！”

有人半夜把自己的亲戚摇起来：“快听听，这是不是你公司老总的声音？快听听啊！”

亲戚：“我就是一个小职员，老板的声音怎么可能听得见？很多事都是助理传达下来的……”

“要你何用！”

和论坛上激动吃瓜的网友不同，微博上安静许多。

有网友不小心点进了一个只有几个粉丝的超话，这个超话的名字也取得很奇怪，叫“萤歌燕舞”。里面的内容更奇怪，只有一个视频。

网上热闹非凡，华庭水岸情意浓浓。

林初萤虽然没有吃到炸鸡和奶茶，但吃到了陆燕临做的牛排，比她在那些西餐厅吃的地道多了。

吃完洗碗的时候，她想动手帮忙，陆燕临却没同意。

“好吧。”林初萤只好眼巴巴地看着，站在旁边跟他说话，“我前两天看你的微博粉丝涨了一千万，真让我羡慕。”

他就发了一张照片，直接涨粉一千万。

陆燕临看她一眼，略加思索，安慰道：“可能是陈特助使了什么魔法。”

林初萤忍不住笑了：“怎么可能。”

她将自己的头发绕在手指上把玩，好奇地问：“你说，明天你会不会一下子就脱粉几百万？”

陆燕临说：“不会。”

“为什么不会？”林初萤分析道，“你看之前有那么多人骂我，对我十分不满意，现在发现我和你老婆是同一个人，他们肯定会说，陆燕临你居然娶林初萤当老婆！太让我失望了！”

陆燕临洗完碗，转过身和她面对面，认认真真地说：“我觉得可能会涨粉。”

林初萤眨了眨眼，问：“为什么？”

陆燕临十分正经，像是在讨论一件很严肃的事情，嗓音充满磁性：“因为是你。”

林初萤不可避免地被撩到了，好吧，她最近经常被撩，这也就算了。最过分的是陆燕临一点都没有撩人的自觉，有时候还要问她为什么不说话。

为什么？！因为被你说的情话撩到了！林初萤心道。

林初萤耳根发热，笑得眉眼弯弯，顺着他的话夸自己：“谁让我是林初萤呢？谁都想成为我。”

陆燕临附和她：“你说得对。”

林初萤嘴角上扬，凑近他问：“去楼上？”

“好。”

陆燕临和林初萤一起上楼，林初萤虽然卸了妆，但身上的裙子还没换，昏黄的光线落在脸上，令她看起来格外清纯。

她在楼梯上停了下来，仰着头望向陆燕临。

男人是克制的，只是这种克制一旦破裂，带来的“后果”会更夸张。

陆燕临感觉到了一点甜味，不知是林初萤自带的，还是她嘴唇上的口红散发的。

“对了，明天的新闻可能要爆炸。”她提醒道。

“我知道。”

“到时候你们公司的电话恐怕要被打爆。”

楼梯的灯没开，但走廊的声控灯开了，墙上还挂着一幅画，就在林初萤的头顶。

她一向习惯了瞎撩拨，这次却不行，提醒道：“现在还不行，我要去换衣服。”

陆燕临声音低哑：“嗯。”

林初萤看他隐忍的模样，有点心疼。

林初萤本来想洗鸳鸯浴的，可看到浴室里的镜子，上次的记忆浮现出来，她想了想，还是算了。

她裹着浴袍走出浴室，然后去了衣帽间，半分钟后穿着一条吊带睡裙走出来，问：“这件睡衣怎么样？”

“好看。”陆燕临抬头看她。

林初萤又从衣帽间扒拉出一条有点性感的睡裙换上，然后问：“这件呢？”

陆燕临眯了眯眼，道：“很漂亮。”他加了个字。

林初萤挑了挑眉，转身又进了衣帽间。

她打开其中一个柜子，里面全是内衣。

她拿出一件墨绿色的内衣，手感非常好，冰凉顺滑。她也不记得是什么时候买的了，就这件吧。

林初萤换好衣服后对着镜子照了照，前凸后翘，她对自己的身材十分满意。

“就不信你……”林初萤欣赏完准备回卧室，一扭头便看到陆燕临站在门口，她下意识地伸手挡住胸口，“二叔你怎么在这里？快出去！”

“看你一直不出来，这件也很好看。”陆燕临面色平静，又悄悄吐出两个字，“性感。”

林初萤耳根发红，正想着，男人已经走到她面前。

“不用换了。”陆燕临说。

“你喜欢这套？”林初萤故意问，“那……”

话没说完，她整个人就被抱起来，双脚骤然离地。她赶紧抓着陆燕临的衣服固定住自己，差点把扣子给扯掉。

“吓死我了。”话虽这么说，她却没有露出害怕的表情，反而嘴角一弯，额头抵在他的下巴上，说话一点也不客气，“二叔，你真闷骚。”

陆燕临将她放在不远处的玻璃展示柜上，眉峰微动。

衣帽间的空间不小，比房间看起来要空一些，不远处放置的全身镜角度绝佳，清晰地照出两个人的身影。

“二叔，你今晚看节目了吗？”她忽然想起什么，开口问，“我回答了好多道题，你觉得我表现得怎么样？”

“嗯。”陆燕临低声说，“很好。”

“看了你还能说那样的话。”林初萤忍不住轻笑．“几千万人在看，都怀疑我们。”

“当时我在楼上。”陆燕临十分有耐心地解释。

“真是巧合。”林初萤轻轻哼了一声，又突然想起什么，睁眼提醒他，“你是不是忘了什么？”

此刻，她眼睛里水雾茫茫，格外动人。

陆燕临情不自禁地亲了亲她的眼角，惹得她忍不住闭上眼睛又睁开，卷翘的睫毛颤动，挠在他脸上。

然后，他才在她耳边说：“没了。”

林初萤反应过来他说的是什么意思，有点疑惑。

林初萤来不及想太多，陆燕临把嘴唇从她的脸上移到锁骨上，痒痒的，林初萤忍不住想小声地笑。

“今天刮胡子了吗？”她像是在抱怨，又像是在撒娇。

陆燕临稍稍退后。

“现在好了。”林初萤将头搁在他肩上，目光落在那面镜子上，窗外有月光照进来。

林初萤偷偷摸摸地看陆燕临。

他真好看啊，算得上是一个大美人。

林初萤又往下看，看到自己脚趾上新涂的红色指甲油，在这样的月光下显得十分暧昧妖冶。

“这玻璃好凉。”

林初萤想下来，最近天气已经开始转凉，晚上温度更低，空气里都飘着一层寒意。

没过多久，他们就回到卧室，林初萤好奇地问：“二叔，你就不冷吗？”

“不冷。”男人站在床边。

林初萤眨了眨眼，好吧，是她太娇气了。

又过了许久，她才小声说：“不准。”

房间里的夜灯星星点点，陆燕临靠近她耳边，缓缓开口，声线压得十分低沉：“我以为……你觉得有孩子不错。”

林初萤这才想起自己说的话，敢情是陆燕临现在反应过来了，不给她定制童装同款了。

“二叔，你反应真迟钝。”林初萤终于忍不住，靠在他身上直笑。

“嗯。”陆燕临淡淡地回应。

夜幕低垂，两人耳鬓厮磨。

林初萤觉得他好像在惩罚自己刚刚嘲笑他，娇声央求：“不笑你了，不要来了。”

她脑袋昏昏沉沉的，被热气充斥着。到最后睡觉时，她已睁不开眼了，开始有点黏人地撒娇道：“二叔，你喜欢我吗？”

她很想知道这个问题的答案，就像她当初问陆燕临为什么要和她结婚一样，然而才问完就困得睡着了。

陆燕临偏头看着林初萤安静的睡颜，伸手捋了捋她卷起来的头发，带着薄茧的皮肤触感让她皱了皱眉头，后来又松开。

喜不喜欢，答案早已明了。

第二天，林初萤一如既往地迟到了。

她到公司的时候，沈明雀和陆尧前后脚也来了，比乔果还要积极地走进办公室。

沈明雀一肚子消息，简直不知道该从哪儿开口：“昨天晚上的综艺超好看，老板你看热搜了吗？大家都在夸你……夸你漂亮，还夸你厉害。”

当然，她也上了热搜，谁让她被拍到了举着灯牌尖叫的样子呢！

“昨晚网上都快爆炸了。”陆尧说。

“我现在不用看都知道了。”林初萤拍了拍脸，淡淡一笑，“你们都说完了？”

“我就在等着有没有秘密，结果秘密没发现，却看到了这个。”沈明雀发了一张截图到微信群。

林初萤点开截图看了看，问：“这是什么？”

沈明雀说：“超话啊，你和陆总的，你看这里面还有你们的视频，超话名字都取好了——萤歌燕舞。”

她是在来公司的路上发现的。

陆尧还不知道，点开一看：“哈哈哈！天哪！二婶，你们居然有超话了。你原地出道吧！我要去告诉二叔！”

他的注意力被一个粉丝的发言吸引：“本来想取‘萤诗燕词’，后来想想还是算了，哈哈哈！”

陆尧笑得更厉害了。

沈明雀瞪了他一眼：“这有什么好笑的？你真是不懂乐趣，这个超话名字多适合。”

“说得跟你建的一样。”陆尧撴她。

“我也在里面添砖加瓦了。”沈明雀回击，“不像你，就知道嘲笑，你不配。”

陆尧噎住了。

林初萤听着这两人你一言我一语，耳朵都要炸了：“行了行了，你们赶紧回去，不要工作的吗？”

“好吧。”沈明雀眼巴巴地离开了。

办公室终于安静下来，林初萤轻轻呼出一口气，准备看看网上的风向。结果她手机还没打开，门又被敲响了。

沈明雀又风风火火地跑进来：“老板！你的身份终于曝光啦！全世界都知道你是陆太太了！”

林初萤最爱的时刻到了！

她的目光落在沈明雀撴过来的手机上，屏幕上是一个新帖子。

标题很长——“经过我的严格比对！我确定：lcy 老公等于华盛陆燕临陆总，内有实锤”。

主楼更长——“昨晚的《全能题王》大家都看了吧？ lcy 老公的声音好好听，有人感觉这声音和华盛陆总有点像。我一整晚没睡，做了对比，这就是同一个人的声音，自由心证”。

最后，楼主放了一张关于声音的对比图。

网友迅速占领评论区。

“啊？！”

“我蠢了看不懂……”

“虽然我也不懂这种高科技，但是你们看这上面的曲线，基本一致，应该就是一个人了。”

“昨晚还有人说不像的，快出来看看！”

“真的有大神出手了？”

沈明雀往下翻了翻，说：“老板，你说这些网友到底什么心态，一会儿哭一会儿笑的，还有两副面孔。”

林初萤道：“不然怎么会有这个论坛存在。”

“还好我只是个模特。”沈明雀眨巴着眼睛感慨，妖艳的容貌变得可爱起来，“不过他们这次还算有眼光。”

她昨晚熬到凌晨，每个帖子里都留下了她的身影，只要别人一说“声音好像”，她就在下面回复“我觉得就是同一个人”。

沈明雀悠悠地叹气：“过几天我就要闭关去拍推理综艺了，老板，你们一定要在这两天官宣！”

林初萤捏她的脸：“知道了。”

做老板还是有福利的，这么漂亮的小美人任她“采撷”，还一脸幸福的模样，怪不得人人都想当老板呢！

等沈明雀离开后，她才继续刷帖，看到有知情人爆料：“说起来，你们知道林初萤之前放在微博上的那幅画吗？我昨天才知道，买家是陆燕临！”

下面的回复也变成了角色扮演游戏——

“好甜！陆总是个行动派！”

“陆总：老婆喜欢我就买！”

“这两个人的爱情竟然该死的甜美！”

“她真的就是陆太太啊……之前一直有人说她配不上陆总，我服了，人家要颜值有颜值，要智商有智商！”

有人还记得几天前的热搜，忽然感觉发现了什么，说：“你们还记得那个婚纱照吗？他们说那个婚纱是定制的，全球唯一一套。如果和陆总拍婚纱照的是 lcy，那就完全解释得通了。”

“陆总：我老婆独美，不允许有任何同款！”

“虽然陆总从来没有说过什么，但我就是觉得很甜。我不管，你们都得听我的！”

“有钱人的爱情罢了！”

网友们盖楼的速度非常快，闻风而来的媒体分分钟截图发微博，几分钟后，微博又罢工了。

4

虽然微博的系统经常因为各种各样的事情崩来崩去，但运营公司显然没有要改变的想法，只有程序员在自己微博上吐槽了：“好歹也提前说一声嘛，这样就可以做准备了。”

底下一圈“哈哈哈”的回复。

十几分钟后微博才恢复正常，热搜第一就是金融论坛会议的视频，第二则是陆太太。

林初萤点开热搜第二的热门微博：“网曝昨晚林初萤参加的答题综艺，场外求助对象是华盛总裁陆燕临，陆太太到底是谁？”

配图是哆啦 A 梦吃惊表情包。

配图整理了各种照片加文字，足以让微博上一头雾水的网友明白发生了什么。

“昨天有人说《全能题王》中 lcy 的老公声音和陆总很像，我就去找了一些新闻，还有两个人的微博。看看我发现了什么？还真不简单。

“第一次，不知道大家还记不记得明星慈善夜，陆总花高价拍了一条项链，而那条项链是林初萤提供的。陆总没事干吗花两千万拍一条项链？要说这是巧合，那你可就太天真了！

“第二次，两个人看秀同框被拍，以陆总不近女色的情况来看，他们当时显然是认识的。你跟我说他们不认识？你信吗？

“第三次，这里不得不提到沈明雀，她以一个二三线模特的身份拿到了华盛和程氏合作的度假村的代言。据我所知，这可是所有小花都心心念念的合作。这难道是程总旧情未了送她的？要送早就送其他顶奢代言了吧？还用等到今天？果不其然，沈明雀和林初萤后来一起在奶茶店喝茶，两个人是好友关系。由此推理，这代言必然有林初萤在幕后推动。

“第四次，画展，林初萤在看这幅星空画，不久前她还发到了微博上。我问了知情人，这幅画的买家是陆总，也就是说陆总大手一挥，买了幅画送给了她。

“第五次，你们还记得之前闹得轰轰烈烈的点赞事件吗？华盛官博为什么点赞一条林初萤说自己老公的微博？除非她老公就是他们的老板！

“第六次，就是婚纱照事件，林初萤发婚纱照的时间是路人发视频的后两天。我查了天气，那前后两天是雨天。但她的自拍是晴天，可见她是把之前的自拍迟了几天发出来。

“昨晚的《全能题王》直播，林初萤求助的要不是陆总本人，我在这儿直播销号！”

这帖子里的总结，涵盖了目前为止的所有经过，网友们议论纷纷。

“楼主显然是干大事的人。”

“哇！陆总好大方！妈呀，我竟然觉得好甜！”

“我看了视频，绝对是陆总本人！”

“怪不得陆总被蹭热度这么久都没有申明什么，自己老婆那不是想蹭就蹭嘛！”

“如果陆太太不是lcy，那现在就搞笑了……”

“如果她真不是，那陆太太看着自己老公和lcy暗搓搓地谈恩爱……天哪，要疯吧！”

有网友搜到了一个月前的一条微博：“我感觉华盛那个陆总发的婚纱照，女方好像林初萤，我姐妹也这么想。”

现在，这条微博下面留言的全是“预言家”三个字。

话题热度居高不下，不仅陆燕临的微博，就连林初萤的微博也被评论充斥着，网友们满屏幕呐喊着：“你是不是陆太太？！”

林初萤虽然预想过这样的场景，但真看到这么声势浩大的动静，还是有些吃惊。

“节目组那边怎么样？”林初萤打电话给导演。

“老板，我们这边收到了好多明星想来参加的消息，有些还是最近正火的演员。”导演很惊喜，“都是林总的功劳。”

“记得把好关。”林初萤微微眯眼，叮嘱道，“你知道我的行事风格，如果让我知道有什么上不得台面的事情，可不只是走人这么简单。”

“知道了！”导演心头一凛。

沈明雀这两天微博被轰炸，电话也被轰炸。比如今天下午的一个品牌活动，后台很多点头之交的明星也过来打招呼。

“明雀，你那晚在直播现场，那个声音是陆总吗？”女星偷偷问，“你跟我说说呗？”

“我不知道。”沈明雀一脸高冷。

“你怎么会不知道？”女星笑得花枝乱颤，“你是华盛度假村的代言人，又是林初萤的好朋友，肯定听过的吧？”

她紧紧盯着沈明雀。

烈焰红唇的沈明雀只是嘴角一咧，语带双关地冷冷说道：“我没有打听别人老公的习惯。”

女星被这句话噎住。

晚上，林初萤回了林家主宅。

这几天在学校的苏蕊也颇为关注网上的事情，她一开始还很幸灾乐祸，直到昨天看了那个直播。今晚她从她妈妈那里听到林初萤和陆燕临要回去的消息，心思就活跃起来了。

“苏蕊，你要回家啊？”室友问。

“是啊！”苏蕊面上笑容灿烂，“家里来人了。”

“住在本地就是好。”室友说了一句。

她看着苏蕊从柜子里拿出一个包，是苏蕊最贵的一个名牌包。

回家需要带这样的包？还精心化妆？室友疑惑了一下，转眼就把这件事给忘了：“真没想到林初萤就是陆太太。”

“陆总的声音真的好好听啊！”另一个室友也跟着聊起来，“而且他们两个人好配啊！”

“万一是商业联姻呢？”苏蕊突然插嘴。

“谁说联姻就不能有真感情了？”一个看不惯她的室友嘲讽道，“人家陆总为了陆太太开心，什么事情都能做，还蹲下来给她揉脚，联姻的对象会做这种事？”

“有可能啊。”苏蕊嘴硬。

“你高兴就好。”室友翻了个白眼。

苏蕊火气上来了，脸色难看地离开了宿舍。门“砰”的一声被关上，几个室友对视一眼，都有些无语。

林家主宅灯火通明。

大概是这两天的事情刺激到了林存这个老人的心脏，他就差没把“你们在搞什么”挂在脸上了。

“我要不是提前知道，还会以为发生了什么呢。”林存穿着中山装，气势十足。

“爸，你这衣服挺好看的。”林初萤笑着夸道。

“我也觉得。”听到女儿夸自己，林存非常得意，他眉头一扬，附和道，“算你眼光好。”

“看起来很有福气。”林初萤笑眯眯地补充。

林存哑口无言，他就知道从她嘴里说出来的夸奖不是什么好话。

“今天晚上就你一个人在？”林初萤显然不太相信，“你的小妻子呢？”

“新慧和朋友出去了。”林存说着，又瞪她一眼，“你都结婚了，说话还没个正形。”

“苏阿姨比你小了整整十五岁，可不是小妻子吗？这是事实，我又没有瞎说。”林初萤一点也不怵。

“就知道贫嘴，我说不过你。”林存半天只憋出来这一句。

“爸你知道就好。”林初萤眨眨眼。

两个人正说着，门突然被打开了。

苏蕊风风火火地进来，看到客厅里其乐融融的两个人，眼神一闪，打招呼道：“林叔叔。”

她又看了一眼林初萤。

林存知道她们二人不和，有些不喜，问：“你不是在学校吗？怎么回来了？”

今晚他本来是要和女儿女婿一起吃饭的，陆燕临临时有事还没过来，但苏蕊怎么突然回来了？

苏蕊咬唇道：“我回来拿东西。”

林存一看就知道她在说假话。

林初萤嘴角带着淡淡的笑，抬头看了苏蕊一眼，目光落在她的包上，有些意味深长。

苏蕊看到她的眼神，挺了挺背。等她看到沙发上林初萤随手放着的那个包，一下子就泄了气，脸色红白交加。

林初萤才不管她，偏过头继续和林存说话。

吃饭的时候，苏蕊还算有眼力见，回了自己的房间。

一直到林存去楼上书房拿东西，苏蕊才下楼，脸上带着浅浅的笑容，明知故问："姐夫没陪你回来吗？"

对面的人没有说话，苏蕊气结，咬着牙又问了一遍。

林初萤这才抬了抬眼皮，笑容懒散，带着懒得掩饰的敷衍："你是在和我说话？"

苏蕊说："这里不就只有我和你吗？"

林初萤"哦"了一声，又说："我又没有妹妹，鬼知道你在和谁说话？你姐夫的事儿，应该去问你妈。"

苏蕊差点被气疯，粗喘着气，好一会儿才缓过来，带着些恶意又问："陆总今天怎么没陪你回来？你们不会吵架了吧？"

刚到林家时，她是羡慕林初萤的，可时间久了，苏新慧又让她别和林初萤比，还整天把"林初萤才是真正的大小姐"挂在嘴上，她心里就开始不平衡了。

苏蕊紧盯着对面这个精致的女人，她知道林初萤和陆尧关系好，可林初萤和陆燕临根本就是两个世界的人，之前都没见过几次面。

他们到现在都没办婚礼，指不定是假结婚呢。

林初萤微微一笑，风情万种，道："你也知道他是陆总，当然是在忙着赚钱给我花了。"

她撩了撩头发，手指上的婚戒闪着光。

苏蕊快气炸了。上次财经杂志的封面一出，就有人注意到了陆燕临的婚戒，据说价格昂贵，还是高级私人定制。

林初萤拿着手机，和沈明雀聊天。

沈明雀："老板，今天有人打听你！还打听你老公！"

林初萤："你怎么回的？"

沈明雀："我说我没有打听别人老公的习惯，她就气呼呼地走了，真没礼貌。"

沈明雀："现在网上都在猜你在节目里求助的那个人是不是陆总，我都快急死了。"

沈明雀：“我恨不得出去大叫‘对！你们猜对了’。”

沈明雀：“还有人在微博上问我，我要是回复了，肯定能上热搜第一！”

沈明雀：“我要捆绑你们夫妻俩蹭热度！”

林初萤：“你想看到明天的太阳吗？”

她随口一句威胁，沈明雀就发来了“嘤嘤嘤”的表情包，止住了自己的脑洞。

半小时后，玄关处传来动静。

陆燕临还穿着西装，大概是从公司出来就直接过来了。

“我以为你还要一会儿。”林初萤说。

“会议提前结束了。”陆燕临说。

一旁的苏蕊看着更觉得心里堵，他们这恩爱都快秀到她脸上了！怎么全世界的好事都让林初萤给占了？联姻一般不都是做做表面功夫应付外界，哪来的感情？

苏蕊忽然想起自己手机里的那张照片，眼睛蓦地亮了。

当初她是想把照片发给林初萤膈应人的，结果林初萤早就删了她的微信，没发成功。

苏蕊低着头，嘴角翘起来。

客厅里灯光大亮，林初萤走到陆燕临身边，旁若无人，嗓音又软又娇：“老公，你想我了吗？”

陆燕临觉得她有些不对劲，瞥向身后沙发上的另一个身影，似乎明白了什么，嘴唇微动：“想了。”

见他这么配合，林初萤眼尾一挑，踮脚凑过去亲了一口：“我也是。”

“咯咯。”林存刚好下楼，看到这一幕，觉得眼睛都要瞎了。

他觉得自己可以去回答那个采访爸爸的问题了——看到女儿和女婿接吻是什么感觉？

林存怒目而视，说话有点不客气：“我还以为今晚看不到你了。”

林初萤退开，眨了眨眼。

“爸。”陆燕临点头叫了一声，“今天比较忙。”

他面色冷静，丝毫没有被岳父大人撞破亲密现场的尴尬。

他看了一眼林初萤，又说：“我来接初萤。”

“正好，我就不留你们了。”林存见他态度这么好，也不好再说什么。

“那我们赶紧回去吧。”林初萤应了一声，挽住陆燕临的胳膊，“爸，我们走了。”

“这么急？”林存有些无语。

“那我们再陪你说一会儿话？”林初萤问。

“那还是算了吧。”林存摆摆手，“哪天有空你们再回来，燕临今天也忙累了。”

他下楼，看着自己的女儿站在陆燕临身边，内心十分感慨。

之前他还操心以后谁能管住自己这娇生惯养的女儿，后来陆燕临说要娶林初萤，他吃惊的同时也想着，他找了个这么厉害的女婿，总能管住自己这个无法无天的女儿了吧。

结果倒好，结婚后闹出来的动静更大了，他真是小看了自己的女儿。

快要关门时，林存忽然想起什么，看向林初萤，询问：“你和燕临结婚都这么久了，怎么还没有要孩子？”

孩子？现在提到孩子，林初萤抿着嘴唇忍住笑：“爸，这种事你问我干什么？”

林存一听她这话就觉得不对劲，投向陆燕临的目光开始变得有点意味深长。

他咳嗽了两声，道：“燕临啊……”

陆燕临出声道：“我会考虑的。”

林存虽然点着头，但显然已经想歪了，忧愁袭入他的脑袋，他又说：“没事，不急，现在的科技……迟点也没什么。”

作为一个老父亲，他是真操心啊！

林初萤和陆燕临齐齐沉默。

林存以为他们被自己说中了，更忧愁了：“你们先回去吧，我就不多说了。初萤也记得别闹脾气，新婚需要多磨合。”

“知道啦！”林初萤应道。

他们离开院子走到路边时，林初萤终于忍不住笑出声：“哎，二叔，我爸刚刚说那话是什么意思？”

陆燕临定睛看着她。

“我爸现在日子过得轻松了，脑洞也跟着大了。”林初萤毫无察觉，叽叽喳喳地说着，“他竟然以为你不行。”

后边跟着的司机感觉自己要逃离了，竟然听到了自家老板这么重要的秘密。

陆燕临向来淡定，可听到面前的女人吐出的这几个字，他眉峰微皱，眼睛也半眯了起来。

“我不行？”陆燕临嗓音冰凉，跟含了冰似的。

他偏过头，林初萤对上那双幽深的眼睛，一瞬间感觉到了莫名的危险，仿佛整个人被他捕捉到了。

林初萤毫不心虚：“我爸说的。”反正不是她说的。

陆燕临望着她，“嗯”了一声。

林初萤有点狐疑，他居然就这么接受了？男人对于这种事不应该反应强烈吗？

这个想法一直盘旋在她脑海里，一直等回到华庭水岸，她才琢磨着可能是岳父的发言女婿不敢反驳。

做岳父真爽！

林初萤突然冒出这么一个想法。

晚上，林初萤泡了个澡，大概是新换的香氛有催眠作用，等陆燕临洗完澡出来，她已经躺在床上昏昏欲睡了。

听到陆燕临掀开被子的动静，林初萤才半睁开眼，迷迷糊糊地说道：“晚安。”

然后，她准备睡觉。

陆燕临低头在她的唇上亲了一下，她睡眼蒙眬地嘀咕：“太阳打西边出来了，今天居然还有晚安吻？”

迷糊中，她的声音有点娇柔。

等她感觉到身上传来侵略感，脑袋才清醒了一瞬，但已经来不及了。

昏昏沉沉间，林初萤仿佛还听到了陆燕临在她耳边喑哑的声音，夹杂着“不行”两个字。

软绵绵的她根本答不上来，一开口就是被撞碎的声音。

第二天，窗外天光大亮，窗帘开了一条缝，温和的阳光顺着缝隙洒了进来，一直延伸到床边。

林初萤醒来时，鼻尖闻到一丝暧昧，身旁的位置冰凉，主人早就不在了。

林初萤的脸一下子就皱了起来，她头发凌乱，脑袋里只有一句话——陆燕临你个坏男人！

话是她爸说的，怎么就惩罚到她身上了？

林初萤憋着一口气，手机突然振动了两下。

是沈明雀发来了一条链接，然后又发了一条消息。

沈明雀：“前排最新热帖！”

林初萤胳膊软绵绵的，差点没拿稳手机。她把陆燕临骂了一顿，才趴在床上打开链接。

第三天了，论坛还处在火热的讨论中——

“啊！我是最后一个知道林初萤的婚戒和陆总的是一对的吗？！”

——未完待续——

番外
零花钱

林初萤最近十分无聊，大概是倦怠期到了，她对什么都提不起兴趣，每次沈明雀和姜以娴过来找她喝茶，她都懒洋洋的。

沈明雀问：“难不成更年期提前了？”

林初萤一听就炸：“什么更年期？没点好话。”

“林总，您这样才正常嘛！”沈明雀笑嘻嘻的。

姜以娴则要安静许多，问林初萤：“最近新开了一个马场，周启淮带我去玩了一次，你要不要去看看？”

林初萤想想自己好像也没什么事，便道：“那就去吧。”

她确实也想骑马了。

三个人风风火火地到达马场，负责人小跑着过来，笑眯眯地说：“马已经准备好了。”

他又想起什么，说：“对了，今天还有一场小型赛马活动，你们要看看吗？”

林初萤来了兴趣：“今天？”

“对，就在两小时后。”负责人点头。

林初萤看向另外两个人，问：“去看赛马？”

她们当然没意见了，她们本来就是为了让林初萤来散心的。

因为不是什么大型活动，所以人并不多，大部分都是来凑热闹的公子哥，还有一些爱看赛马的专业人士。

马场还搞了投注，林初萤三人在场外围观。

“我看那匹黑马比较有前途，黑马黑马，肯定是比赛中的黑马。”沈明雀信誓旦旦。

姜以娴：“……”

林初萤目光灼灼地盯着其中一匹灰马，那匹马的高傲劲深得她心。

她当即给灰马押注，不过只是为了玩乐，才押了一百块钱。

“玩个开心。”林初萤笑意盈盈，“多了就是豪赌了，拒绝赌博，从你我做起。”

沈明雀大手一挥：“听你的，我来出钱。”

姜以娴和沈明雀各投了一百块钱，结果林初萤十分利落地输了。

也不知是不是不肯承认自己眼光有问题，一个星期后，林初萤约着沈明雀又来玩了一次，这次还是押一百块钱，沈明雀付的款。

马场负责人看了半天，提醒道：“林总，那匹枣红色的马一直很优秀，很多人都押它。”

这暗示已经非常明显了，可林初萤想了想，还是倔强道：“我和它没眼缘。”

于是，她又输了一百块钱。

林家大小姐连续三个星期在赛马上毫无眼光的事在圈子里迅速传开了，导致有些朋友在宴会上见了她总会拿这事调侃一番。

沈明雀在微信上号叫：“老板！没钱了！”

她也不知道为什么林初萤眼光这么差，三次押注都没入围，赛马前途一片黑暗。

林初萤：“啊？”

她暗暗吐槽：瞧你那点出息。

第四周，林初萤一个人去了马场，显而易见，她又重复了之前的倒霉历程。

马场负责人无奈地抹了抹额头。

陆燕临对这事有所耳闻，可他并没有什么表示，只是委婉地提示道：“你可以跟着别人选。”

然而，骄傲的林大小姐有自己的主意：“我不！”

陆燕临便不再多话。

陆燕临这段时间和省外的公司有个合作，可一直没敲定，因为利益问题，双方都不想让步。

谈判许久，华盛一步不让，对方没辙，只好宴请陆燕临再谈一谈。

对方不知从哪儿听来的小道消息，私下调侃：“陆夫人的零花钱还够用吗？”

陆燕临挑眉。

没过多久，对方就发现华盛修改了合作方案，条件比之前更苛刻了。

签合同那天，对方咬牙切齿，可面上还要笑意盈盈：“陆总真是半分利也不让。”

“能省就省。”陆燕临轻飘飘地回了一句，“毕竟陆夫人的钱包不嫌鼓。”

对方十分八卦，他们在酒会上将陆燕临的话传了出去，等传到林初萤耳朵里时已是第二天晚上了。

她愣了一下，然后笑开了花，陆燕临可真会拿她做筏子。

林初萤准备回去收点“份子钱”，毕竟自己的名头都被用出去了。可晚上进行一番激烈的床上运动后，她就把这件事忘得一干二净了。

她醒来后，陆燕临早已去公司了。

她气急，在微信上连哄带吓：“我要回娘家！”

陆燕临不慌不忙：“床头柜上的东西不要忘了带。”

林初萤：“啊？”

这人都不挽留她？离婚吧！臭男人！

林初萤放下手机，哼了一声，看到床头柜上放着一个文件袋。

她打开，里面是一份合同，合同上明晃晃地写着几个字——马场现任归属人林初萤。

林初萤高兴得在床上翻滚了一圈，然后迅速发微信朝陆燕临撒娇：“老公我爱你。”

陆燕临对此早有预料，坦然接受此番示爱。